TANZEN HEISST HINGABE

Jana Feuerbach

Tanzen heisst Hingabe

SM-Roman

ANAIS

INHALT

1

UNSICHTBARE FLÜGEL

Musst du jedes Mal etwas so Teures kaufen?«, fragte Jennifer. Kilians Präsent war keine Flasche aus dem Supermarkt, sondern ein Spätburgunder aus dem Weingeschäft. Der Mann besaß Stil, das zeigte der gut geschnittene Anzug mit dem dezenten Salz-und-Pfeffer-Muster. Das Lächeln in seinen blauen Augen brachte Kunden bestimmt dazu, ihm zu vertrauen und ihre Computernetzwerke gemäß seinen Empfehlungen umzustrukturieren.

»Suchst du das hier?« Er griff auf ihren Schreibtisch und hielt den Korkenzieher in die Luft. Lächelte.

»Ja, gib ihn mir bitte.« Sie streckte den Arm in die Luft und ahnte, dass er es ihr nicht leicht machen würde.

»Was kriege ich dafür?«

»Einen Kuss?« Fehler. Sie küssten sich nicht.

Er ignorierte es. »Knie dich hin und bitte mich lieb darum.«

»Jetzt schon?« Sie lachte und legte den Kopf auf die Seite. »Dafür bin ich noch nicht betrunken genug.«

Kilian lächelte. Er griff ihr in die Haare, verdrehte seinen Griff und zwang sie Zentimeter für Zentimeter auf den Boden.

»Aua! Au, das tut weh, mein Herr und Meister!« Sie tat, als ob sie sich wehrte. Zappelte, aber nicht stark genug, um ihm tatsächlich zu entkommen. Schließlich berührten ihre Knie den weichen Flauschteppich. »Bitte, Gebieter, seien Sie so unermesslich freundlich und geben Sie Ihrer gehorsamen Dienerin den Korkenzieher, damit sie Ihnen den Wein einschenken kann, der bei dieser Kabbelei bestimmt fürchterlich durchgeschüttelt wurde.«

Kilian ließ sie los und lachte. »Du musst immer das letzte Wort haben, was?«

»Wenn Sie das so sagen, mein Herr, dann stimmt es und benötigt keine weiteren Ergänzungen.« Sie grinste.

Er streckte ihr wortlos die Hand entgegen und sie ließ sich hochhelfen. »Setz dich ruhig. Ich mach den Wein auf, dir kann man ja keinen Korkenzieher anvertrauen.«

»Aber keine Flecken auf den Fußboden!«

Er schüttelte lächelnd den Kopf und ließ ihr diesen kleinen Sieg.

Die Gläser, aus denen sie tranken, passten zu ihrem edlen Inhalt. Für besondere Gelegenheiten hatte Mama ihr beim Einzug in die WG diese Kollektion mundgeblasener Weingläser geschenkt. Vermutlich hatte sie dabei an Feiern wegen bestandener Abschlussprüfungen gedacht, aber für Jennifer waren die Abende mit Kilian wichtiger als gute Noten in der Uni.

Früher hatte sie keinen Rotwein gemocht. Als junges Mädchen hatte sie nur die säuerliche Billigvariante gekannt, die man vor einer Disconacht im Freien leerte, um später am Tresen weniger Geld auszugeben. Der Geschmack in ihrem Mund hatte eine neue Komponente gewonnen, als Kilian sie zum ersten Mal zu einem Glas Rotwein eingeladen und danach ans Bett gefesselt hatte. Heute schmeckte Rotwein nach Erwartung und zu heißem Blut, das im Taktschlag ihres Herzens tanzen wollte. Ein Prickeln, das sich anfühlte wie der letzte, verborgene Augenblick hinter dem Bühnenvorhang, während das Orchester zu spielen begann und sie die Augen schloss, um sich auf die Arabesken, die Battements und Sprünge der Choreografie vorzubereiten, bis sie mit einem Lächeln die magischen Bretter betrat und alles andere vergaß.

Falscher Gedanke. Das Ballett war verboten. Sie brauchte den Tanz nicht, hatte ihn nie gebraucht. Die Liebe dazu war eine Illusion gewesen. Natürlich konnte sie leben, ohne jeden Abend zu trainieren.

»Wie war dein Tag?«, fragte sie und durchbrach das Schweigen. Aus den Laptopboxen perlte die Musik der spanischen Harfenistin, die Werke von Camille Saint-Saëns neu interpretierte. Sie mochte den plätschernden Klang der Harmonien und die unerwarteten Wendungen der Kompositionen. Es war Musik zum Entspannen, nicht zum Tanzen. Dieser Unterschied war wichtig.

Kilian zuckte mit den Schultern. »In der Firma wusste eine Hand nicht, was die andere tat. Ich musste sie dazu bringen, miteinander zu reden, mehr nicht. Leicht verdientes Geld. Ein Glück, dass ich selbstständig bin und nicht jeden Tag dahin muss. In so einem unstrukturierten Verein könnte ich nicht arbeiten.«

Jennifer nickte und trank einen Schluck. Der Rotwein hatte Zimmertemperatur und füllte ihren Mund warm aus. Schmelzend. Wie Honig und Sommerwind auf der Haut. Sie streichelte mit dem Finger über das Gesicht der winzigen gestickten Elfe auf dem Sofakissen, die durch eine Waldlandschaft flog.

»Schmoll doch nicht.« Kilian lachte und kniff ihr zwischen den Schulterblättern in den Rücken. »In Wahrheit habe ich die ganze Zeit ungeduldig darauf gewartet, dass es Abend wird und ich dich besuche. Neben dir konnte ich an nichts anderes denken.«

Sie tat, als ob sie sich gegen seinen fordernden Griff wehrte. Ihr Herz schlug schneller, und sie ließ zu, dass er sie an seine Schulter zog. Mit ausgestrecktem Arm stellte sie das Glas auf dem Tisch ab, schloss die Augen und spürte das beruhigende Gefühl von fein verwebtem Wollstoff an ihrer Wange. Er roch nach Holz, nach Mann, nach Wollstoff, sogar ein bisschen nach Pfeifenrauch, auch wenn er nicht rauchte. Seltsam. Sie brauchte seinen Geruch nur einmal einzuatmen und fühlte sich geborgen. Vielleicht hatte sie sich deswegen in ihn verliebt und die Regeln gebrochen.

Ein neues Musikstück begann. Für viele Menschen war klassische Musik etwas, was im Hintergrund lief und dem man keine große Beachtung schenkte. Jennifer konnte das kaum nachvollziehen. Die Musik der alten Meister war herrlich komplex und lud dazu ein, mit geschlossenen Augen zu träumen.

Glücklicherweise ging es Kilian ähnlich, hatte er ihr einmal erzählt. Er genoss es, wie sie schweigend den klangvollen Tönen der Harfenistin lauschten, im Schimmer der brennenden Kerzen träumten und den Duft des langsam hinabbrennenden Patschuli-Räucherstäbchens einatmeten. Sie hatten Zeit. Die ganze Nacht gehörte ihnen.

Wieder streichelte sie über die feinen Stickereien eines Kissens. Sie nähte fast so gern, wie sie tanzte. Wochenlang hatte sie im Internet und in Zeitschriften nach Motiven von Ballerinen gesucht, denen sie Flügel auf den Rücken gezeichnet hatte. Sie tanzten unter alten Bäumen und einem Sternenhimmel und waren so frei, wie sie es sich selbst erträumte. Vielleicht machte die Originalität der Kissen es wett, dass man den abgewetzten Bezügen von Omas Sofa das Alter ansah.

Kilian stellte sein Glas ab und schenkte ihr dieses ganz besondere Lächeln. Es war so weit. Wärme floss durch ihren Bauch. Nach einem letzten Schluck stellte sie das Glas ab. Sein Profil wirkte im Licht der Kerzen sanfter und liebevoller. Sie atmete den Duft seiner Pheromone verstohlen ein und seufzte leise.

Seine blauen Augen waren Eis auf ihrer Haut. Sie drangen durch die Kleidung, liebkosten sie und glitten tiefer, um ihr ihren Stolz und ihre Geheimnisse zu entreißen. Jennifer bewegte sich nicht. Die Kerzen brannten auf dem Schreibtisch und der Fensterbank und flackerten. Ihr Licht war so weich, wie sie sich fühlte. Vielleicht schimmerte ihre Haut blass und kühl, aber sie erwärmte sich mit jedem Herzschlag mehr. Die Zeit für den Tanz war gekommen. Ihr Herz war goldenes Licht. Sie würde fliegen und er würde sie halten.

»Es wird Zeit für dich«, sagte Kilian. Der Klang seiner tiefen und ruhigen Stimme brachte ihre Haut zum Vibrieren.

Sie erschauderte. »Was soll ich tun?«

»Steh auf und stell dich in die Mitte des Zimmers.« Seine Stimme blieb freundlich.

Das schätzte sie an ihm. Immer behandelte er sie freundlich und mit Respekt, käme nie auf die Idee, die Sessions mit abfälligen Worten zu ruinieren. Er besaß Stil. Das war wichtig.

Schweigend gehorchte sie und stand auf. Es fiel ihr leicht, sich mit einer hundertfach geübten Bewegung graziös zu erheben und scheinbar schwerelos zur Mitte des Zimmers zu schweben. Rückblickend bekamen die Ballettstunden auf diese Weise einen Sinn. Die Beine hob sie beim Gehen höher als nötig und ließ bei jedem Schritt den Knöchel provokativ am Unterschenkel entlang nach oben gleiten.

In der Mitte des Zimmers reckte sie sich, damit er die Kurven ihrer Hüfte und Taille besser bewundern konnte. Beiläufig streckte sie die Brüste nach vorn und hob die Arme mit einer sorgfältigen Bewegung über den Kopf. Dort legte sie die Handrücken aneinander, als ob sie an den noch nicht aneinandergebundenen Handgelenken nach oben gezogen würde und mit unsichtbaren Seilen tanzte, die sie umfingen. *Komm, schöner Mann! Komm und spiel mit mir!*

Ihre Brüste kribbelten. Gleich, gleich würde es beginnen. Die unsichtbaren Flügel auf ihrem Rücken würden sich entfalten. Die Sterne über dem Stahlbeton der Hauswände würden auf sie herabscheinen und nicht bemerken, dass die uralten Bäume fehlten.

Kilian stand auf und ging langsam um sie herum. Für Momente wie diesen hatte sie ihren Körper in Form gebracht. Was war Tanzen anderes als Hingabe an die Musik mit einem Körper, den man viele Jahre dafür trainiert hatte? Was war Sadomasochismus anderes als Hingabe an einen Mann? Diese Hingabe erregte beim Klang der spanischen Harfenspielerin wie die komplizierteste Choreografie.

Ihre Haut verwandelte sich unter Kilians Berührungen in Licht. Natürlich hielt sie still. Mit geschlossenen Augen spürte sie, wie er ihr Shirt ergriff und ihr vorsichtig über den Kopf zog. Sie hielt die Hände weiterhin in der Position, bewegte die Handrücken aber leicht auseinander, damit der T-Shirt-Stoff zwischen ihnen hindurchgleiten konnte. Als Nächstes knöpfte er ihren Rock auf. An diesem Abend trug sie einen Minirock aus schwarzem Baumwollstoff. Er schob ihr den Rock über die Hüften und ließ ihn an ihren Beinen hinuntergleiten, wo er sich um ihre Knöchel legte.

Jennifer atmete schnell ein, langsam wieder aus und suchte das Gleichgewicht auf den High Heels. Mit geschlossenen Augen spürte sie seine Blicke auf der Haut und atmete den Patschuliduft des Räucherstäbchens ein.

»Du siehst traumhaft aus«, sagte er.

Sie biss sich auf die Lippen, um ihr Schweigen zu erhalten, ihre Körperspannung nicht zu verlieren und die anmutige Haltung zu bewahren, die Frau Werning ihr vor Jahren beigebracht hatte. Kilian sollte stolz auf sie sein.

Er öffnete die Häkchen auf der Rückseite ihres BHs und zog die Träger über ihre Schultern, ohne die Haut ihrer Brüste zu streifen. Jede Berührung würde ihr Licht in Feuer verwandeln. Natürlich tat er es nicht. Ihn erregten ihre Begierde und die Macht, dass er ihr etwas verweigern konnte. Stattdessen griff er nach ihren Handgelenken und drückte sie sanft nach unten, bis die Finger sich im Nacken trafen und verschränkten. Ihre Nippel zogen sich zusammen. Für einen Moment ließ er sie los, und sie ahnte, dass er nach den Seilen griff, die er vorhin bereitgelegt hatte. Tatsächlich. Das weiche Baumwollseil berührte ihren nackten Rücken, als er wieder hinter ihr stand. Sie atmete konzentriert ein und wieder aus, langsam, ganz langsam, als die erste Schlinge sich um ihr Handgelenk legte. Dann die zweite. Die dritte. Kilian wusste, was er tat. Jeder Handgriff saß.

Auf dem Flauschteppich war es schwierig, auf Heels und mit den Händen im Nacken das Gleichgewicht zu wahren, daher nahm sie seine Hand um ihre Taille dankbar an. Er half ihr, über den unsicheren Grund zum Stützbalken ihres Hochbettes zu gehen. Der Teppich unter den Knien war weich, als sie erneut strauchelte, und seine Arme hielten sie, als sie zur Seite auf den Boden sank. Wie unelegant das aussehen musste! Dabei wollte sie ihm gefallen.

Verlegen sah sie hoch und sah in seinen Augen das Funkeln, das verriet, wie sehr ihn ihre Hilflosigkeit erregte. Eine heiße Welle floss durch ihren Bauch und ihre Brüste. Es tat gut. Bei ihm durfte sie schwach sein und sich gehen lassen, ohne etwas beweisen zu müssen. Kein anderer Mann in ihrem Leben war dafür stark genug gewesen.

»Lehn deine Stirn an den Balken«, sagte er und gab ihr einen Klaps auf den Hintern.

Für einen Moment missachtete sie seine Anweisung, sah ihm in die Augen und verlor sich darin.

Sein Blick verharrte auf ihr. Er vertraute darauf, dass sie nicht widersprechen würde. Natürlich nicht.

In Momenten wie diesem würde sie alles für ihn tun. Mit einem Kopfneigen, das er sicher kaum erkennen konnte, schloss sie die Augen und lehnte die Stirn an den Holzbalken. Es fühlte sich an, als würden sich Splitter in ihre Stirn bohren. Das Holz roch nach alter Wachspolitur und Fichtenharz. Ohne es zu wollen, ließ die aufrechte, kantige Härte sie erschaudern, die zwischen ihren Beinen und Brüsten nach oben strebte.

Seine Kleidung raschelte leise, als er sich hinter ihr bewegte. »Das gefällt dir, was?«

Sie antwortete mit einem Geräusch, das ein Schnurren, Seufzen oder ein verhaltenes Stöhnen hätte sein können. Natürlich gefiel es ihr. Die Seile um ihre Handgelenke, diese Seile, die er um ihren Hinterkopf legte und die ihre Stirn fester an den Balken drückten, hielten und schützten sie. Heimlich breiteten sich die Flügel auf ihrem Rücken aus und machten sich bereit.

Zwischen ihren Beinen zerfloss sie. Sie seufzte auf. Das Wissen darum, dass er über ihr stand, ihren Körper betrachtete und die Wildlederpeitsche hielt, schien unerträglich erregend. Das Pochen zwischen ihren Beinen würde unerfüllt bleiben, während er zufrieden lächelnd auf sie hinuntersah. Es tat weh. Sie war ganz unten, nichts wert, hatte es immer geahnt. Seltsamerweise tröstete der Gedanke und gab ihr Frieden.

Die Peitsche fiel zum ersten Mal auf ihren Rücken. Am Anfang tat es immer weh. Sie ertrug es. Der Schmerz verstärkte das heimliche Licht in ihrem Inneren, von dem niemand etwas wusste und das ihr deswegen auch niemand wegnehmen konnte. Wieder ein Schlag, wieder süßer Schmerz. Jetzt war es angenehm. Jetzt tat es weh. Langsam erfühlte sie seinen Rhythmus, fand Frieden darin und spürte den Lufthauch unter ihren Flügeln. Ihr Geheimnis. Niemand sah tief genug in sie herein.

Stille. Der Schmerz hörte auf und ließ ein angenehmes Brennen auf dem Rücken zurück, auf dem sich der unmerkliche Lufthauch von Kilians Bewegungen kühl anfühlte. Was beabsichtigte er?

Er machte sich an dem Knoten in ihrem Nacken zu schaffen. Der Druck auf ihrem rechten Handgelenk löste sich. Auch ihre linke Hand wurde befreit, nur um erneut auf dem Oberschenkel festgebunden zu werden.

Auf ihrer Fensterbank brannten Teelichter. Daneben lagen die weißen Kerzen. Ihr wurde mulmig zumute. Heißes Wachs fürchtete sie mehr als die Peitsche. Sie wusste nicht genau, woran es lag. Vielleicht, weil es tiefer ging und nicht nur die Oberfläche streifte. Vor dem Glühen auf ihrer Haut konnte sie nicht davonfliegen.

Kilian zündete eine der weißen Kerzen an.

»Bitte nicht«, flüsterte sie.

Er schien es nicht zu hören und kam zurück. Seine Hand glitt über ihren Nacken, fasste in die Haare und zog ihren Kopf nach hinten.

»Nein!«

»Nein« war kein Safeword. Der erste Tropfen fiel auf ihre Brüste. Hitze statt Licht berührte sie, obwohl sie unter ihrer Haut allein bleiben wollte. Sie zog die Luft scharf ein. Im ersten Moment fühlte es sich wie Wasser aus einer heißen Dusche an. Langsam entfaltete sich der Schmerz, während die Hitze unter die Haut zog und das Blut entzündete.

Sie hätte nicht sagen können, ob es Schmerz war. Eine seltsame Euphorie pulsierte mit jedem Herzschlag weiter durch ihren Körper und breitete sich aus, bis sie zwischen den Beinen pochte. Furcht. War es das, was sie fühlte? Die uralte Angst, nicht zu genügen und für zu wenig befunden zu werden?

»Es tut weh«, flüsterte sie nach dem dritten oder vierten Tropfen und sah in seine Augen.

»Das soll es auch.« Er küsste sie sanft auf die Wange.

Sie biss die Zähne zusammen und hielt still. Versuchte es wenigstens. Zappeln war sinnlos. Wenn sie wegrutschte, würde das Wachs nicht sie treffen, sondern den Flauschteppich. Der hatte bereits zu viele Flecken. Besser, es traf sie. Die Haut würde heilen.

Als ein Tropfen versehentlich oder absichtlich direkt auf ihren Nippel fiel und der Schmerz sich verdreifachte, schrie sie auf. Suchte nach Kilians ruhigem Blick und fand Halt bei ihm. Eine Träne floss ihr über die Wange. Konnte er sie nicht wenigstens streicheln? Es tat weh!

Sanft hielt er sie und versicherte ihr mit einem Blick, dass er sie liebte, bei ihr blieb und sie beschützte. Sie war in Sicherheit, auch wenn er ihr wehtat. Sie hatte Flügel auf dem Rücken, die wild flatterten und sich zu befreien versuchten.

Schließlich entspannte sie sich und atmete aus. Atmete wieder ein. Der Atem bestimmt den Rhythmus, hatte Frau Werning gesagt. Oder so ähnlich. Der Geruch nach Feuer, nach schmelzendem Kerzenwachs lag in der Luft. Kilians Atem glitt über ihre Brust und kühlte die ängstlich-erwartungsvolle Haut. Stück für Stück ließ die Angst nach.

Dann, ganz plötzlich, sie hatte nicht mehr damit gerechnet, fielen die nächsten Tropfen. Glühend heiß verschmolzen sie zu einem Lavafluss. Kilian hatte gar nicht gewartet, um ihr eine Ruhepause zu verschaffen. Er hatte sich nur geduldet, damit sich der Schwall aus glühender Flüssigkeit an der Kerzenspitze vermehrte, der ihr jetzt über die Brust auf den Bauch lief.

Sie schrie nicht. Ganz plötzlich machte es Klick und sie fühlte den Schmerz nicht mehr. Stattdessen vergaß sie, wie man dachte, wie man sich fürchtete und an so etwas Überflüssigem wie seiner Würde festhielt. Sie flog davon, während Tränen über ihre Wangen rannen und die Haut kühlten. Sie vergaß ihren Namen und ihren Stolz. Alles, was blieb, war der Teil von ihr, der unzerstörbar war und gehalten von unsichtbaren Flügeln unter dem Sternenhimmel tanzte. Kilian blieb auf der Erde zurück, streichelte ihren Körper und würde nie verstehen, wie wundervoll es war, dass sie fliegen konnte.

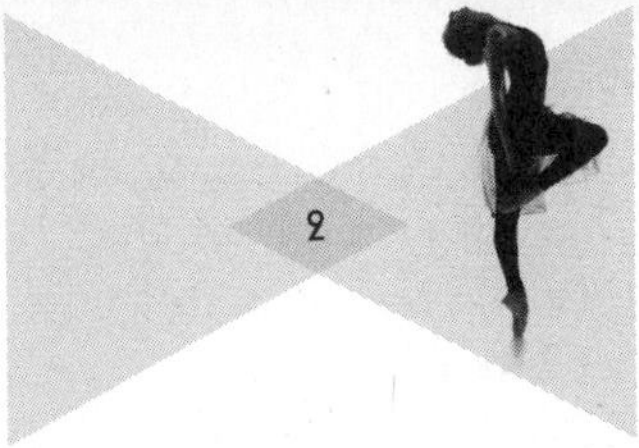

PLUS EINS

Einige Zeit später löste Kilian ihre Fesseln und half ihr, sich aufzusetzen. Sie schmiegte sich an seine Schultern. Alles in ihr war weich und voller Dankbarkeit für den Höhenflug, den er ihr geschenkt hatte. Es war schade, dass er nur danebengestanden und sie beobachtet hatte. Das machte den Flug einsam. Vielleicht konnte er eines Tages mit ihr fliegen?

»Das war wunderschön«, wisperte sie ihm ins Ohr.

Er machte ein brummendes Geräusch. »Du bist eine einzigartige Frau, Jennifer.«

Sie lächelte und schloss die Augen. Ihre Hand wurde von seiner fest umschlossen. Sie fühlte sich sicher und geborgen.

Gemeinsam saßen sie vielleicht zehn Minuten auf dem Teppichboden, in denen Jennifer langsam zurück auf die Erde kehrte und das sanfte Nachbrennen auf ihren Brüsten genoss. Sie wollte nicht reden. Sie wollte nicht denken. Eben noch war sie frei von allen Gedanken und Verpflichtungen gewesen. Der Moment sollte noch nicht vorüber sein, aber unaufhaltsam rückte der Zeitpunkt näher, an dem sie auseinandergehen mussten. So war es jedes Mal. Sie hatte sich daran gewöhnt.

»Was bedeutet unsere Spielbeziehung für dich?«, fragte Kilian und zerbrach die Stille.

Warum musste er so schwere Fragen stellen? Die Antwort sollte er sich als kluger Mann denken können. Sie hatten sich auf eine unverbindliche Spielbeziehung geeinigt, aber seitdem waren mehr als zwei Monate vergangen. Natürlich wollte sie inzwischen mehr.

»Ich könnte mich daran gewöhnen, dich regelmäßig zu sehen«, sagte sie schließlich. Direkter mochte sie es nicht formulieren.

Er rückte eine halbe Handbreit von ihr ab. Nicht viel, aber sie spürte es. Sie versteifte sich.

»Das war nur ein Scherz!«, fügte sie schnell hinzu. »Ich glaube nicht, dass ich der Typ für eine feste Beziehung bin. Ich mag unser Verhältnis so, wie es ist.«

Kilian nickte, doch er sah sie nicht an. Der magische Augenblick war vorbei. Die Worte entfernten sie voneinander, statt eine Brücke zu schlagen. »Warst du schon mal auf einer SM-Party?«, fragte er, als ob er den wachsenden Abstand spürte und ihn überbrücken wollte.

Jennifer zuckte mit den Schultern, schüttelte den Kopf und bemühte sich um eine entspannte Körperhaltung. Bisher hatte sie keine SM-Party besucht. Dafür müsste man abgebrühter sein, als sie es war. Das, was Kilian und sie bei ihren Treffen anstellten, war kein richtiger SM. Es waren Spiele, die beiden gefielen, und sie kamen ohne Leder und Latex aus.

Würde man auf einer solchen Party von ihr verlangen, ein Kleid zu tragen, das die Brüste enthüllte und an der Vorder- und Rückseite einen langen Schlitz hatte? Im Film *Die Geschichte der O* hatte es gut ausgesehen, doch ihre Brüste waren für solche Modekreationen nicht straff genug. Außerdem wollte sie nicht, dass andere Männer als Kilian sie halb nackt sahen.

Ein solcher Partybesuch würde darüber hinaus die Frage aufwerfen, ob sie öffentlich machen wollte, was Kilian und sie verband. Bisher war das schmerzhafte Spiel eine Privatangelegenheit gewesen. Süß und verborgen, ein Geheimnis, das ihr Lächeln schöner werden ließ. Außer Mica hatte sie niemandem davon erzählt. Eine SM-Party würde diese Heimlichkeit zerstören. Bedeutete das, dass er sich in sie verliebt hatte? Wollte er aller Welt zeigen, was ihn und sie verband?

Anscheinend deutete er ihr Schweigen falsch. Er streichelte über ihre Schultern und ihren Hals und begann, sie im Nacken zu massieren. Das tat er immer, wenn er sie zu etwas überreden wollte. Zufrieden schloss sie für einen Moment die Augen und ließ es zu. Dann setzte sie sich auf. »Mit dir würde ich es tun«, sagte sie, bevor sie es sich anders überlegen konnte.

»Bist du dir sicher?« Seine Stimme verriet, dass er sich freute.

Jennifer atmete erneut aus und zwang sich zur Entspannung. »Ja. Ich denke schon.«

Das Herz drückte von innen gegen ihre Brust. In ihrer Vorstellung schwebte sie in einem durchsichtigen Chiffonkleid auf hohen Absätzen mit Knöchelriemchen hinter ihm durch den Park einer alten Burg. Ihre Arme waren mit Seidenbändern auf dem Rücken zusammengebunden, immer ein Handgelenk am gegenüberliegenden Ellenbogen, sodass ihre Brüste nach vorn standen und ihre Haltung stolz und königlich schien.

Ein Halsband mit Spitzenbesatz ließ ihr Gesicht feiner und zarter erscheinen. Eine dünne Metallkette lief zu Kilians Hand, während er die Runde machte und die anderen Gäste begrüßte. Ihr Blick ging bescheiden nach unten und ihre offenen Haare mit einer Blütenspange wehten im Dämmerungswind. Unter dem Chiffon trug sie keine Unterwäsche. Jeder, der genau hinsah, bemerkte es.

Die Vorstellung ließ sie erzittern.

»Wo findet die Pa–«, setzte sie an, doch Kilian öffnete gleichzeitig den Mund und sie verstummte.

»Meine Freundin freut sich darauf, meine Sub endlich kennenzulernen. Also dich.«

Sie erstarrte.

Seine Freundin? Hatte sie richtig gehört?

Der Boden bewegte sich, ganz leicht nur. Ihr wurde kalt. Die Wände des Raumes neigten sich in ihre Richtung, und sie erinnerte sich daran, dass sie regelmäßig und tief atmen musste, um gegen den Schwindel anzukämpfen. Langsam einatmen. Langsam ausatmen. Es war wichtig, weiterhin neutral und unbeteiligt zu schauen, auch wenn sie das Gefühl hatte, die Welt erneut durch den verhassten grauen Nebel zu betrachten.

»Welche Freundin?« Sie wischte die Bilder von dem Chiffonkleid aus ihrem Kopf und befahl sich, unberührt zu wirken. Möglicherweise verstand sie etwas falsch. Der ziehende Schmerz in ihrer Herzregion war vielleicht nur eine Nachwirkung der letzten Fesselposition.

»Saskia natürlich. Ich habe dir mit Sicherheit von ihr erzählt.«

Ausatmen. »Nein, ehrlich gesagt hast du das nicht.« Sie bemühte sich, es beiläufig klingen zu lassen. Sollte sie nicht ausrasten wegen dem, was er gesagt hatte? Warum blieb sie so ruhig? »Ist sie deine feste Freundin?« Ihr Mund schien ein Eigenleben zu entwickeln und den Schritt der wütenden Beschimpfungen voller gekränkter Eitelkeit überspringen zu wollen. Wie merkwürdig.

Natürlich hatte sie keinen Alleinanspruch auf Kilian. Er hatte von Anfang an gesagt, dass er keine feste Beziehung wollte. Das, was sie verband, war eine Freundschaft mit Extras. Eine Spielbeziehung. Ein offenes, unverbindliches Arrangement zum beiderseitigen Vorteil. Man konnte es nennen, wie man wollte. Er hatte sie nie belogen. Nichts gab ihr das Recht, erschrocken oder frustriert zu sein, wenn es in seinem Leben andere Frauen gab, nicht mal, wenn eine davon für ihn wichtiger war als sie. Er hatte nichts Falsches getan.

Warum war sie dann so wütend?

Wie dumm sie gewesen war. Das veränderte alles. Oder nichts. Das mit ihm und ihr war nichts Besonderes gewesen, sie hatte sich getäuscht. Sie war nur die Affäre, die dumm genug gewesen war, sich ihn ihn zu verlieben. Was für ein Klischee. Viel zu alltäglich, um deswegen Schmerz zu verspüren. Natürlich hatte er sie nicht betrogen oder verraten. Dafür war sie nicht wichtig genug. In Wahrheit verband sie nichts außer den Rotweinflaschen, deren Reste sie Wochenende für Wochenende mit Mica geleert hatte.

Hatte er sich damit freikaufen wollen, weil er ihr niemals Liebe geben würde?

Sie zog die Arme enger an den Körper und rückte weg von ihm.

Kilian legte einen Arm um sie und zog sie wieder zu sich heran. »Ich bin mir sicher, dass ich dir von Saskia erzählt habe. Ohne sie wäre ich vergangenes Jahr nicht hierhergezogen.«

Er log. Jennifer hätte schwören können, dass nie von einer Saskia die Rede war. Er hatte ihr erzählt, dass es in ihrer Stadt für seine Selbstständigkeit als Projektinformatiker einen besseren Markt gäbe. Und er hatte gesagt, dass er über seinen Umzug sehr froh sei, weil er sie sonst niemals kennengelernt hätte.

Hatte er nicht einmal genug Respekt vor ihr, um von Anfang an mit offenen Karten zu spielen? War sie dermaßen austauschbar für ihn?

»Du sagst, dass Saskia von mir weiß? Habt ihr eine offene Beziehung?« Sie hoffte, dass man ihr nicht ansah, wie betäubt sie sich fühlte. Müsste es nicht stärker wehtun? Hatte sie nicht vor einer Stunde noch daran gedacht, wie es wäre, fest mit ihm zusammen zu sein, ihn vielleicht eines Tages sogar ihrer Familie vorzustellen?

Sie hätte gedacht, dass die Höflichkeit verlangen würde, dass man so unbedeutende Dinge wie die Existenz einer offenen Beziehung bereits beim Kennenlernen erwähnte. Anscheinend hatte sie sich geirrt. Das Gefühl, das aus ihrem Magen hochstieg, fühlte sich fast an wie Wut.

»Offene Beziehung … Ja, so ähnlich könnte man es beschreiben. Saskia mag kein SM. Deswegen lebe ich diese Seite von mir seit Jahren mit anderen Frauen aus. Ich finde, es wird Zeit, dass ihr euch kennenlernt.« Er lächelte zu nett, um wirklich böse zu wirken.

Für einen Moment verkrampfte sie ihre Hand um Kilians. Was passierte hier? Er hatte ihr niemals vorgemacht, dass er sie liebte. Stattdessen hatte er gesagt, dass er die gemeinsame Zeit mochte und sie für ihn etwas Besonderes war. Vielleicht sollte sie sich damit zufriedengeben. Ein Stückchen Glück war besser als nichts.

»Das ist doch okay für dich?«, fragte er nach, als ob ihm der Gedanke erst jetzt käme.

Aus den Wänden schien grauer Nebel zu dringen und sich um ihr Herz und ihr Gehirn zu legen. Er zerstörte ihre Fähigkeit, klar zu denken, betäubte sie und drückte sie zu Boden. Es tat weh, auch wenn sie das Gefühl verdrängen wollte. Es war eine andere Art von Demütigung und schmerzte schlimmer als das, was Kilian in den Sessions mit ihr anstellte.

Ob Saskia, Kilians Beteuerungen zum Trotz, eifersüchtig auf sie war? Sah sie Jennifer in ihren Gedanken als schillernde Sirene, die das Herz und die Aufmerksamkeit ihres Freundes an sich gerissen hatte?

Verunsichert schmiegte sie sich an Kilians Schultern, sog den herben Duft seiner Haut ein und kuschelte sich mit geschlossenen Augen an ihn. Sie rief sich seinen fordernden, verliebten Blick ins Gedächtnis. Hatte sie sich so irren können?

Vorsichtig öffnete sie die Lider, machte sich los und sah erneut in seine Augen. Blau. Sein Blick war männlich und stark. Diese Augen glaubten an sie. Für diesen Mann war sie ein wertvoller Mensch, selbst wenn sie nicht die einzige Frau in seinem Leben war, versicherte er wortlos. War das nicht besser, als für irgendeinen wertlosen Typen die Nummer eins zu sein?

Er wollte, dass sie mitkam zu dieser Party. Wahrscheinlich wusste er selbst nicht, wie alles am Ende ausgehen würde. Aber er würde es schade finden, wenn sie Schluss machte, statt sich mit ihm auf neue Abenteuer einzulassen und zu sehen, wohin der Wind sie wehte.

Ihr wurde kalt. Das hier war neu. Dieses Spiel funktionierte nach anderen Regeln. Es würde tiefer brennen und gefährlichere Verletzungen verursachen als vom Stearin gerötete Haut. Es würde ein Tanz sein, der an in Betonmauern eingelassenen Glasscherben vorbeiführte und anspruchsvollere Schritte erforderte als die bloße Hingabe an die Seile.

Für einen Moment öffneten sich die Flügel auf ihrem Rücken und falteten sich wieder zusammen.

»Ich weiß nicht, ob ich kommen werde«, sage sie leise und spannte ihre Bauchmuskeln an. »Lass mich darüber nachdenken, ja?«

Er musterte sie, lächelte und gab ihr einen Kuss auf die Wange. »Du wirst die richtige Entscheidung treffen, da bin ich sicher.

Ihre Hände zitterten. Sie ballte sie zu Fäusten.

3

MÄNNER UND ANDERE MONSTER

»Warum ist das Leben manchmal so kompliziert? Vor allem die Männer?« Jennifer legte den Kopf auf die Hände und blickte auf die Küchentischdecke. Sie fühlte sich hundeelend. Die Welt war grau und flügelamputiert.

»Ich weiß es nicht.« Mica putzte zum dritten oder vierten Mal an diesem Tag mit dem Lappen über die Arbeitsfläche und die Schranktüren. Blöder Putztick. Konnte sie sich nicht mit an den Tisch setzen?

»Wie läuft es mit deinem Manager?« Jennifer mochte Micas Freund nicht, aber er bot ein Gesprächsthema, mit dem sie sich von ihren nutzlosen Grübeleien ablenken konnte. Egal, wie lang sie die Gedanken in ihrem Kopf hin und her wälzte, Saskia würde nicht einfach aus Kilians Leben verschwinden und sich in Luft auflösen.

Mica war seit einem halben Jahr mit dem Manager zusammen. Jennifers Meinung nach tat er ihr nicht gut. Im Sommer hatte Mica ihn betrogen, aber leider nicht verlassen. Wenn der Manager zu Besuch war, musterte er die kleine Wohnung und die Studentenküche abfällig, und wenn Mica nicht im Raum war, blickte er auf Jennifers Brüste.

Mica spülte den Lappen aus und legte ihn zum Trocknen über den Wasserhahn. In fünf Minuten käme sie auf die Idee, dass er auf diese Weise Flecken auf dem Stahl hinterließ und ihn erneut zu ergreifen, um den Wasserhahn gründlich zu polieren. Jennifer könnte darauf wetten. Es machte sie wahnsinnig. Als Nächstes nahm Mica ein Küchenhandtuch und polierte mit kreisenden Bewegungen die Arbeitsfläche und die schmutzig weißen Schranktüren.

Es würde ihr nie gelingen, so ordentlich wie Mica zu werden. Oder so schlank. Es war unfair, dass Mica alles so leichtfiel. Wenn sie nur ein einziges Mal eine Klausur so gut bestehen könnte wie sie.

»Mit Bernd ist alles normal«, sagte Mica und polierte die Ablage heftiger als zuvor. »Was soll schon sein?«

»Hast du dich noch nicht geoutet?«

Sie schüttelte den Kopf. »Ich weiß nicht mehr, ob ich es will, ehrlich gesagt.«

Jennifer nickte. An Micas Stelle würde sie mit dem Manager ebenfalls kein SM machen wollen. Auch nicht, wenn sie wie Mica auf die dominante Seite gehören würde. Der Manager war einfach nicht sexy.

Ein bisschen verwirrte die Vorstellung sie immer noch. Wie konnte es sein, dass ihre beste Freundin einen Mann mit der Peitsche in der Hand so behandeln wollte, wie Kilian es gestern bei ihr getan hatte? Mica war keine Domina und trug normale Klamotten wie Jeans und T-Shirt. Trotzdem liebte sie es, Männer zu beherrschen und zu Boden zu zwingen.

Ob Mica und sie sich deswegen immer verstanden hatten? Hatte sie als nichts ahnendes Devotchen unwissentlich mit Mica als nichts ahnender Domme die perfekte Wohngemeinschaft gegründet, in der sie die Regeln vorgab und Jennifer sich danach richtete?

Bestimmt nicht. Mica und sie waren hetero. Sie stritten sich manchmal, vertrugen sich wieder, kannten sich seit fünf oder sechs Jahren. Sie waren gleichberechtigt, da war sie sicher. Zwischen ihnen gab es keine erotische Spannung. Mica war ein anderer Typ Frau und ergänzte sie als Freundin. Sie war selbstbewusster. Erfolgsorientierter. Eines Tages würde sie eine große Karriere machen, da war sie sicher.

Jennifer dagegen; bei ihr war das weniger sicher. Niemals würde sie nach dem Heimkommen die Küche putzen oder ihren Schreibtisch sortieren. Ach du liebe Güte, scheuerte Mica jetzt etwa den Herd? Sollte sie aufstehen und helfen? Aber das mochte Mica nicht, hatte sie früher oft gesagt. Sie verwöhnte gern, als ob andere nicht allein für sich sorgen könnten.

Vielleicht war sie tatsächlich zu zerbrechlich. Ihr Studium verlief nur mäßig erfolgreich. Böse Zungen könnten behaupten, dass sie es in den vergangenen zweieinhalb Jahren vernachlässigt hatte. Von fünf Vorlesungstagen ging sie im Regelfall höchstens an drei Tagen in die Uni. Vor einiger Zeit hatte Jennifers Vater sogar angedroht, ihr die Studienunterstützung zu streichen, wenn sie sich nicht auf den Hosenboden setzte und arbeitete. Uni statt Ballett und der ganze Kram.

Natürlich hatte er recht. Sie verspürte regelmäßig einen solchen Widerwillen gegen die Vorlesungen, dass sich jeder Morgen zu einem Kampf gegen ihre widerstrebenden und protestierenden Muskeln gestaltete, die sich nachdrücklich weigerten, sie aus der Wohnung zu bringen. Das Problem war nicht ihr Studienfach, sondern die Tatsache, dass sie niemals studieren gewollt hatte. Alles, wonach sie sich sehnte, war Tanzen. Solange sie das nicht konnte, fehlte jede Motivation, um morgens pünktlich aufzustehen. Zu tanzen war viel besser als zur Uni zu gehen. Leider existierte diese Möglichkeit nicht.

Als Mädchen hatte sie Ballettunterricht erhalten. Ihre Mutter war begeistert davon gewesen, wie sehr sie das Ballett liebte, und hatte sie zweimal in der Woche in die Ballettschule gefahren. Mit 14 hatte Frau Werning sogar vorgeschlagen, ihr zwei weitere Stunden in der Woche zusätzlichen Einzelunterricht zu geben, um sie auf den Besuch einer Ballettakademie vorzubereiten.

Damals war sie glücklich gewesen.

Hände glitten über die weinrote Wachstuchtischdecke auf dem Küchentisch. Es waren ihre, aber sie spürte sie nicht. Fingernägel bohrten sich in die glatte Oberfläche und hinterließen tiefe Kerben, wie Schnitte, die bald verheilten und doch Spuren hinterließen. Unwillkürlich zog sie die Ärmel der Hausjacke weiter aufs Handgelenk hinunter. Vermutlich hätte sie als Tänzerin ohnehin keinen Erfolg gehabt. Es war arrogant, zu glauben, dass es ihr gelingen könnte, die Menschen zu verzaubern und sich in ihre Herzen zu tanzen. Bestimmt war es richtig, dass sie ein normales Studium begonnen hatte. Tanzen konnte sie in der Disco. Oder mit Kilian, wenn sie in seinen Armen flog und sich wiederfand.

Warum also erschien ihr das Leben so sinnlos?

»Hast du Lust, mit mir auf eine SM-Party zu gehen?«, fragte sie und konzentrierte sich auf Mica. Irgendwie musste sie den grauen Nebel aus ihren Gedanken vertreiben. Hoffentlich hatte sie Mica nicht in einem wichtigen Satz unterbrochen, auf den sie eine Antwort erwartete.

»Was für eine Party?« Mica hängte das Handtuch über die Lehne der Küchentür. Genauso gut könnte sie es in den Wäschekorb werfen. Wer wollte aus Gläsern trinken, die mit einem solchen Handtuch abgetrocknet wurden? Oder wollte sie es dort für den nächsten Putzflash deponieren?

Mica war perfekt, selbst wenn sie putzte. Neben ihr würde Jennifer immer wie die gescheiterte kleine Schwester wirken, die sie war und tief im Innern ihr Leben lang bleiben würde. Warum existierte sie überhaupt? Wer würde merken, wenn sie sich auflöste und in dieser Nacht ihr nutzloses Leben beendete? Es spielte keine Rolle. Nichts spielte eine Rolle. Am Ende war alles egal und der graue Nebel würde siegen.

Aber vielleicht noch nicht heute. Jennifer biss sich auf die Lippen und schmeckte Blut. Der Schmerz drang durch den grauen Nebel und brachte sie zurück in Richtung Wirklichkeit. »Kennst du das Old Fashioned?«

»Nee, kenne ich nicht.« Mica setzte sich zu ihr. »Ist das dieser Club in der Südstadt, wo die Schickimickis hingehen, deren Eltern zu viel Geld haben?«

Sie nickte. »Die haben im Obergeschoss SM-Möbel, hat Kilian mir erzählt. Dort wird im Oktober eine entsprechende Party stattfinden. Hast du Lust, mitzugehen?«

Mica zuckte mit den Schultern und lächelte. »Klingt nicht schlecht. Vielleicht kann ich Bernd mitbringen.«

»Den Manager? Muss das sein?«

»Du kommst doch auch mit deinem Freund. Äh, mit deiner Affäre.«

»Nicht ganz.« Jennifer schluckte und sprach es aus. »Kilian kommt, das stimmt. Aber er bringt seine feste Freundin mit. Sie heißt Saskia.«

Fast im gleichen Augenblick hob sich der graue Nebel und nahm sein Gewicht von ihr. Es tat gut. Warum sollte sie sich dafür schämen, wenn Kilian sich stillos benahm und ihr wie ein x-beliebiger Dahergelaufener eine halbe Ewigkeit verschwiegen hatte, dass er in einer Beziehung steckte?

»Scheiße.« Mica nickte weise.

»O ja.« Sie wollte nicht weiter darüber reden, merkte sie, auch wenn sie das Thema angesprochen hatte. »Also, warum willst du den Manager mit auf die Party nehmen?«

Mica sprang auf den Köder an und erzählte mehr von ihrem langweiligen Freund. Jennifer nickte ein paar Mal, um sie am Reden zu halten. Es tat gut, dass Mica da war. Die genauen Worte spielten keine Rolle.

»Soll ich Tee aufsetzen?«, unterbrach Mica schließlich ihren Redeschwall.

Jennifer nickte. Sie tranken häufig miteinander Jasmin-Tee. Extra dafür besaßen sie zwei riesige französische Tassen. Micas war grün und Jennifers blau, Geschenke zur Einweihungsparty. Inzwischen waren sie ein fester Teil ihres WG-Lebens, auch wenn die bunten Farben eigentlich nicht zu ihnen passten.

Mica ließ Wasser in den Wasserkocher laufen und steckte ihn mit ein wenig Geruckel auf seine Halterung. Während es heiß wurde, holte sie alle Tassen aus dem Geschirrschrank und fing an, die Schrankfächer mit dem feuchten Lappen auszuwischen, mit dem sie eben die Ablage und die Schranktüren gesäubert hatte. Ihr schwarz gefärbter Pferdeschwanz baumelte über dem schmalen Rücken.

Wieder einmal genierte sie sich für ihre feinen blonden Haare, die nur knapp überschulterlang wuchsen und nie so weiblich und stark wirken würden wie Micas. »Kommen deine Schwiegereltern morgen zu Besuch, oder warum hast du solche Putzanwandlungen?«, fragte sie spöttisch und realisierte erleichtert, dass Kilians Lügerei nicht mehr ganz so schmerzte. Freundschaft war etwas Gutes.

Mica hielt inne und blickte erstaunt auf den Lappen in ihrer Hand. »Ich glaube, ich bin nervös«, sagte sie trocken und fing an, die Gläser zurück ins Fach zu räumen. Die Sache mit dem Manager schien sie mehr zu beschäftigen, als sie zugeben wollte.

»Dann trockne das Schrankfach bitte ab, bevor du die Gläser reinstellst«, entgegnete Jennifer genauso trocken. Sie stand auf und holte die französischen Tassen aus dem unteren Schrankfach zwischen den Töpfen hervor. Vorsichtig löffelte sie zwei Teelöffel mit Jasmin-Tee in die Papierbeutel, wobei sie nur ganz wenig krümelte, und holte Löffel aus der Besteckschublade.

In der gleichen Zeit hatte Mica das Schrankfach ausgewischt, die Gläser mit einem Staubtuch poliert, sie ordentlich in den Schrank sortiert und den Zucker bereitgestellt.

Da war es wieder, dieses schleichende Gefühl von Minderwertigkeit. Mica war so perfekt. Sie dachte an alles, erledigte alles, hielt alles in Ordnung. Was wollte Jennifer hier, in diesem perfekten Zuhause? Sie passte nicht hinein. So war es immer gewesen. Sie stand daneben, versuchte, allen zu gefallen, und es misslang. Die anderen lebten, während sie an der Seite stand und zusah.

Warum hatte sie Mica von der SM-Party erzählt? Sie würde mitkommen, mit ihrem perfekten und langweiligen Freund, würde sich perfekt und langweilig anziehen, und Jennifer würde neben ihr wirken wie die gescheiterte und zu stark geschminkte Balletttänzerin, die sie war.

Eigentlich wollte sie nicht auf diese Party und sich damit foltern, dass Kilian eine andere Frau liebte. Es würde ihr reichen, wenn sie wieder tanzen könnte. Auf einer Bühne und vor Publikum, nicht nur für Kilian und seine Seile. Bestimmt gab es auf der Party eine Tanzfläche.

Vielleicht wäre es gesünder, wenn sie ihre Energie wieder ins Tanzen steckte und nicht in den Versuch, Kilian davon zu überzeugen, dass sie als Partnerin besser geeignet wäre als seine langweilige Vanilla-Saskia. Bestimmt würde sie das auf Dauer glücklicher machen. Aber was, wenn sie als Tänzerin scheitern würde? Würde das nicht noch mehr schmerzen, als wenn sie es gar nicht erst versuchte?

Bald begann an der Uni ein neues Kunstprojekt. Sie hatte Aushänge gesehen, in denen musisch interessierte Studenten für eine moderne Interpretation von Shakespeares *Sommernachtstraum* gesucht wurden. Den kleinen Abriss am Aushang hatte sie sorgfältig abgetrennt und bewahrte ihn im Briefmarkenfach ihres Portemonnaies auf. Dort lag er seit zwei Wochen. Normalerweise hätte sie so etwas Kleines längst verloren.

Das erste Treffen fand am kommenden Dienstag statt. *Musisch interessiert*, hieß es auf dem Zettel. Elfen schwebten im Wald, tanzten zwischen Bäumen, zwischen blühenden Kirschblüten im Mai, unter dem Vollmond und über tauglänzende Steine auf Waldlichtungen. Das würde ihr gefallen. Ihre Eltern brauchten nichts davon zu erfahren, dann konnten sie es nicht verbieten. Immerhin musste sie dafür kein Geld ausgeben.

»Und, was meinst du?«, unterbrach Mica ihren neuen Monolog über ihren Managerfreund.

Jennifer bemühte sich um einen unbewegten Gesichtsausdruck. Mica sollte nicht merken, dass es ihr wieder nicht gelungen war, ihrem Redefluss zu folgen. Prüfend musterte sie ihr Gesicht. »Das ist kompliziert«, sagte sie, als ob sie über eine Antwort auf Micas Probleme grübelte. »Man kann es so und so sehen. Was meinst du selbst?«

Der Tee war fertig. Sie gingen in Jennifers Zimmer. Während sie innerlich weiterhin grummelte, weil Kilian ihr eine so wichtige Sache wie die Existenz einer Freundin verschwiegen hatte, genoss sie Micas Gesellschaft. Es war schön, eine Mitbewohnerin und Freundin zu haben, mit der sie über solche Dinge reden konnte. Die bloße Tatsache, dass Mica existierte und Domme war, erinnerte sie daran, dass auch Doms nur Menschen waren und Fehler machten. Auch Kilian war nicht perfekt.

Vielleicht war es nicht so schlimm, wie sie zunächst gedacht hatte. Vielleicht war Kilians Freundin sogar ganz nett. In der SM-Szene war es nichts Ungewöhnliches, eine offene Beziehung zu haben, hatte Mica vor ein paar Wochen erzählt. Ihr Urlaubsflirt führte ebenfalls eine offene Beziehung. Vielleicht war das in der Szene normal. In dem Fall würde sie nichts weiter benötigen als ein wenig Zeit, um sich an den Gedanken zu gewöhnen.

SOMMERNACHTSTRAUM

Jennifer trat in die Pedale, so fest sie konnte. Natürlich war sie zu spät losgefahren und hatte zu viel Zeit vor dem Spiegel verbracht. Dafür lagen ihre Haare jetzt wirklich gut. Sie hatte sich einen Seitenscheitel gezogen und die Haare auf der einen Seite strähnchenweise antoupiert, bevor sie sie zu einem seitlichen Mozartzopf geflochten hatte. Den Rest hatte sie ebenfalls leicht toupiert und zu einem Wuschelknoten am Hinterkopf festgesteckt.

Hoffentlich war die türkisfarbene Pfingstrosenblüte am Hinterkopf nicht zu viel des Guten. Ihrem Make-up nach hätte sie als tanzende Elfe in Titanias Gefolge gepasst, genau wie das knielange Kleid mit der schmalen Taille und dem schwingenden Rock. Sie hatte überlegt, es mit Plateaustiefeln mit breitem Blockabsatz zu kombinieren, um einen Kontrast zu schaffen, hatte sich am Ende aber für die schlichten Ballerinas entschieden. Immerhin war sie Tänzerin. Eine Tänzerin, deren Knöchel in der kühlen Herbstluft froren, sodass sie bedauerte, auf die Stiefel verzichtet zu haben.

Zu Hause hatte das Outfit gut ausgesehen. Ins Black Mirror, ihre Stammdisco, hätte es ebenfalls gepasst. Aber jetzt, auf dem Fahrrad, unterwegs zu lauter Leuten, die sie noch nicht kannte, kam es ihr unpassend vor. Zu mädchenhaft. Zu zart, zu jung, zu zerbrechlich. Ob sie umkehren sollte? Alles von vorn stylen?

Oder sollte sie es ganz lassen? Vielleicht wollten sie keine Tänzerin. Andere Frauen konnten mit Sicherheit besser tanzen als sie. Bestimmt war sie in den Augen der Projektmenschen nicht hübsch genug für eine Elfe. Diese alberne Blume; sie sollte sie aus den Haaren nehmen. Da vorn war die Einfahrt in den Park. Sie sollte abbiegen und sich auf eine Bank setzen. Weiter hinten stand ein großer, uralter Baum, um dessen Stamm eine Bank verlief. Sie könnte dorthin fahren, sich hinsetzen und nach oben in die Blätter sehen, die sich bereits herbstlich verfärbten. Das einstige Grün war hinter dem sterbenden, verblassenden Gelb kaum noch zu erkennen. Der nächste Sturm würde sie abreißen. Dann würden sie wirbeln, fliegen, tanzen und jede Kontrolle über sich verlieren, würden schweben und vergessen, woher sie kamen.

Sie stieß einen wenig mädchenhaften Fluch aus, als sie merkte, dass sie unwillkürlich tatsächlich in den Parkweg eingebogen war. Zur Pädagogischen Hochschule und dem Fachbereich Musik ging es geradeaus! Schon wieder hatte sie nicht aufgepasst. Warum fiel ihr so etwas immer schwerer als allen anderen? Jetzt war sie so spät dran, dass es wenig Sinn ergab, wenn sie noch zum Treffen fuhr. Sie hatte so lang gebraucht, um sich vorzubereiten … Wahrscheinlich würden ihr die Proben ohnehin keinen Spaß machen. Ihr Bruder Felix hatte recht gehabt, sie sollte das Tanzen ganz lassen, ihr dicker Hintern würde es ohnehin lächerlich aussehen lassen. Irgendetwas kam immer dazwischen, diese Art von Glück war einfach nicht mehr für sie bestimmt.

Blödsinn. Sie schüttelte den Kopf, stieg ab, wendete das Fahrrad und drehte es zurück in Richtung der Uni. »Wir zwei schaffen das«, ermunterte sie das Rad und trat doppelt so hart in die Pedale wie zuvor. »Wir schaffen es, weil es um etwas geht, was wir wirklich wollen, nicht wahr?«

Auf dem Fahrradparkplatz staunte sie darüber, wie viele Fahrräder hier standen. Wollten die alle zum *Sommernachtstraum*-Projekt?

Unsinn, rief sie sich zur Ordnung. Das Gebäude war ein Teilstandort der Universität. Die meisten dieser Fahrräder stammten von Leuten, die fleißiger als sie waren und regelmäßig zur Uni gingen. Streng genommen sollte sie deswegen ein schlechtes Gewissen haben. Würde sie auch. Nachher.

»Entschuldigung, wie komme ich zur Aula?«, fragte sie eine blonde Frau, die auf der Treppe saß und wirkte, als ob sie vergeblich auf ein paar Herbstsonnenstrahlen wartete. Oder auf einen Mann.

»Da vorne rechts, beim Haupteingang.« Die Studentin zeigte auf ein paar Stufen, die zu einem Eingang mit zwei Doppeltüren nebeneinander führten. Kein altmodisches Universitätsflair, sondern einfache Brandschutztüren, wie sie in allen öffentlichen Gebäuden zu finden waren. »Geh einfach ins Foyer und links oder rechts die Treppe hoch. Du kannst es nicht verfehlen, wenn du nicht aus Versehen in den Flur abbiegst. Ich glaube, es ist auch ausgeschildert.«

Jennifer bedankte sich mit einem Lächeln, schloss ihr Fahrrad ab und ging zum Haupteingang. Die Stufen bestanden aus Beton und waren noch nicht vom Alter ausgetreten wie die Stufen der Hauptuni. Sie führten in ein mit schwarzem und weißem Marmor ausgelegtes Foyer, dessen Wände mit bunten Kunstwerken behängt waren.

Interessiert trat sie näher. An den Wänden hingen riesige Wandteppiche, die seltsame Fabelwesen zeigten. In der Mitte der Halle standen dreidimensionale Metallinstallationen, die mit Nieten und Schweißnähten zusammengehalten wurden und durch ihre harten, eckigen Formen einen Kontrast zu den runden und biegsamen Formen der Wandteppiche bildeten. Es reizte sie, an der Wand entlangzugehen und die Weichheit der genähten Teppiche und die metallische Kühle der Kantenobjekte zu ertasten und zu lauschen, welche Geräusche das Metall machte, wenn sie mit dem Finger dagegenschnipste.

Hör auf damit, ermahnte sie sich. Dafür reichte die Zeit nicht. Bestimmt war sie bereits viel zu spät. Die Treppe hoch, hatte die Studentin gesagt, egal ob links oder rechts. Sie hielt sich am Geländer fest, damit sie auf den profillosen Ballerinas nicht ausrutschte. Oben hielt sie inne. War sie so spät, dass die Türen bereits wieder verschlossen waren? Oder hatte sie es tatsächlich geschafft, pünktlich zu sein?

Vor den Türen zur Aula standen bestimmt 15 oder 20 Leute. Einige bildeten Grüppchen und unterhielten sich. Andere standen allein, sahen sich suchend um und wirkten schüchtern. Warteten sie auf ihre Freunde oder waren sie wie Jennifer allein hier?

Sie war die einzige Frau, die einen Rock trug, alle anderen trugen Jeans. Sie war auch die Einzige, die keine Leinenschuhe, Turnschuhe oder herbstlich schicke Schnürschuhe trug. Komplett falsch angezogen. Na klasse. Vorsichtig fasste sie sich an den Hinterkopf, um die Blüte unauffällig zu entfernen. Es funktionierte nicht. Sie hatte sie zu tief in das toupierte Gewuschel gesteckt. Mit einem hoffentlich unsichtbaren Schulterzucken ließ sie die Hand sinken. Unwürdiges Herumgerupfe an der Frisur war noch schlimmer, vor allem, wenn sie sie damit komplett ruinierte.

Egal. Dann trug sie halt als Einzige ein Kleid und eine Blume im Haar. Stil war, zu dem zu stehen, was man trug, und mit der eigenen Haltung dafür zu sorgen, dass andere sich wünschten, das Gleiche zu tragen. Das hatte Mutter sie gelehrt und sie hatte es nie vergessen.

Der Mann auf der Treppe hatte seine Haare gegelt und trug eine schwarze Lederjacke, die an seinen Schultern genau richtig saß. Sein Lächeln war etwas zu selbstbewusst. Auf keinen Fall war er älter als 30. Bevor er die Aulatür aufschloss, drehte er sich um. Sein Blick glitt über die anderen und traf auf Jennifer, wo er etwas zu lange verharrte. Er hatte stechende Augen. Ohne es zu wollen, senkte sie den Blick und fuhr durch ihre Haare. Er drehte sich zurück zur Tür und schloss auf. Jennifer fühlte ihr Gesicht heiß werden.

Sie gingen in die Aula. Der dunkelhaarige Mann mit der Lederjacke sah sich um und nickte anerkennend. »Ich hätte nicht gedacht, dass wir so viele werden«, sagte er zu seinem Nachbarn, einem nerdigen, schlaksigen Blonden mit Brille.

Anders als die unpersönliche Außenfassade der Universität strahlte die Aula Behaglichkeit und das Flair von Kreativität und Kunstgenuss aus. Der Boden bestand aus echtem Parkett, die Wände waren hoch und die Fenster wurden von bodenlangen, blauen Vorhängen teilweise verhüllt. An der Wand standen Stühle gestapelt, die aus einer schwarzen Plastiksitzschale und einem durchgehenden, gebogenen Metallrohr als Sitzstütze bestanden. Auf der Bühne stand ein Flügel, zwei weitere standen auf dem Boden davor. Die künftigen Projektteilnehmer holten sich Stühle und schoben sie zu einem Stuhlkreis zusammen.

Eine Frau mit honigfarbenen, gewellten Haaren, die ihr bis über die Brüste reichten, schob ihren Stuhl dicht neben den Mann in der Lederjacke und seinem Nerd-Freund. Sie kramte in ihrer Tasche und holte ein abgenutztes Büchlein hervor, das vermutlich eine Ausgabe vom *Sommernachtstraum* war. »Wollen wir anfangen?«, fragte sie mit gedehnter Stimme und warf einen Blick auf die Pfingstrose in Jennifers Haar.

Sie fragte sich, woran es lag, dass die andere ihr sofort unsympathisch war. Vielleicht lag es an der Art, wie sie ihren Mund mit glänzendem Beigebraun geschminkt hatte. Er hatte fast die gleiche Farbe wie ihre Haare. Es sah aus, als ob ihre Frisur geschmolzen und auf ihre Lippen getropft wäre. So perfekt, wie ihre Augen geschminkt waren, war das offensichtlich Absicht.

»Ja, fangen wir an«, sagte der Lederjackenträger. »Ich bin Tom. Klasse, dass so viele gekommen sind. Ich habe, ehrlich gesagt, nicht damit gerechnet, aber je mehr, desto besser. Je mehr wir sind, desto größer ist die Wahrscheinlichkeit, dass am Ende nicht alle abspringen, was?«

Die meisten lachten. Jennifer quetschte ebenfalls ein Lächeln ins Gesicht. Dachte er, sie mit solchen Witzen überzeugen und zum Durchhalten motivieren zu können?

Die Frau mit dem Lippenstift von der Farbe geschmolzener Haare kniff die Lippen zusammen. Anscheinend gefiel ihr der

Witz ebenfalls nicht. »Ich bin Denise. Sängerin und Schauspielerin kurz vor dem Examen. Wir möchten mit euch ein Studentenprojekt realisieren, weil das im Lebenslauf später gut aussieht. Es geht um den *Sommernachtstraum* von Shakespeare. Im August konnte ich Tom überreden, ein gemeinsames Projekt zu beginnen. Und hier sind wir.« Sie betonte das *ich* zu stark. Außerdem legte sie bei ihren Worten die Hand besitzergreifend auf Toms Knie.

Jennifer schüttelte den Kopf. *Behalte ihn*, hätte sie um ein Haar gesagt. *Wir wollen ihn gar nicht.*

Denise erklärte weiter, dass sie an der Musikhochschule Gesang und Theater studierte und dass Tom mit Niklas in einer Punkrock-Band spielte. Sie, Denise, hätte bereits Ideen und Eigenkompositionen für die Lieder, die sie als Titania singen würde.

Jennifer biss sich auf die Lippen, um nichts Spöttisches wie »Passt bestimmt super in den Lebenslauf!« zu sagen. Sie hatte sich darauf gefreut, eine tanzende Elfe in Titanias Gefolge zu spielen, doch nicht im Gefolge von dieser Frau. Nicht einmal, wenn sie ihr auf der Bühne vor jeder Menge Zuschauern einen anderen Lippenstift auftragen dürfte.

Als Denise ihren Vortrag beendet hatte, sollte jeder erzählen, was er oder sie an Ideen und Kunstverständnis in das Projekt mit einbringen wollte.

Eine dunkelhaarige Frau mit kurzen Löckchen hatte früher für eine Schülerzeitung gearbeitet und wollte sich als Songwriterin und Bühnenautorin versuchen. Sie schien enttäuscht, weil das Stück und die Songs durch Denise bereits vorgegeben waren.

Ein Pulk von Männern und Frauen kam aus dem »Studentenchor für Fortgeschrittene«, wie sie lachend und sich gegenseitig ins Wort fallend erzählten, und wollte etwas Neues ausprobieren. Schauspielern wollten sie eigentlich nicht, aber singen.

Als Jennifer an die Reihe kam, hob sie den Kopf und tat, als ob sie stolz auf die Blüte im Haar sei. Niemand wusste, wie unsicher sie sich beim Aufbruch gefühlt hatte. »Ich bin Jennifer. Ich studiere nichts Künstlerisches, aber ich habe früher Ballett gelernt und vermisse es sehr. Ich hoffe, dass es vielleicht eine Rolle für mich gibt.«

»Wenn du bloß halb so schön tanzt, wie du aussiehst, wirst du eine hinreißende Elfe sein.« Tom lächelte sie an. Es wirkte unangenehm schmierig. »Vielleicht spielst du sogar die Titania und wir lassen Denise Hermia oder Helena spielen. In meiner Vorstellung ist Titania ohnehin keine Sängerin, sondern filigran wie du.«

Denise' Lächeln wurde kalt und richtete sich wie eine Schneekanone in den Alpen auf Jennifer. »Das wird sich finden. Die Rollenverteilung können wir ohnehin erst nächstes Mal besprechen. Heute geht es darum, wer dabei ist und mitmachen will. Vielleicht kommen beim nächsten Treffen gar nicht alle wieder?« Der Blick zu Jennifer hätte töten können.

Warum passierte das immer ihr? Musste Tom sie auf diese Weise vor den anderen bloßstellen und Denise durch den Vergleich mit der filigranen Titania so ungalant abwerten? Wenn Denise seine Freundin war, warum demütigte er sie auf diese Weise vor den Zuschauern? Sie musterte Denise und ihre kunstvoll dezent geschminkten Augen. Wenn sie die gleiche Zurückhaltung bei ihrem Lippenstift angewendet hätte, wäre sie bereit gewesen, ihr entgegenzukommen, vielleicht sogar eine Elfe ihres Gefolges zu spielen. Aber irgendwas, eine Nuance von Denise' Gesichtsausdruck, gefiel ihr nicht. »Ja, wir werden sehen, wer beim nächsten Mal noch dabei ist«, sagte Jennifer leise.

Es wäre eine beschwingende Herausforderung, die Titania zu spielen. Bei bläulicher Nachtbeleuchtung würde sie über die als Waldlichtung dekorierte Bühne tanzen, zu einer sphärischen, schwebenden Feenmusik wie dem *Nymphenreigen* aus der *Moldau*. Der Bühnentechniker würde grünes und rotes Licht auf die Bühne richten, das auf ihrem weißen Kleid schimmerte. Der feine Chiffon würde ihre Beine kaum bedecken und sich bei der kleinsten Bewegung im Lufthauch erheben.

Warum sollte diese grobgliedrige, unelegante Sängerin die Titania spielen? Nur, weil sie mit dem Mann schlief, der den Schlüssel für die Aula hatte? War das fair?

Jennifer blickte zu Boden. Es ging um mehr als die Rolle der Titania, realisierte sie. Normalerweise hätte sie sich eine solche Aufgabe niemals zugetraut. Ihr Charakter entsprach nicht dem einer Königin und sie konnte nicht schauspielern. Ihr Verlangen ergab keinen Sinn. Sie konnte diese Rolle nicht angemessen ausfüllen und wusste es. Trotzdem verlangte es sie danach mit einer wilden Entschlossenheit, die sie seit vielen Jahren nicht mehr verspürt hatte. Die Vorstellung des Bühnenlichtes entzündete ein Feuer in ihr, das heißer brannte als Kilians Peitsche. Nie wieder würde sie jemandem gestatten, ihr das Ballett und ihre Bühne zu verbieten!

Der Boden der Aula bestand aus echtem Holzparkett, das man jedes Jahr aufs Neue abschleifen und bohnern konnte. Edel. Elegant. Er lud dazu ein, zu tanzen. Während die Vorstellungsrunde weiterging, schlüpfte sie aus dem rechten Ballerina und streichelte mit den Zehen über das Holz. *Bald*, wisperte sie in Gedanken. *Bald werde ich tanzen. Sie kann mich nicht daran hindern!*

5

SASKIA

Das Old Fashioned gefiel ihr von der ersten Sekunde an. Es wirkte wie ein Club, in dem man auch bei anderen Gelegenheiten eine schöne Zeit verbringen konnte. Der Hauptraum beinhaltete einen Loungebereich, einen Bereich mit mehreren normalen Tischen, einen großen Tresen und eine Tanzfläche. Außerdem gab es zwei Nebenräume und eine Wendeltreppe in der Mitte des Raumes nach oben zur Garderobe. Eine wunderbare Gelegenheit für die Männer, den nach oben gehenden Frauen unter den Rock zu blicken.

Außer Micas Manager hatte sich ihre Freundin Alex angeschlossen. Jennifer bereute bereits, dass sie Mica gefragt hatte. Die Stimmung zwischen den dreien erschien ihr angespannt und ungemütlich. Vielleicht wäre es leichter gewesen, sich direkt mit Kilian und Saskia zu treffen.

Andererseits hätte es sie vielleicht den letzten Nerv gekostet.

Verglichen mit dem, was viele Frauen hier trugen, waren Mica und sie konservativ angezogen. Jennifers Rock mit den schrägen Rüschen hörte auf der kürzeren Seite eine Handbreit über dem Knie auf. Micas Rock war noch kürzer und hatte daheim eine Nuance zu billig ausgesehen. Hier dagegen passte er genau ins Ambiente.

Sie gaben ihre Mäntel an der Garderobe ab und holten sich etwas zu trinken. Der Loungebereich war bereits voll belegt, doch sie fanden einen Platz an einem der Tische. Jetzt war Small Talk angesagt, auch wenn Jennifer keine Ahnung hatte, worüber sie mit den anderen reden sollte. Mit Mica war es anders, da fand sie immer die passenden Worte. Da hätte sie gesagt, dass sie neugierig darauf war, die SM-Möbel in den oberen Räumen zu betrachten, sich aber noch nicht traute. Stattdessen setzte sie sich zu den anderen, trank ihr Lemon-Bier und überließ Micas Freund die Konversation.

Die ersten Mutigen hatten die Tanzfläche bereits in Besitz genommen. Ein Mann mit Sonnenbrille und einer weißen Mozart-Perücke entlockte Jennifer ein spöttisches Nicken in Micas Richtung, die zustimmend mit den Augen rollte. Sie hatte nicht gewusst, dass ein Mensch dermaßen viele Stilsünden auf einmal begehen konnte. Er musste sehr mutig und außerdem auf der Suche nach einer Frau sein, denn ihrer Ansicht nach hätte keine Frau der Welt ihn in diesem Outfit auf eine Party begleitet. Vielleicht wollte er Mitleid erregen.

Es nützte nichts. Egal, wie sehr sie versuchte, sich abzulenken, die Gedanken an Kilian kehrten immer wieder. Wo steckte er? Hatten er und Saskia es sich anders überlegt? Litt sie die tausend Tode der Nervosität umsonst?

Beim ersten Lied, das ihr gefiel, entschuldigte sie sich und ging auf die Tanzfläche. Der Tanz war lange vor Kilian ein Teil von ihr gewesen. Am Ende war er vielleicht sogar wichtiger. Langsam hob sie die Arme, schloss die Augen und ließ die Musik in sich hineinfließen. Zwei Takte lang blieb sie bewegungslos stehen und spürte, wie die Anspannung der vergangenen Stunden aus ihr hinausfloss.

Sie liebte es, zu tanzen. Als kleines Mädchen war sie zu Mutters Musikkassetten mit klassischer Musik um den Wohnzimmertisch gehopst. Wenn Mutter den Raum betrat, hatte sie gelacht, weil ein Dreikäsehoch wie Jennifer es geschafft hatte, den Kassettenrekorder in Gang zu setzen, obwohl sie noch keine Schleife binden konnte. Noch seltener war es vorgekommen, dass ihre Mutter die Musik lauter gedreht, sie auf den Arm genommen und mit ihr zusammen getanzt hatte. Sie hatte ihren Kopf an die Schulter ihrer Mutter gelegt und so leidenschaftlich und wild zur Musik gezappelt, dass sie zu ihrem größten Bedauern nach kürzester Zeit auf dem Boden abgesetzt wurde.

Das waren Sternstunden gewesen.

Als ihre Mutter sie beim Ballett angemeldet hatte, befürchtete sie zunächst, einen Fehler begangen zu haben. Die Augen ihrer Mutter waren traurig und blickten an ihr vorbei. Doch auf Jennifers Nachfragen hin hatte sie gelächelt und den Kopf geschüttelt. »Du sollst tanzen, meine Kleine«, hatte sie ihr ins Ohr geflüstert. »Ich regele das mit dem Geld und deinem Vater. In meinen Träumen bist du die schönste und beste Tänzerin der Welt, mein Liebstes.«

Für eine kostbare Sekunde hatte ihre Mutter ihr direkt in die Augen gesehen.

Schluss mit den Gedanken!

Jennifer ließ eine Welle wie beim Beledi durch ihren Körper laufen, drehte sich auf der Tanzfläche und schüttelte die Schultern. Ihre Erinnerung musste sie trügen. Wenn ihre Mutter gesagt hatte, dass sie davon träume, dass Jennifer tanzte … Warum hatte sie dann … Warum?

Sie schüttelte den Kopf und wünschte, der DJ würde die Musik lauter drehen. Die Gedanken waren überflüssig. Lieber hob sie die Arme in einem genau bemessenen Bogen und spürte der Körperspannung nach, erhob sich auf die Zehenspitzen und erlaubte der Musik, das Denken für sie zu übernehmen. Nicht mehr grübeln. Spüren und schweben, wie beim Sex. Besser als Sex. Tanzen war Leben.

Das Lied endete und ein neues begann. Sie tanzte weiter. Wenn sie den Flow gefunden hatte, war es egal, welche Musik sie spielten. Ihr Körper wusste, wie sie sich bewegen wollte. Ihr Becken fand den Rhythmus der Bass Drum, ihre Wirbelsäule bog sich zu dem, was die Gitarren erzählten, ihre Hände flogen im Wind mit der Stimme der Sängerin. Bei einer Pause in der Musik erstarrten ihre

Hände und bei einer langsamen Sequenz ließ sie den Kopf in den Nacken gleiten, um ihn beim ersten Trommelschlag abrupt wieder aufzurichten.

Sie gab sich der Musik hin, machte Liebe mit ihr und spürte die ersten Schweißperlen auf der Stirn. Es spielte keine Rolle, dass ihr Vater und Mutter das Ballett verboten hatten und Felix grausam gelächelt hatte, als er davon erfuhr. Der Tanz bestand nicht länger aus bewussten Bewegungen. Sie ließ es zu und die Musik übernahm die Kontrolle. Wenn die Gedanken verschwanden, war sie frei und konnte fliegen.

Beim dritten oder vierten Lied, nachdem sie die Tanzfläche betreten hatte, erspähte sie auf der anderen Seite eine Frau, die anders tanzte als der Rest. Die Leute um sie herum nutzten die Tanzfläche als Zappel-Work-out, um die Verspannungen einer langen Woche loszuwerden. Yoga für Zappelphilipps. Zwei oder drei Frauen tanzten verführerisch und aufreizend, um einen oder mehrere Männer am Rand der Tanzfläche auf sich aufmerksam zu machen. Nichts davon hätte Jennifers Interesse auf sich gezogen. Die Fremde auf der anderen Seite war anders.

Ihre Bewegungen nahmen die Elemente der Musik so auf, wie Jennifer es immer versuchte. Sie machte Liebe mit der Bass Drum und kümmerte sich nicht um die Blicke der Menschen um sie herum. Es kam Jennifer vor, als ob die Fremde das gefunden hätte, wonach sie seit Jahren suchte.

Sie trug einen mausbraunen Stufenhaarschnitt, der sie auf den ersten Blick unauffällig, fast spießig aussehen ließ. Ihr Gesicht glühte von einer Zufriedenheit, die tiefer ging als ein bloßes Lächeln. Ihre blassen Lippen schimmerten feucht und sie benetzte sie beim Tanzen mehrfach mit der Zungenspitze. Sexy. Definitiv sexy.

Jennifer ertappte sich dabei, wie sie unwillkürlich Bewegungen von ihr übernahm und in ihren Tanz einfließen ließ. Ihre Moves waren raffiniert und kunstvoll. Normalerweise tanzte sie allein, aber das lag daran, dass zu wenige Menschen wussten, wie es in Wahrheit funktionieren sollte. Als die Fremde in ihre Richtung schaute, lächelte sie unwillkürlich. Die Fremde lächelte zurück. Mit einem Mal empfand sie freudige Erregung. Mit ihr zu tanzen würde den gleichen Unterschied bedeuten wie zwischen Selbstbefriedigung und Sex.

Jennifer legte den Kopf schief und hob die Arme. Die andere lächelte, knickte den Kopf mit einem spöttischen Lächeln ab und richtete ihn sofort wieder auf, hob die Arme und machte mit dem Becken eine kreisende Bewegung. Jennifer übernahm die Bewegung und erntete ein anerkennendes Augenbrauen-Hochziehen. Sie hatte nie Bauchtanzunterricht erhalten, aber ein paar einfache Bewegungen hatte sie im Selbststudium vor dem Spiegel geübt.

Für die Dauer von zwei Liedern tanzten sie miteinander, teilweise allein, teilweise über die Augen miteinander verbunden, und näherten sich auf der Tanzfläche Schritt für Schritt der anderen. Es kam ihr vor, als würde Licht zwischen ihnen hin- und herfließen. Die Fremde wich zwei Schritte nach hinten, drehte sich um und tat, als hätte sie Jennifer nie gesehen. Jennifer tanzte ebenfalls einen Schritt nach hinten und merkte kaum, dass jemand sie anrempelte. Die andere drehte den Kopf über die Schulter, zwinkerte ihr zu und zeigte beim Lächeln ihre schimmernden Zähne. Jennifers Herz klopfte. Schließlich tanzten sie nur noch einen Meter voneinander entfernt.

Die Bewegungen der Fremden waren stark und fordernd und ließen seltsame Gedanken in ihr aufsteigen. Sie sehnte sich danach, die andere zu berühren, sich ihr hinzugeben und gemeinsam mit ihr bis zu den Sternen zu fliegen. Es war, als fiele die Einsamkeit vieler Jahre von ihr ab und fand ein Zuhause in den Augen der anderen. Endlich war sie nicht mehr allein. Danach hatte sie sich all die Jahre gesehnt. Ein Mensch, der sie ohne Worte verstehen konnte bei dem, was wichtiger war als alles andere im Leben.

Immer näher kamen sie einander. Als die andere die Hand auf Jennifers Hintern legte und sie an sich zog, wirkte es völlig natürlich. Sie schob ihr Becken zwischen Jennifers Beine und bewegte es fordernd vor und zurück. Es wärmte und weckte Hunger nach mehr. Süße Mattigkeit floss durch ihren Körper und prickelte zwischen ihren Beinen. Die Fremde ließ die Hand über Jennifers Hintern liegen und drückte die andre unter ihren Bauchnabel auf ihre Haut. Licht schien zwischen den Händen zu fließen, als sie Jennifers Bewegungen dirigierte und sie im pochenden, fordernden Rhythmus der Bass Drum hin- und herbewegte. Die blitzende Härte ihres Blicks und das süße, wissende Lächeln passten nicht zu dem braven Haarschnitt, aber sie erregten Jennifer. Diese Frau war Dom, eindeutig. Sie konnte nicht nur tanzen, sondern auch führen und herrschen.

»Ich will dir gehören«, flüsterte Jennifer und kümmerte sich nicht darum, ob die Fremde es verstehen konnte oder in ihren Augen lesen musste. Sie roch nach Honig und Zimt, nach Pheromonen und Funken, die unter regenbenetzter Asche geglommen hatten und neue Nahrung fanden. In ihren Augen schimmerte das Versprechen auf Höhenflüge und Ekstase. Die Haut ihrer nackten, trainierten Arme war kühl vom Schweiß des Tanzens, obwohl das Pochen des erhitzten Blutes unter der Oberfläche deutlich zu fühlen war. »Mach mich zu deinem Eigentum!«

Ob sie es gehört hatte oder nicht, sie näherte sich Jennifers Gesicht, als ob sie sie küssen wollte. Ihre Lippen schimmerten feucht. Am Ende ihrer Mundwinkel bildeten sich beim Lächeln Grübchen. Am liebsten hätte Jennifer diese geküsst. Es war nicht zu glauben. Nie zuvor hatte sie einer Frau gegenüber sexuelles Begehren verspürt, das so tief ging und sie mit einer derartigen Heftigkeit aufwühlte. Das dunkle Pochen zwischen ihren Beinen breitete sich aus, erfüllte ihren Bauch mit dem Gefühl von Wind, der sich zwischen Großstadthäuser verirrt und in sich noch die Erinnerung an Frühling und ein Lagerfeuer im Wald bewahrt hatte. Das Gefühl kannte sie nicht. Es fühlte sich an, als ob die Erregung nicht nur in ihrer Perle pulsierte, sondern sich unaufhaltsam wie die Nacht durch ihre

Muskeln ausbreitete und sie mit süßer, unerträglicher Erregung füllte. Kein Mann hatte etwas Derartiges je in ihr ausgelöst, und das war unmöglich. Sie war hetero! Oder nicht?

Die Brüste der schönen Fremden waren höchstens eine Handbreit von ihren entfernt. Sie sehnte sich danach, sich enger an sie zu pressen und die wohlgeformte, runde Weichheit an ihren eigenen zu spüren, vielleicht sogar mit den Händen darüber zu fahren. Doch es wäre verboten. Der Blick der anderen machte deutlich, dass sie nicht bloß tanzten, sondern dass zwischen ihnen etwas anderes passierte. Sie wollte herrschen, sie herrschte mit ihrem Blick.

Jennifer versuchte, tänzerisch zu entkommen, sich aus ihren Armen zu befreien, und spürte genüsslich, wie die andere sie enger an sich zog. Sie streichelte über ihren Hintern und zwang Jennifer sanft dazu, ihr Bein um ihre Hüfte zu schlingen, um sich ihr noch mehr auszuliefern. Das dunkle Pochen zwischen ihren Beinen wurde stärker. Die Fremde ließ ihre Brüste kreisen. Als Jennifer die Hand hob, um sie dort zu berühren, erhielt sie einen Klaps und ein Grinsen. O ja, die Fremde war dominant.

Sie streichelte über Jennifers Bauch und wanderte mit der Hand nach oben. Ihre Brüste vibrierten und ersehnten ihre Berührung, doch die andere verweigerte sie ihr. Stattdessen schob sie sie immer weiter nach hinten, bis Jennifers Gewicht nur noch von ihrem Bein und der Hand in ihrem Rücken gehalten wurde. Im Rhythmus der Musik hob und senkte die andere ihr Bein und massierte Jennifers Schritt damit.

Die Welt löste sich auf. Die Menschen auf der Tanzfläche und am Rand verschwammen zum Hintergrund, wurden zu Nebel und vertieften das Gefühl von Hingabe und Demütigung. Die andere wusste, was sie tat. Sie zeigte allen, dass Jennifer für die Dauer der Musik ihr gehörte, dass sie sie mit ihrem Blick beherrschte und zu ihrem willenlosen Eigentum erklärte. Als sie mit der Hand unter Jennifers Oberteil fuhr und es nach oben schob, widersetzte sie sich nicht. Sollten doch alle ihre nackte Haut sehen, sollten sie sehen, wie devot und voller Hingabe sie war. Ein beschämender Gedanke, aber auch voller Lust.

Die kühlen, weichen Finger der anderen fuhren über ihren Bauch, streichelten, liebkosten und lockten. Jennifer bog den Rücken weiter durch und streckte die Brüste nach oben, hob einen Arm über den Kopf und bewegte Schultern und Becken im Rhythmus der Musik. Der harte Griff der Fremden in ihrem Rücken war fest und hielt sie. Ihre Augen leuchteten und sie grub die Fingernägel schmerzhaft in Jennifers Bauch.

Sie stöhnte auf und bäumte sich noch weiter nach hinten. Um ein Haar wäre sie der anderen entglitten, doch sie zog sie nach oben und streichelte sanfter weiter. Erregung stand in ihren Augen. Sie legte ihre Hand auf Jennifers Brust und schloss die Augen, als Jennifer sich ihr entgegenreckte. So, als ob sie durch die Berührung ihre Hemmungen verlor, schob sie die Hand gierig unter den BH, massierte Jennifers Brust und knetete den Nippel zwischen den Fingern. Jennifer stöhnte auf, warf den Kopf hin und her und kümmerte sich nicht länger darum, dass irgendjemand sie sehen könnte. Sie fasste die andere um die Hüfte und bewegte ihr Becken heftiger. Hungrig und voller Gier. Ihre Haut brannte und sehnte sich nach den Berührungen der anderen, nach dem Rhythmus des gemeinsamen Tanzes und dem Feuer, das sich unter ihrer Kleidung verbergen musste.

Das Lächeln der Fremden war flüssiges Feuer, das ihre Adern versengte. Sie massierte ihre Brüste unter dem BH kundig und das dunkle Glühen zwischen ihren Schenkeln floss y-förmig nach oben in beide Nippel und breitete sich weiter aus, floss ihren Hals entlang und in ihre Lippen. Jennifer sog tief die Luft ein, als ob sie gleich für lange Zeit darauf verzichten müsste. Was wäre, wenn die Fremde sie hier, in aller Öffentlichkeit, auf die Knie zwingen würde, um sie im Rhythmus der Musik zu lecken? Würde sie es tun, auch wenn sie nie zuvor eine Frau mit der Zunge zwischen den Beinen berührt hatte?

Alle würden zusehen. Vielleicht würde ein Dom unter den Zuschauern seine Sub auf die Knie zwingen und ihr seinen Schwanz in den Rachen schieben, um es ihnen gleichzutun. Männer fühlten sich davon erregt, wenn zwei Frauen miteinander herummachten. Ob die Fremde das wollte? Oder würde es sie eher abstoßen und sie würde Jennifer bitten, dafür in einen anderen Raum zu gehen, zurückgezogener und privater, wo sie miteinander reden oder schlimmere Dinge anstellen könnten?

Der Gedanke ließ sie erschaudern. Der Blick der Fremden verriet, dass sie zu schlimmen Dingen in der Lage wäre, wenn Jennifer sie ließe. Vielleicht würde sie fingern und dafür die Faust nehmen, damit Jennifer sich in Lust und Schmerz gleichermaßen aufbäumte. Vielleicht hatte sie Wäscheklammern dabei, die sie ihr vorher auf die Nippel und Schamlippen setzen würde, um den dumpfen, sich langsam steigernden Schmerz der pulsierenden Erregung der Demütigung und Hingabe zu intensivieren. Oder sie würde sie schlagen. Nicht nur wie Kilian auf Rücken oder Hintern, sondern auf die Brüste, die sie so liebevoll und kunstvoll massierte.

Die Fremde kniff zu. Es kam unerwartet und schmerzte. Jennifer bäumte sich nach hinten und fasste auch mit der anderen Hand nach der Hüfte der Fremden, um nicht das Gleichgewicht zu verlieren. Dadurch wurde die Hand der anderen frei. Sie streichelte über Jennifers Hintern, schob den Rock nach oben und glitt mit der Hand in Richtung Slip. Immer noch fuhr der Rhythmus der Musik durch ihr Blut und verband sie jenseits der körperlichen Umklammerung. Jennifer keuchte, als die Fremde an der Außenseite ihres Beines entlangwanderte, nach innen streichelte und sie in den Innenschenkel kniff. Langsam und kneifend arbeitete sie sich nach oben, wechselte Liebkosung mit Schmerz ab und verwöhnte sowohl ihre Brüste als auch ihre intimen Regionen. Es schien sie nicht zu kümmern, dass andere Partygäste zusehen konnten und es vielleicht taten.

Jennifer schloss die Augen, um alles außer der Fremden ausblenden zu können. Sie müsste sich schämen, aber sie konnte es nicht. Das verruchte Gefühl überwog. Was sie taten, war doppelt verboten. Sie tanzten, und sie taten es vor den Augen von Hunderten von Zuschauern. Was für eine Rolle spielte es da noch, wenn jemand ihre nackten Brüste sehen würde? Könnte das das Gefühl von Demütigung noch vertiefen oder würde es sich auflösen in dem zunehmenden Gefühl von Unwirklichkeit, das ihre Umgebung einhüllte?

Die Fremde streichelte über ihren Slip. Langsam und genüsslich ertastete sie die Konturen von Jennifers Venuslippen und suchte durch den Stoff nach der Perle, die sie kundig umfuhr, ohne sie direkt zu reizen. Fuhr weiter nach hinten, wo der feuchte Fleck auf dem Stoff überdeutlich zu ertasten sein musste, der verriet, wie erregt Jennifer war. Sie drückte mit dem Finger gegen den Slip, als ob sie ihn durchstoßen und Jennifer damit penetrieren wollte.

Für einen Moment riss Jennifer die Augen auf. Wollte sie das wirklich tun? Hier, in aller Öffentlichkeit? Wieder blitzte das diabolische Lächeln auf und vertrieb die Sanftheit aus ihrem Gesicht. Sie nickte. O ja, sie würde es tun.

Jennifers Versuch, ihr zu entkommen, blieb vergeblich. Sie lachte und zog sie enger an sich, bog ihren Oberkörper nach hinten und schlug sie mit der flachen Hand auf die Brüste. Jennifer stöhnte auf und ließ es zu, dass die andere ihre Klitoris durch den Stoff hindurch massierte. Immer wieder hörte sie auf und ließ ihr Becken an Jennifers stoßen, wiegte und schob sie hin und her, als ob sie immer noch tanzen würden und ihre Begegnung sich nicht längst in etwas anderes verwandelt hätte.

Als sie die Klitoris immer nachdrücklicher massierte, verlor Jennifer den letzten Rest ihrer Selbstbeherrschung. Sie griff nach der Hand der anderen und führte sie in den Rhythmus ein, den sie brauchte, um zum Höhepunkt zu kommen. Die andere lächelte und übernahm den Rhythmus, rieb sanft und gleichmäßig und steigerte den Druck. Jennifer keuchte und atmete heftiger. Sie fasste mit der freien Hand an die Brüste, massierte sie und spürte, wie die dunkle, pulsierende Energie immer intensiver durch ihren Körper strömte, sie ausfüllte und ihr Blut träge und unaufhaltsam wie Lava durch ihren Körper fließen ließ.

Der Höhepunkt fühlte sich an wie eine Vulkaneruption, bei der das glühende Gestein langsam und beinah träge in den Himmel geworfen wurde und erst mit Verzögerung auf die Erde fiel und das Land in Brand setzte. Die erlösende Erregung brandete in Wellen durch ihren Körper, füllte ihn aus und brachte mit jeder Welle intensivere Gefühle, bis sie schließlich ermattet zusammensackte und nur von den Händen der anderen gehalten wurde.

Das glockenhelle Lachen der Fremden holte sie zurück in die Wirklichkeit. Ihre Lippen formten Buchstaben.

»Was hast du gesagt?«, rief Jennifer, um trotz der lauten Musik verstanden werden zu können.

»Bist du gerade wirklich gekommen? Das ist ja der Wahnsinn!«

Jennifer richtete sich auf und spürte, wie die Kraft in ihre Beine zurückkehrte. Die Entspannung füllte ihren Körper aus, und sie wehrte sich gegen den Drang, sich erschöpft zu Boden sinken zu lassen. Auf der Tanzfläche würde das nicht passen, und wenn sie hundertmal auf einer SM-Party waren, wo öffentliche Demütigung und Hingabe gern gesehen waren. »Wollen wir noch etwas tanzen?«

»Wenn du dazu in der Lage bist?« Die andere klang enttäuscht.

Jennifer lachte auf. »Ich war seit Monaten nicht mehr so entspannt wie jetzt. Das ist doch die ideale Voraussetzung, oder?«

»Wenn du es so siehst?« Das Lächeln kehrte zurück. Jetzt war es scheu und nicht mehr diabolisch. Es stand ihr ebenfalls.

Sie legten die Arme umeinander und tanzten. Die Haut der anderen roch so erregt, wie Jennifer sich fühlte. Ob sie ihr anbieten sollte, sich für das Geschenk zu revanchieren? Nicht hier, wo es jeder sehen konnte, sondern in einem Separee?

Sie traute sich nicht. Stattdessen genoss sie es, von den kundigen Armen der anderen gehalten und geführt zu werden. Sie wusste definitiv, wie man richtig tanzte. Die Mattheit ihrer Glieder störte nicht. Sie musste nicht länger selbst bestimmen, in welche Richtung sie wollte, denn die andere führte sie. Es fühlte sich mindestens so sinnlich an wie das Abenteuer gerade eben, ging vielleicht sogar tiefer. Es berührte nicht länger nur den Körper. Das Fließen von Emotionen zwischen ihren Augen wärmte sie auf andere Weise als die dunkle Glut zuvor.

Das nächste Lied des gemeinsamen Tanzes näherte sich dem Ende. Jennifer realisierte, dass sie schweißgebadet war und sich ihre Beine nach dem Liebesspiel auf der Tanzfläche wie Watte anfühlten. Noch ein Lied würde sie nicht bewältigen, ohne dass ihr Kreislauf zusammenbrach. Sie brauchte dringend etwas zu trinken. Trotzdem wollte sie nicht zurück zu Mica und den anderen, wollte nicht, dass der Tanz mit der Fremden vorbei wäre und zu nebliger Vergangenheit verblasste. Daher machte sie eine Faust, deutete mit dem Daumen auf ihren Mund und signalisierte mit schief gelegtem Kopf: »Trinken?«

Die Fremde lächelte und nickte. Eine Welle aus Hitze und Licht ließ Jennifers Haut von innen erglühen.

Sie bestellten jede eine Cola und Jennifer verdrängte, dass an ihrem Tisch unter Micas Obhut eine weitere erst halb geleerte Flasche wartete. Stattdessen blickte sie voller Faszination in das Gesicht der Fremden, das durch die süße Erschöpfung des Tanzes sternengleich strahlte wie bei ihrer wortlosen Unterhaltung auf der Tanzfläche. »Bist du häufiger hier?« Sie musste sich zusammenreißen. Immerhin war sie hetero und würde früher oder später Kilians Herz erobern, da konnte sie sich nicht in eine Frau verlieben, egal, wie gut sie tanzte.

»Nein, es ist das erste Mal.« Die Fremde lächelte und sah sich schüchtern um. Das Selbstbewusstsein, das sie auf der Tanzfläche ausgestrahlt hatte, schien verschwunden zu sein. »Ich bin mir nicht sicher, ob das hier meine Welt ist.«

»Ich bin auch zum ersten Mal hier.« Sie lächelten sich an, als ob diese Gemeinsamkeit alles wäre, wonach sie sich im Leben gesehnt hätten. Jennifer hob ihre Colaflasche und berührte die der anderen.

Bei der unwillkürlichen Berührung ihrer Finger durchzuckte sie ein Stromschlag. Wow. Sie wollte die andere wiedersehen!

»Mit wem bist du hier?« Flirtete sie? Das konnte kaum möglich sein. Oder doch?

»Mit meiner Mitbewohnerin und ein paar Freunden.« Jennifer schob die Gedanken an die anderen in den Hintergrund. Für Mica und ihre Komplikationen war jetzt kein Platz in ihrem Kopf. Sie wollte die Cola austrinken und mit der Fremden zurück auf die Tanzfläche. Wer interessierte sich für den ganzen SM-Kram, wenn man mit dieser Frau tanzen konnte? Nicht, dass sie sich verknallt hätte oder so. Sie wollte bloß tanzen. Diese Nacht und für immer.

Die Fremde nickte und trank einen Schluck.

»Und mit wem bist du hier?« Jennifer trank die Flasche halb leer, um die auf der Tanzfläche verlorene Flüssigkeit auszugleichen. Die eiskalte Cola bewirkte ein schmerzhaftes Ziehen hinter ihren Schneidezähnen. Unfreiwilliger Masochismus.

»Mit meinem Freund.«

Sie schluckte die zu kalte Cola hinunter.

Lag ein Fluch auf ihr? War sie unfähig, jemanden kennenzulernen, der nicht bereits vergeben war? Sollte sie für immer die zweite Wahl bleiben, hatte Gott das für sie vorgesehen?

»Er ist SMer und drängelt schon seit Jahren, dass ich mir die Szene einfach mal ansehen soll. Heute bin ich mitgekommen. Schau, da kommt er!«

Jennifer hatte das Gefühl, dass ihr eigenes Bedauern sich in den Augen der Fremden spiegelte. Das Gefühl tröstete ein wenig. Ob sie später mit ihr in einen der Räume gegangen wäre, wenn sie Single wäre? Glühte ihre Haut ebenfalls?

Ein Mann kam auf sie zu.

Es war Kilian.

Am liebsten hätte sie sich mit eigenen Händen ein Loch gegraben und wäre im Boden versunken. Schön mit einer Spitzhacke durch die edlen dunkelgrauen Fliesen des Fußbodens hindurch bis nach

China. Wie konnte das sein? Solche Zufälle durften nicht passieren. Vor Beschämung vergaß sie fast, zu atmen. Eben noch hatte sie mit dieser Frau getanzt. Wenn Kilian ihr Freund war, hieß das, dass Jennifer ihren Namen längst kannte. Es bedeutete, dass sie ihr gestern unbekannterweise die Pest an den Hals gewünscht hatte.

Trotz ihrer Scham bemühte sie sich um ein gequältes Lächeln und rückte eine Handbreit von der bis eben noch Unbekannten ab. »Dann bist du vermutlich Saskia?«

»Woher weißt du –?« Erstaunen und Begreifen zeichneten sich in Saskias Zügen ab. »Dann bist du …«

Jennifer nickte und verharrte mit ihrem Blick auf den Fliesen. Sie waren nicht ausschließlich anthrazit, sondern wiesen eine leichte Struktur auf. Es erinnerte an Marmor. So hatte sie sich das Kennenlernen nicht vorgestellt. All die Worte, die sie sich zurechtgelegt hatte, waren verschwunden.

Kilian erreichte den Tresen und legte einen Arm um jede Frau. Saskia wirkte genauso verlegen, wie Jennifer sich fühlte. Keine von ihnen entzog sich ihm.

Jennifer hatte das Gefühl, dass er die Situation genoss, auch wenn sie nicht sagen konnte, was sie auf diesen Gedanken brachte. Ein neues Gefühl stieg in ihrem Bauch auf und brannte unterhalb des Herzen. Es war diese besondere Art von Wut, die mit Demütigung zu tun hatte und gleichzeitig im Unterleib prickelte. Saskia tat ihr leid.

»Wie ich sehe, habt ihr euch bereits miteinander bekannt gemacht«, sagte Kilian und drückte Saskia und ihr einen Kuss auf die Schläfe. Jennifer erschauderte. Nummer zwei. Das war sie für ihn. Sie war die ewige Nummer zwei.

»Ja, wir … Wir haben miteinander getanzt«, sagte Saskia.

»Was haltet ihr davon, wenn wir in einen anderen Raum gehen, in dem es ruhiger ist?«, schlug Kilian vor und schenkte jeder der beiden dieses beruhigende Lächeln, mit dem er Jennifer in SM-Sessions regelmäßig zu Dingen überredete, die sie von allein nie gewollte hätte. Anscheinend gehörte dieses Lächeln nicht nur ihr, sondern auch Saskia.

Sie zuckte mit den Schultern. Bestimmt war es zu spät, ein weiteres Mal mit Saskia auf die Tanzfläche zu gehen. Eigentlich wollte sie das viel lieber als zu reden. Worte führten in die Irre. Kilian hatte sich zwischen sie gedrängt und das zerstört, was besonders war. *Lächeln*, ermahnte sie sich. *Bewahre deine Würde und lächele.* »Von mir aus gern.«

Das Bild, das sie sich von diesem Abend gemacht hatte, zerbrach wie ein alter Spiegel. Die Scherben verwandelten sich in die Flügel von Schmetterlingen, auf denen Mondlicht schimmerte und die die Nacht geheimnisvoll statt dunkel werden ließen. Sie hatte vorgehabt, Saskia auszustechen und Kilian zu beweisen, dass sie schöner war. Stilvoller und attraktiver. Sie hatte ihre Konkurrentin dazu bringen wollten, das Feld freiwillig zu räumen. Zumindest wollte sie ausprobieren, ob sie es schaffen konnte.

Jetzt wollte sie es nicht mehr. Sie hätte nie gedacht, dass Saskia ihr sympathisch sein würde. Natürlich war ihr Haarschnitt langweilig und ihr Gesicht besaß auf den ersten Blick nichts von der Härte und dem Charisma, das sie an Mica so schätzte. Doch in ihren Augen leuchtete ein Feuer, an dem sie sich verbrennen wollte, und ihr Lächeln war süß wie der Nektar der weißen Taubnesseln, den sie als Kind zwischen den Zäunen ihres Dorfes genascht hatte. Verboten. Erfrischend wie Sommerwind auf wasserbenetzter Haut.

Kilian ging zwischen ihnen, fasste mit einem Arm um die Schulter jeder Frau und bestimmte die Richtung. Hinter seinem Rücken berührte Jennifer Saskias zarte Hand und spürte jede ihrer Bewegungen. Was geschah mit ihr?

Kilian geleitete sie in einen kleineren Raum, in dem ein Thronsessel und eine gepolsterte Apparatur standen, auf die man vermutlich einen Menschen fesseln konnte. Wenn Saskia nicht wäre, wäre klar gewesen, was Kilian mit ihr angestellt hätte. Doch sie war dabei und es störte nicht. Wie seltsam. Kilian setzte sich auf den Thronsessel. Mit einem Mal war alles anders. Fast hätte sie ihn gefragt, warum er kein Kavalier war und den Sitzplatz seiner Freundin anbot.

»Setz dich zu meinen Füßen«, forderte er Jennifer auf und deutete auf den Fußboden. Es wirkte gönnerhaft und nicht dominant. War er durch Saskias Gegenwart verunsichert?

Sie schüttelte den Kopf. Unter anderen Umständen hätte sie sich bereitwillig zu seinen Füßen auf den Boden gesetzt und die darin enthaltene liebevolle Demütigung genossen. Doch nicht hier, nicht jetzt. Nicht, wenn Saskia es mitbekam. Sie wollte nicht, dass Saskia glaubte, sie sei ein Dummchen, das damit zufrieden war, vor Kilian auf den Boden zu rutschen. Saskia sollte die Achtung vor ihr nicht verlieren.

Vor einer Stunde hatte sie sie noch gehasst.

Stattdessen setzte sie sich zu Saskia auf den Fesseltisch. Kilian warf ihr einen scharfen Blick zu, aber sie schüttelte erneut den Kopf. Er hatte gewollt, dass Saskia und sie sich kennenlernten. Wenn er SM gewollt hätte, hätte er darauf verzichten müssen. Bei einem künftigen Treffen zu zweit würde sie wieder knien. Vielleicht.

»Du tanzt wirklich gut«, sagte sie zu Saskia.

»Das muss ich, es ist mein Beruf.« Ihre Augen leuchteten. Hinter ihrem scheuen Lächeln brannte das Feuer in ihren Augen, das Jennifer vorhin eingefangen hatte. Wie ein Phönix. Unscheinbar, wenn man nicht hinter die aschblonden Strähnen in ihrem sanften Gesicht blickte.

»Kein Wunder. Ich konnte nicht wegsehen«, sagte Jennifer leise. Wo war der Hass geblieben, den sie ihr entgegenschleudern wollte, sobald sie sie erblickte?

»Das Kompliment muss ich zurückgeben. Du hast früher Ballettunterricht erhalten, nicht wahr?«

Ihre Wangen wurden heiß. »Sieht man das so deutlich?«

Saskia nickte.

»Du sagst, es sei dein Beruf?«, fragte Jennifer weiter. »Bist du hauptberufliche Tänzerin?«

»Nicht ganz, dafür hat es nicht gereicht.« Sie zuckte mit den Schultern. »Ich bin stattdessen Tanzlehrerin geworden. Standardtanz, Walzer und Südamerikanisch. Man wird nicht reich damit, aber man kann davon leben.«

Kilian hatte nie davon erzählt, dass Saskia einen so spannenden Beruf hatte. Er hatte allgemein nicht viel von ihr erzählt, rief Jennifer sich in Erinnerung. Nur, dass sie seine Freundin war und sie neben ihr die Nummer zwei sein und bleiben würde. Eigentlich hatte er fast gar nichts von sich erzählt. Nur von seiner Arbeit und seinem Motorrad. Vielleicht fand er Frauen attraktiv, die tanzen konnten.

Hatte er sich überhaupt jemals ernsthaft für sie interessiert? Wusste er, dass sie einen großen Bruder hatte, der heute wie vor 15 Jahren ihre Albträume beherrschte? Hatte er je gefragt, woher die weißen Narben an ihrem linken Unterarm kamen?

»Hast du Geschwister?«, fragte sie Saskia. Ihr wurde bewusst, dass sie und Saskia sich inzwischen tief in die Augen sahen und Kilian von seinem Thron nur ihre Schultern sehen konnte. Schnell drehte sie sich zurück.

»Ja, ich habe zwei Schwestern«, sagte Saskia und zögerte. »Seit einem halben Jahr habe ich auch einen Halbbruder. Mein Vater hat neu geheiratet.«

»Das tut mir leid.«

»Das braucht es nicht.« Sie lächelte. Es wirkte tapfer. »Sie haben beide einen neuen Partner, mit dem sie zufrieden sind. Letztlich ist es wichtiger, dass man glücklich ist, als dass die Beziehung für immer die Form behält, die man als Kind für richtig hielt. Nicht wahr?«

Jennifer nickte. So etwas Ähnliches hatte sie auch einmal gedacht – ganz am Anfang, als das mit Kilian und ihr begonnen hatte. In der Theorie leuchteten solche Aussagen oft ein. »Hast du dich deswegen mit Kilian auf eine offene Beziehung eingelassen?«

Saskia zuckte mit den Schultern und legte den Kopf auf bezaubernde Weise zur Seite. »Vielleicht. Eigentlich dachte ich wohl, dass Teilen besser ist, als ihn vollständig zu verlieren.«

Mit einem Nicken tat Jennifer ihre Bewunderung für diese Ehrlichkeit kund. »Komisch, genau das Gleiche habe ich vor zwei Wochen gedacht, als ich von dir erfuhr.« Sie lachte. Es klang hysterisch.

Saskia lachte mit.

»Was gibt es zu lachen?« Kilian ragte über ihnen empor. Anscheinend hatte er sich auf seinem Thron einsam gefühlt und war zu ihnen herübergekommen.

»Saskia hat mir von ihrer Tanzschule erzählt«, sagte Jennifer und rückte zur Seite, damit er sich zu ihnen setzen konnte.

Er blieb stehen. »*Ihre* Tanzschule? Sie ist eine Angestellte, mehr nicht.« Es klang abfällig. »Der Inhaber nutzt sie aus und bezahlt ihre Überstunden nicht. Das ist nichts, worauf ich an deiner Stelle stolz wäre, Saskia.«

Saskias eben noch entspannte Haltung fiel in sich zusammen. Sie wirkte zehn Zentimeter kleiner und verbarg den Blick hinter den aschblonden Haaren. »Du hast recht, Kilian. Ich sollte mir etwas Neues suchen. Arbeitsplätze für Tanzlehrerinnen wachsen leider nicht auf Bäumen.«

»Du könntest dein Studium beenden, wie ich dir seit zwei Jahren predige.«

Jennifer bildete sich ein, dass die Luft zwischen den beiden für einen winzigen Moment zufror.

Dann lächelte Kilian wieder und streichelte Saskia liebevoll über die Schulter. »Was soll's, wir kriegen das hin. Hauptsache, du bist glücklich in dem Job, nicht wahr?«

Saskias Lächeln kehrte zurück. Es wirkte vorsichtiger als zuvor.

Kilians Hand wanderte von ihrer Schulter zum Nacken, blieb da liegen und kraulte. Es war ein Moment voller Intimität und Jennifer wandte den Blick ab. Es war Saskia, mit der er die gemeinsame Zukunft plante, und Saskia, zu der er sagte »Wir kriegen das hin«. All diese Dinge würde er niemals mit Jennifer teilen.

Vorsichtig rutschte sie nach rechts, um ihre Nähe nicht zu zerstören. Sie war ein Eindringling. Das Gespräch ging sie nichts an. Sie sollte draußen bleiben und die Finger von diesem Mann lassen. Als ob sie die Gedanken hören würde, drehte Saskia sich um und lächelte. »Wie hast du eigentlich mit dem Tanzen angefangen, Jennifer?« Man hätte meinen sollen, sie würde demonstrieren wollen, dass sie für Kilian wichtiger war als Jennifer. Stattdessen versuchte sie, sie zurück ins Gespräch zu holen. Diese Frau verwirrte sie immer weiter.

Jennifer zweifelte daran, dass sie in ihrer Situation eine vergleichbare Größe gezeigt hätte. »Meine Mutter hat mich als kleines Mädchen beim Ballett angemeldet«, erzählte sie. »Sie hat mir ein rosa Tutu gekauft, das ihr fast besser gefiel als mir. Jedenfalls hat sie mir erlaubt, es zum Kaffeetrinken bei meiner Oma anzuziehen.«

»Wie niedlich!« Saskia lächelte.

»Meine Oma fand es … herzig. So hat sie es genannt. ›Dieses herzige kleine Mädchen‹, hat sie gerufen und mich gefragt, ob ich ihr etwas vortanzen wollte.«

»Wie alt warst du damals?«

Sie überlegte. »Ich ging in den Kindergarten, aber ich gehörte noch nicht zu den Großen. Vier oder fünf Jahre, schätze ich.«

»Müsst ihr die ganze Zeit übers Tanzen reden?«, unterbrach Kilian und zog Saskia enger an sich.

»Worüber denn sonst?« Saskia lächelte und entzog sich ihm. »Es ist etwas, was Jennifer und ich gemeinsam haben.«

»Habt ihr nichts, bei dem ich mitreden kann?« Kilians Körperhaltung und seine Stimme wirkten nicht so souverän wie sonst.

Trotzdem brachten seine blauen Augen die Erwiderung, die auf Jennifers Lippen lag, zum Ersterben. Er besaß nach wie vor Macht über sie. Doch das, was sie unter vier Augen im Schlafzimmer erregt hatte, störte sie in diesem Moment.

Saskia griff nach seiner Hand und streichelte darüber. »Es ist nicht böse gemeint, Kilian«, sagte sie. »Früher bist du oft mit mir tanzen gegangen. Ich dachte, es interessiert dich auch.«

Er zuckte mit den Schultern und gab ein undefinierbares Brummen von sich.

»Vielleicht gehen Jennifer und ich bei anderer Gelegenheit Kaffee trinken und unterhalten uns über das Tanzen. Du bist dafür inzwischen schließlich zu erwachsen.« Saskias Stimme hatte einen spöttischen Unterton. In ihren Augen blitzte eine Kampfbereitschaft auf, die nicht zu ihrem vorgeblich sanften Äußeren passte. *Komm mir nicht in die Quere*, sagte dieser Blick. Für einen Augenblick kam Jennifer die verrückte Idee, dass Kilian sich deswegen eine Sub gesucht hatte, weil er sich vor der Power seiner Freundin fürchtete und sie kleinhalten wollte. Oder sich bei einer anderen Frau das Gefühl von Stärke holen musste, das er Saskia gegenüber nicht verspürte.

Sie schüttelte den Kopf. Das war Blödsinn, ganz sicher. Immerhin verdiente Kilian mehr Geld und machte Karriere, während Saskia »nur Tanzlehrerin« war. Andererseits: Kam es wirklich darauf an, wie viel Geld und Prestige ein Beruf mit sich brachte? Wenn Kilian so dachte, konnte er auch von Jennifer keine hohe Meinung haben. War er tatsächlich stärker als Saskia? In ihren Augen lag eine stille Kraft, die Kilian trotz seines offenkundigen Selbstbewusstseins zu fehlen schien und die Jennifer magisch anzog.

»Was haltet ihr davon, wenn wir zu dritt auf die Tanzfläche gehen?«, fragte Jennifer und hielt ihre leere Colaflasche hoch. »Der Abend hat gerade erst angefangen.«

Saskia blickte fragend zu Kilian. Er zuckte mit den Schultern und nickte.

Sie standen auf. Wieder legte er einen Arm um jede Frau, während Saskia Jennifers Finger hinter seinem Rücken umschlang und mit einem Finger sanft über ihren Handrücken streichelte. Jennifer wollte nicht darüber nachdenken. Alles war zu kompliziert. Immerhin würde sie gleich wieder mit Saskia tanzen, das würde guttun.

Doch mit Kilian war es nicht das Gleiche.

6

DISCONACHT

Eine Woche später stieg sie am Samstagnachmittag um 16 Uhr unter die Dusche. Sie ließ sich Zeit, wusch die Haare mit Shampoo, Spülung und Haarkur und entfernte blonde Härchen von allen möglichen und unmöglichen Stellen ihres Körpers. Nach der Dusche cremte sie sich sorgfältig ein und knetete Volumenschaum in die Haare. Es war alles so kompliziert geworden. Sie wollte ihren Kopf abschalten, aber natürlich dachte sie die ganze Zeit an Kilian und Saskia.

»Bist du fertig?«, rief Mica aus dem Flur. »Es ist fast sechs Uhr und ich will mir die Haare toupieren. Gib das Bad endlich frei!« Es wäre das erste Mal. Mica war nicht der Typ für komplizierte Frisuren.

»Du willst dir die Haare toupieren?« Jennifer sprühte einen letzten Klecks Volumenschaum in ihre Hand und massierte ihn in ihre Haarspitzen. Schließlich öffnete sie die Tür. Sie trug nichts außer einem Handtuch, aber vor Mica hatte sie keine Geheimnisse.

»Warum nicht?« Mica stand in der Tür und stemmte einen Arm in die Seite. Ihr Gesicht sah anders aus als sonst. Trauriger und gleichzeitig entspannter. Ihre Körperhaltung hatte sich verändert, als wäre eine große Last von ihren Schultern gefallen.

»Gibt es etwas zu feiern, oder woher kommt die plötzliche Eitelkeit?«

Mica blickte ernst. »Ich bin wieder Single.«

»Oh. Ist das gut oder schlecht?«

Sie zuckte mit den Schultern. »Ich habe Schluss gemacht, also sollte es mir gut gehen. Trotzdem ... Vielleicht ist es ein Fehler? Ist es wirklich so wichtig, dass man mit seinem Partner sexuell harmoniert? Klar, mit Bernd könnt ich nie BDSM machen, aber das ist doch nicht alles im Leben?«

Jennifer trat neben sie und legte ihr einen Arm um die Schultern. »Es war bestimmt richtig, Mica. Schau her. Reden, Ausgehen, Kochen ... Diese Sachen kannst du mit vielen Menschen machen, mit jedem, mit dem du halbwegs befreundet bist. Aber Sex ... Oder BDSM ... Das geht nur mit einem. Mit dem, mit dem man zusammen ist. Den man liebt.«

Mica nickt nachdenklich. »Ist das bei dir so? Machst du mit Kilian BDSM, weil du ihn liebst?«

Jennifer versteifte sich und ließ sie los. Daran wollte sie nicht denken. »Das ... ist etwas komplizierter«, wich sie aus.

»Glaubst du, er macht bald mit ihr Schluss? Vielleicht trifft er sich mit dir, weil die Beziehung ihr Verfallsdatum überschritten hat.«

Jennifer schüttelte den Kopf. »Hey, ich dachte, wir reden über dich und deinen ... deinen Exfreund.«

Mica lächelte und hob die Arme. »Aber mir geht es gut damit, wie es ist. Dir nicht. Sonst würdest du nicht so traurig gucken. Willst du reden?«

»Ich dachte, du wolltest deine Haare toupieren.«

»Egal. Einen weiteren Samstag mit glatten Haaren werde ich auch noch überleben. Soll ich uns Tee machen?«

»Würdest du?«

Fünf Minuten später saßen sie in Jennifers Zimmer auf dem Sofa, auf dem sie diesen Donnerstag keinen teuren Rotwein getrunken hatte. »Es war richtig, dass du mit Bernd Schluss gemacht hast«, sagte Jennifer und suchte nach den richtigen Worten für ihr Problem. »Es ist falsch, als BDSMerin eine Beziehung mit jemandem zu führen, mit dem man das nicht teilen kann. Oder als BDSMer.

Wenn das unsere Art ist, Liebe zu zeigen, müssen wir das in einer Beziehung auch dürfen. Sonst geht man auf Dauer ein.«

Mica nickte nachdenklich. »Meinst du, dass Kilian seine Freundin deswegen betrügt? Dass er besser mit dir zusammenkommen sollte?«

Vor einer Woche hätte sie bedenkenlos mit Ja geantwortet. »Was soll es nützen, wenn ich darüber nachdenke? Er wird sie nicht verlassen.«

»Ich finde es interessant. Du weißt, dass er nicht fest mit dir zusammenkommen wird, wenn kein Wunder passiert. Trotzdem willst du dich weiter mit ihm treffen, obwohl es dich unglücklich macht. Du liebst ihn und er tut dir weh. Hat das für dich etwas mit BDSM zu tun?«

Jennifer wurde kalt.

Hatte Mica recht? Blieb sie aus diesem verdrehten Grund mit ihm zusammen? Oder blieb sie bei ihm, weil sie über sein Profil bei Facebook auch Saskia gefunden hatte? Das wäre so verdreht, dass sie es nicht einmal Mica erzählen könnte.

Inzwischen sah sie sich ihr Profilbild jeden Tag drei- bis viermal an. *Tanzschule Unperfekt.* Dort arbeitete sie. Auf der Homepage war ein weiteres Foto von ihr zu sehen, auf dem sie gleichzeitig wild und professionell aussah. Eine zauberhafte Faszination. Diese Seite von ihr würde sie gern kennenlernen.

Bisher hatte sie sich nicht getraut, sie anzuschreiben oder ihr eine Freundschaftsanfrage zu schicken.

»Wenn wir heute einigermaßen pünktlich loskommen wollen, solltest du langsam deine Haare machen«, sagte Jennifer. »In drei Stunden wollen wir los, und ich habe nicht mal damit angefangen, mich für ein Outfit zu entscheiden. Und meine Haare sind noch nass.«

»Dann halt dich besser ran.« Mica trank ihren Tee hastig aus. Zum Glück lächelte sie wieder. »Kannst du mir gleich beim Toupieren helfen, wenn ich komplett scheitere?«

»Nimm einfach Strähnen, die schmal genug sind, dann kann nichts schiefgehen.«

»Okay.« Mica verließ das Zimmer und schloss die Tür hinter sich.

Die feuchten Haare auf ihrem Kopf kringelten sich und trockneten allmählich. Sie sollte sie jetzt auskämmen, solange es durch die Feuchtigkeit leichter ging. Sie sollte sich überlegen, wie sie Mica wegen ihres Exmanagers trösten sollte. Sie sollte …

Sie sollte sich nicht länger davor drücken, diese Freundschaftseinladung zu schicken.

Ohne lange nachzudenken, klappte sie den Laptop auf, öffnete Facebook, ging auf Saskias Profil und schickte ihr die Anfrage. Beim Absenden hielt sie die Luft an. Endlich hatte sie es getan. Sie klappte den Laptop wieder zu. Es war zu spät, um es sich anders zu überlegen. Sie griff nach der Bürste und setzte sich auf den Hocker vor dem Schminktisch. Höchste Zeit für das Disco-Outfit.

Der Schminktisch war ein Geschenk von Mutter gewesen. Er bestand aus einer kleinen, weiß gebeizten Kommode und zwei schmalen, senkrecht an die Wand geschraubten Regalen mit vielen Zwischenfächern für Krimskrams. Dazwischen hing ein Spiegel, um den 23 kleine, rötliche Glühbirnen leuchteten und ihr Gesicht von jeder Seite sanft beschienen. Drei der Glühbirnen waren erloschen. Sie sollte sie ersetzen, aber bisher war sie nicht dazu gekommen.

Eigentlich gehörte so ein Möbelstück in die Garderobe einer Künstlerin. In ihrem Studentinnenzimmer nahm es zu viel Platz weg. Trotzdem hätte sie es niemals weggeworfen. Es war ein Geschenk von ihrer Mutter gewesen, zu ihrem 14. Geburtstag. Damals war es ihr wie ein Versprechen erschienen, dass sie es schaffen würde. Vielleicht sollte sie ihn rauswerfen, diesen Schminkspiegel, dessen Glühbirnen so rosa schimmerten, als ob sie sie mit der Farbe ihrer geplatzten Träume angemalt hätte.

Das Black Mirror war schon länger ihre Stammdisco, als sie wahrhaben wollte. Manchmal, wenn sie die jüngeren Frauen sah, die zum Tanzen hierherkamen, fühlte sie sich alt. So, als ob sie in den vergangenen Jahren nichts erreicht hatte und stagnierte, während sich alle anderen weiterentwickelten. Bald wurde sie 24.

Im Lauf der Jahre hatte der Club zwei- oder dreimal den Namen gewechselt. Die Inneneinrichtung hatte sich jedes Mal verändert, doch die DJs, die Musik und die Stammkundschaft waren dieselben geblieben. Na gut, das stimmte nicht ganz, in Wahrheit gab es ein ständiges Kommen und Gehen. Veränderung war die einzige Konstante, wenn man die Welt nach den Maßstäben von Samstagnächten beurteilte. Auch, wenn manche Lieder von vor sieben Jahren noch immer gespielt wurden, waren andere in der Zwischenzeit verschwunden und durch neue ersetzt worden.

Na gut, auch die Kleidung der Gäste hatte ihr wichtigstes Merkmal behalten. Sie war schwarz. Schwarz und kreativ. Schwarz und böse. Schwarz und fragil. Schwarz und enthüllend. Schwarz und zerrissen. Schwarz und selbst genäht.

Mica und sie gaben ihre Herbstjacken am Eingang ab und machten die Runde, um Ausschau nach bekannten Gesichtern zu halten. Zum Glück war Jason, Micas Ex, heute nicht mit seiner Neuen hier, das verdarb ihr jedes Mal die Stimmung und sie betrank sich zu stark.

Es war schön, sie alle nach zweiwöchiger Abstinenz wiederzusehen. Sandra, die heute nicht hinter dem Tresen stand. Die verrückte Verena mit den viereckigen Brillengläsern. Adrian und Hadrian, die in Wahrheit andere Namen trugen und es lustig fanden, sich wegen ihrer langen blonden Haare überall als die »Metal-Zwillinge« vorzustellen. Das Nesthäkchen Marie, das inzwischen 17 geworden war und lange genug als Stammgast galt, um als einzige Minderjährige nie um Mitternacht hinausgeworfen zu werden.

»Willst du tanzen?« Marie legte den Arm um Jennifer. Sie trug eine Lackkorsage zu einem kurzen Rock mit passenden Stulpen an den Unterarmen und Lackstiefel. Es sah cool aus. Jugendlich-verletzlich und gleichzeitig richtig cool. Jennifer warf einen entschuldigenden Blick zu Mica, die neben ihr saß und ihr das Feuerzeug hinhielt, damit sie die Zuckerwürfel über ihrem Absinthglas anzünden konnte. Aus irgendeinem Grund bekam Mica das nie richtig hin.

»Willst du dich betrinken?«

»Wann, wenn nicht heute?« Sie lächelte. »Nur ein Scherz. Ich bin glücklich, das weißt du doch. Frei, um endlich glücklich zu werden.«

»Beneidenswert.« Sie meinte es ernst.

Marie blieb geduldig stehen. Als der Zucker geschmolzen war und die Flüssigkeit im Glas getrübt hatte, nahm sie Jennifers Hand und zog sie auf die Tanzfläche.

Es war viel zu viel Zeit vergangen, seit sie zum letzten Mal getanzt hatte. Vergangene Woche zählte nicht. Da war Kilian dabei gewesen und hatte den Moment ruiniert. Außerdem wollte sie die Erinnerung an Saskia verdrängen.

Es machte Spaß, mit Marie zu tanzen. Sie wusste, was sie tat, drängte sich nie auf und beherrschte schöne Bewegungen. In dieser Nacht merkte sie, dass es trotzdem etwas gab, was Marie fehlte. Trotz ihres Geschicks beim Stylen und des dreieckig spitzen Ponys war und blieb Marie ein Mädchen. Ein Mädchen, das sich erstaunlich gut unter Erwachsenen bewegen konnte, und ein Mädchen, das genau wusste, wie es seinen Niedlichkeitsbonus an der richtigen Stelle einsetzen konnte. Trotzdem hatten ihre Tanzbewegungen noch nicht das Feuer der Frau, zu der sie eines Tages werden würde. Sie war noch zu jung. Zu zaghaft.

Warum schob sich Saskias Gesicht erneut in ihre Gedanken? Sie wollte nichts von ihr. Es verlangte sie keinesfalls danach, die andere so bald wie möglich wiederzusehen und mit der schönen Tanzlehrerin zu plaudern oder in ihren Augen zu versinken.

Einige Lieder später entdeckte sie Kilian am Rand der Tanzfläche. Ihr Herz machte einen Satz. Sie hatte nicht realisiert, dass er heute hier war.

Jennifer machte eine Winkbewegung zu Marie und verließ die Tanzfläche mitten im Lied. Kilian nahm sie in den Arm. Sein herbes Aftershave gefiel ihr, vielleicht war es auch der natürliche Duft seiner Haut. Unwillkürlich blickte sie über seine Schulter, ob Saskia ihn begleitete. Sie war nicht da. Genau wie früher war er ohne Begleitung ins Mirror gekommen. So hatte sie ihn damals kennengelernt, als Mica im Urlaub war.

»Wollen wir uns in die Lounge setzen?«, rief er ihr ins Ohr.

Sie nickte und signalisierte, dass sie ihre Cola von Mica holen wollte und er den Sitzplatz schon einmal sichern sollte.

»Sehen wir uns am Donnerstag wieder?«, fragte er, als sie in der Lounge auf dem Ledersofa saßen. Im Schutz der Dunkelheit stahl seine Hand sich unter ihren Rock.

Sie erschauderte und genoss das Gefühl. Keiner verstand es so wie er, all ihre Knöpfe zu drücken und sie mit wenigen Berührungen an den Rand der Ekstase zu bringen. Wie dumm, dass das Treffen am Donnerstag ausgefallen war. »Nächstes Wochenende? Freitagabend oder Samstagnachmittag. Mir passt beides.« Es war viel zu lange her, dass sie das letzte Mal geflogen war.

»Muss es am Wochenende sein?«, fragte er mit abweisendem Gesicht. Sie erinnerte sich, dass er sich auch vorher nie am Wochenende mit ihr hatte treffen wollen. Klar. Die Wochenenden gehörten der Freundin, nicht der Geliebten. Beim Gedanken daran, dass Kilian zusammen mit Saskia in einem Bett schlafen würde, schoss die Eifersucht wie ein schmerzhafter Stich quer durch ihre Rippen.

»Dann kann ich erst am Donnerstag in einer Woche«, sagte sie. Natürlich stimmte das nicht. Ihre abendlichen Verpflichtungen ließen sich an der Hälfte der Finger einer Hand abzählen. Aber sie hatte keine Lust mehr, nach Kilians Pfeife zu tanzen und ihren Terminplan für jedes Treffen nach seinen Wünschen auszurichten.

»Dann sehen wir uns am Donnerstag in einer Woche.« Er lächelte weniger freundlich als früher.

»Ich freue mich schon. Hast du Lust, ein bisschen zu tanzen?« Sie spielten ihr Lieblingslied.

»Geh ruhig.«

Jennifer stand auf und ließ ihn hinter sich zurück. Die Musik rief sie und erinnerte sie an Saskia. Noch nie hatte sie mit einem anderen Menschen getanzt wie mit ihr. Sie konnte sie einfach nicht vergessen. Dabei war sie nicht lesbisch. Auf keinen Fall. Bisher hatte sie Beziehungen immer nur mit Männern geführt.

Sie warf Kilian einen Blick über die Schultern und ließ zu, dass die Musik die Kontrolle übernahm. Wiegte sich und bewegte sich hin und her. Seine Blicke lagen auf ihr und sie spürte, dass ihm gefiel, was er sah.

Es war nicht das Gleiche.

7

VERBOTENER TANZ

Elf Tage später traf sie sich mit Saskia. »Schön, dass es endlich geklappt hat!« Saskia strahlte sie zur Begrüßung an.

Jennifer lächelte zurück. Es hatte eine Weile gedauert, sich via Internet auf einen Termin zu einigen. Sie nahmen sich kurz in den Arm, bevor sich an den Tisch im LaPlace setzten.

Der runde Tisch bestand aus schwarzem Marmorimitat, das am Rand abblätterte. Der Raum war insgesamt zu hell und zu freundlich für Jennifers Geschmack eingerichtet. Es fehlte die gemütliche Atmosphäre eines Clubs oder ihres Zimmers. Bunte Kreideschrift auf einer Tafel neben dem Tresen verriet jedem, den es interessierte, dass zwischen 17 und 19 Uhr Happy Hour für Cocktails war und man in dieser Zeit nur den halben Preis zahlte. Da es erst kurz nach drei war, war das Angebot für sie wenig interessant. Außerdem tranken sie Kaffee.

»Es ist komisch, oder?«, sagte Saskia schließlich. Sie sah schüchtern aus. Von der selbstbewussten Tänzerin, die sie vor drei Wochen kennengelernt hatte, war nichts zu sehen. Saskias Alltagskleidung war unauffällig, Jeans und ein graues, langärmliges Shirt. Anders als beim letzten Treffen blickten ihre Augen scheu und nicht herausfordernd.

Saskia schminkte sich nicht, sie hatte nur ein wenig Labello aufgetragen. Auch ihre Haare schienen ungefärbt. Dieses mittelhelle, unauffällige Braun war offenbar ihre natürliche Haarfarbe.

Obwohl der Stufenhaarschnitt an ihr nicht schlecht aussah, störte sich Jennifer daran. Vielleicht war es dieser abgestufte Pony, der aus dem Gesicht fiel und in die restliche Frisur überging. Es sah aus, als wollte Saskia ihr Gesicht verstecken. Das hätte sie nicht nötig. Ihre Haut war rein, ihre Augen waren groß und ihr blasser Mund schimmerte sinnlich und kurvig. Verboten schön.

Jennifer nickte. Es war ein seltsames Gefühl, zu zweit hier zu sitzen. Ohne ihn. Eigentlich mochte sie keine Heimlichkeiten. Es fühlte sich wie eine Lüge an. Verboten. So, als ob Saskia und sie sich vom Schulhof geschlichen hätten, um auf dem Lehrerparkplatz hinter einem Auto zu kauern und eine zu rauchen. Doppelt verboten, weil sowohl sie als auch Saskia ein Geheimnis vor Kilian hatten. Schlimm genug, dass Kilian sie früher belogen hatte. »Hast du ihm erzählt, dass wir uns heute treffen?«

Saskia legte den Kopf schief und schürzte die blassen Lippen. »Ehrlich gesagt habe ich vergessen, es zu erwähnen. Und du?« Für einen Moment blitzte der Funke in ihren Augen auf, an den Jennifer sich erinnerte.

»Ich habe ihm gesagt, dass ich heute nicht online bin und dass sie im Fitnessstudio meinen Dienstplan geändert haben.« Sie imitierte Saskias Geste und legte den Kopf auf die andere Seite. »Das haben sie tatsächlich. Keiner meiner Sätze war gelogen.«

Sie schmunzelten. Bisher war es Kilian gewesen, der auf die gleiche Weise *nicht* log.

»Du hast erzählt, dass du früher Ballettunterricht erhalten hast«, sagte Saskia. »Ballett habe ich nie gelernt. Nur Standardtanz, ein bisschen Bauchtanz und Tribal für mich privat. Und natürlich Südamerikanisch.«

»Nur!« Jennifer lachte. »In meinen Augen ist das eine Menge. Wie bist du dazu gekommen, Tanzlehrerin zu werden?«

»Ich habe es nie wirklich geplant.«

Ihr Lächeln war hinreißend. Wenn es nach Jennifer ginge, müsste Saskia sie den ganzen Tag anlächeln. Ihre Haut war nicht milchweiß, sondern ein wenig dunkler als Jennifers auf dem Tisch liegende Hand. Neben ihrem linken Mundwinkel bildete sich bei jedem Lächeln ein winziges, kreisförmiges Grübchen, das perfekt zu ihrem restlichen Gesicht und dem Blitzen in ihren Augen passte. Dieses Grübchen weckte verworrene Assoziationen an Milch und Honig in Jennifers Gedanken und ließ sie daran denken, wie Kilian beides fortküsste.

Wieder die Eifersucht. Schnell fort damit. Vielleicht sollte sie Saskia küssen und es nicht Kilian überlassen, die Tanzlehrerin glücklich zu machen. Wenn Saskia glücklich mit ihm wäre, würde sie nicht hier sitzen. Oder?

»Früher haben Kilian und ich auf Turnieren getanzt. Wir waren richtig gut.« Sie verzog die Mundwinkel. »Damals waren wir noch nicht zusammen. Manchmal glaube ich, dass das die schönste Zeit war. Vielleicht kann er eine Frau nur wirklich lieben, wenn es verboten ist.«

»Du warst seine Affäre?« Der Gedanke missfiel Jennifer. Er ließ ein Muster erkennen, das sie erschreckte.

»Nicht ganz.« Saskia seufzte. »Er war mit Lena zusammen und hat mir immer erzählt, dass er Fremdgehen scheiße findet und Lena nie betrügen würde. Die Luft zwischen uns hat gebrannt, wenn wir getanzt haben. Manchmal hielten wir uns an den Händen oder er nahm mich in den Arm. Ich war so was von verknallt in ihn … Ich habe geglaubt, wenn es schon so herrlich war, nur kurze Zeit seine Nähe zu genießen, dann müsste es das Paradies auf Erden sein, fest mit ihm zusammenzukommen.« Sie schwieg.

»Und so war es nicht?«

Sie schüttelte den Kopf. »Nicht ganz. Kilian beendete sein Studium und beschloss, dass er seriös werden müsste. Nicht länger ›auf glatten Sohlen über das Parkett wirbeln wie ein Gigolo‹, so nannte er es.«

»Autsch.«

»Ja … Wir haben uns also nicht mehr gesehen und er wurde seriös. Irgendwann traf er mich wieder und sagte, dass er mich vermisste. Ich war total geschmeichelt. Rückblickend denke ich, dass er eher das wilde Leben mit mir vermisste. Sein Job hat ihn dazu gezwungen, tagein, tagaus eine Maske zu tragen. Wir kamen zusammen, aber das wurde ihm bald ebenfalls zu seriös, und deswegen …«

»… die SM-Geschichten?«

Saskia nickte und trank von ihrem Kaffee. »Und so sieht es heute aus. Ich arbeite als Tanzlehrerin und Kilian wirft mir heimlich vor, dass ich die Art von Leben habe, mit der ich glücklich bin. Er verdient Geld und sucht nach heimlichen Affären, um sich frei zu fühlen.«

»Okay.« Jennifers Gedanken rasten. Saskias Worte warfen ein völlig neues Licht auf ihre Affäre. Sie hatte ebenfalls davon geträumt, mit Kilian fest zusammenzukommen. Warum erzählte Saskia ihr das alles? Ging es darum, die Konkurrenz aus dem Weg zu räumen und Jennifer klarzumachen, dass es keinen Sinn hatte, auf eine feste Beziehung mit Kilian zu hoffen? Das würde einleuchten. Natürlich wollte Saskia ihre Beziehung schützen. Kilian war ein attraktiver Mann, sexuell sehr geschickt, und er verdiente eine Menge Geld.

Die Sache hatte nur einen Haken. Es würde nicht zu der Saskia passen, die sie bisher kennengelernt hatte. Sie wirkte nicht wie eine Intrigantin, sondern wie eine warmherzige Frau, die fähig war, voller Leidenschaft und Intensität zu tanzen. Wenn sie auf die gleiche Weise liebte, wie sie tanzte, musste das Liebesspiel mit ihr eine beeindruckende Erfahrung sein – die weit über das hinausgehen würde, was sie auf der Tanzfläche erlebt hatten. Jennifer merkte, dass ihre Ohren bei dem Gedanken heiß wurden.

Wollte Saskia ihr stattdessen sagen, dass sie das Gefühl hatte, Kilian würde sie nicht mehr lieben? Fühlte sie sich einsam? Stand die Beziehung vor ihrem Ende, sodass Kilian – und Saskia! – bald zu haben wären? Ein erschreckender Gedanke. Das würde bedeuten, dass sich alles veränderte. Jennifer war sich nicht sicher, ob sie das überhaupt wollte.

»Wie bist du eigentlich dazu gekommen, als Tanzlehrerin zu unterrichten?« Ein besserer Themenwechsel fiel ihr nicht ein.

Saskia schob die aschblonden Strähnen fort, die sich in ihren Wimpern verfangen hatten. Sie schien das Thema ebenfalls nicht vertiefen zu wollen. »Es war ein Zufall. Ralph wollte mich als Urlaubsvertretung für seine Kollegin haben. Als sie schwanger wurde, hat er mich erneut gefragt und behalten. Von da an hat es sich von allein weiterentwickelt. Ich habe mein Studium immer mehr in den Hintergrund geschoben, weil ständig neue Kurse dazukamen, die ich übernommen oder neu angeboten habe. Inzwischen lebe ich davon.«

»Wow.« Jennifer hatte nie daran gedacht, dass man auch auf diese Weise vom Tanzen leben konnte. Wahrscheinlich hatte sie es irgendwo in ihrem Hinterkopf gewusst, aber über diese Möglichkeit nie ernsthaft nachgedacht. Wenn sie keine Ballerina sein konnte, war alles andere eine zweite Wahl.

Jedenfalls hatte sie das bis heute gedacht.

»Und wie kommt es, dass du keine weltbekannte Primaballerina geworden bist, wenn du das Ballett als junges Mädchen so geliebt hast?« Saskias Tonfall machte deutlich, dass es ein Scherz sein sollte. Trotzdem tat es weh.

»Ehrlich gesagt wollte ich genau das.« Sie schluckte. »Als Teenager habe ich dreimal die Woche in der Gruppe trainiert und erst einmal, dann sogar zweimal Einzelunterricht erhalten. Montags um 14:30 Uhr, direkt nach der Schule, und donnerstags um Viertel vor acht. Meine Lehrerin hat an mich geglaubt und wollte mich für die Aufnahmeprüfungen an der Akademie vorbereiten.«

Das Lächeln verschwand aus Saskias Gesicht. »Bitte entschuldige. Das habe ich nicht gewusst.«

Jennifer versuchte, zu lächeln. »Normalerweise erzähle ich es niemandem.«

»Und warum hat es nicht geklappt? Bist du durch die Prüfungen gefallen? … Bitte entschuldige, du musst nicht antworten, wenn es dir wehtut.«

Jennifer schüttelte den Kopf. Nickte. Schüttelte ihn erneut. »Ich bin gar nicht erst zu den Aufnahmeprüfungen gefahren«, quetschte sie heraus. Wütend wischte sie sich über die Augenwinkel.

»Warum?«, fragte Saskia unerwartet sanft und legte ihre Hand auf Jennifers. »Ich meine, offensichtlich wolltest du es wirklich, und du musst Talent gehabt haben, wenn deine Lehrerin an dich glaubte. Außerdem habe ich gesehen, wie du tanzt. Warum bist du nicht zu den Prüfungen gegangen?«

Ihre Stimme weigerte sich, eine Antwort zu geben. Sie griff nach Saskias Hand und spürte den festen Druck. »Meine Eltern wollten nicht.«

Mehr war nicht gewesen. Es klang harmlos. Nur vier Worte. *Meine Eltern wollten nicht.* Eigentlich war es nur ihr Vater gewesen. Ihre Mutter hatte sich aus der Diskussion rausgehalten, während ihr Vater sie angestarrt hatte, als ob sie verrückt geworden wäre: »… Das ist Blödsinn. Davon kannst du nicht leben. Ballett ist ein Hobby, mehr nicht. Glaubst du, ich will mein Leben lang für dich zahlen? …«

Sie hatte die Tür von ihrem Zimmer nicht zugeknallt, sondern leise geschlossen. Es hatte nicht wehgetan. Der graue Nebel hatte alles betäubt. In ihrem Schreibtisch hatte der Bastelcutter gelegen. Sie hatte getan, was sie nicht tun sollte. Tiefer als zuvor. Es war beinah nicht zu spüren. Bis auf die roten Tropfen, die viel zu langsam aus ihrer Haut quollen, war sie tot. Auch, wenn sie weiterexistieren musste. Geld verdienen, damit ihr Vater nicht sein Leben lang für sie zahlen musste.

Sie hatte mit dem Studium begonnen und das Ballett an den Nagel gehängt.

»Wie grausam«, sagte Saskia leise.

Jennifer schüttelte den Kopf. Es war nicht grausam gewesen. Ihr Vater hatte die richtige Entscheidung getroffen. Als erwachsene Frau von 23 Jahren konnte sie das einsehen. Die Chancen auf eine Karriere beim Ballett waren sehr gering, weil sich jedes Jahr viele

Hundert Mädchen dafür bewarben. Wenn sie gescheitert wäre, hätte sie nichts gehabt. Nicht mal einen Studienabschluss. Es war viel besser, dass sie an die Uni gegangen war. Ihre Eltern hatten es nur gut mit ihr gemeint.

»Doch, es war grausam von ihnen«, wiederholte Saskia nachdrücklich. »Gab es denn keine anderen Möglichkeiten? Ein Stipendium vielleicht?«

Erneut schüttelte sie den Kopf. Sie hätte es niemals gewagt, sich gegen den Willen der Familie für ein Stipendium zu bewerben. Dafür hätte ihr Talent sicher nicht gereicht. Außerdem hatte ihr Vater genug verdient. Es wäre nicht fair gewesen. Stipendien waren für talentierte Mädchen gedacht, die niemanden hatten, der ihnen die Akademie bezahlte.

Saskia seufzte.

Jennifer trank einen großen Schluck Kaffee und verbrannte sich die Zunge beim Versuch, zurück in die Gegenwart zu finden. Das war lange her. Kein guter Gesprächsstoff für ein gemütliches Kaffeetrinken. »Inzwischen habe ich mein Studium, damit bin ich zufrieden. Ich kann essen, soviel ich will, ohne mir Sorgen um meine Karriere machen zu müssen.«

»Du? Du musst ohnehin keine Diät halten. Wenn du noch dünner wärst, würdest du mir nicht gefallen.« Saskia errötete.

Jennifers Gesicht wurde warm. Errötete sie etwa auch? Warum? Weil Saskia zugehört hatte, als sie vom Tanzen erzählte? Reichte das bereits aus, um ihr Herz zu erobern?

Saskia lächelte und trank aus. »Ich habe eine Idee. Wir nehmen die nächste Straßenbahn und du kommst mit in meine Tanzschule. Um diese Zeit ist da niemand. Du darfst die Musik aussuchen und im Spiegelzimmer tanzen. Wenn ich zusehen darf, freue ich mich, ansonsten räume ich in der Zeit auf. Hauptsache, du fängst wieder damit an, wirklich zu leben.«

»Ich lebe doch.«

»Du existierst. Das ist nicht dasselbe.«

Jennifer wurde heiß und kalt.

»Warum nicht? Mein Chef hat seine Freundin auch schon mitgenommen. Er glaubt, dass ich es nicht weiß, aber im Flur vor der Umkleide hängt ein Haken an der Decke. Dort machen sie Hängebondage und vögeln.«

Jennifer lachte unsicher. »Woher weißt du das?«

»Das Seil lag am nächsten Morgen auf dem Küchentisch.« Sie grinste. Hinter ihrer farblosen Fassade verbarg sich ein faszinierender, trockener Humor.

Trotzdem wollte Jennifer nicht mitkommen. »Es ist zu spät für mich.« Sie hielt ihre Tasse fest und bedauerte, dass sie Saskia von ihrer Familie erzählt hatte. Es ging sie nichts an. Was für ein Sinn lag darin, schmutzige Familienwäsche vor Außenseitern zu waschen? All das war längst vergangen. Inzwischen erlebte sie andere Dinge, die sie glücklich machten. Kilian. Das konnte sie Saskia gegenüber nicht erwähnen.

Für einen Moment hatte sie sich Saskia so nahe gefühlt, dass sie vergessen hatte, dass sie ihr den Freund stahl. Oder umgekehrt. Es war keine gute Voraussetzung dafür, gemeinsam in die Tanzschule zu gehen.

»Ich werde dich schon nicht an den Haken fesseln«, sagte Saskia spöttisch. Dann, als ob sie über ihre Bemerkung erschrak, hob sie die bereits geleerte Tasse an den Mund und tat, als ob sie trank.

»Ich dachte, Bondage und SM wären nicht deine Welt?« Verdammt, das hätte sie nicht sagen dürfen. Eben hatten sie wie Freundinnen miteinander geplaudert, jetzt stand die Frage nach Kilian wieder im Raum. Sie biss sich auf die Lippen.

»Wer hat dir das denn erzählt?«

Jennifer hustete und schluckte. »Ich dachte, du und Kilian … Ihr würdet nicht … Und deswegen das mit der offenen … Bitte entschuldige.«

»Ich habe es nie ausprobiert.« Saskia lächelte scheu. »Und ich würde mich niemals fesseln lassen, da hat Kilian recht. Aber …«

»Du fesselst selbst?«

Sie zuckte mit den Schultern. »Ich weiß es nicht. Kilian möchte nicht, dass ich es ausprobiere. Wie es aussieht, gilt die offene Beziehung nur für ihn.«

Jennifer zog die Augenbrauen zusammen. »Ist das nicht ein bisschen unfair?«

»Das ist eine lange Geschichte.« Sie seufzte und stützte sich auf den Tisch. »Ich habe sie auch noch niemandem erzählt. Die meisten verstehen so was nicht.«

»Ich habe dir auch von meiner Ballettprüfung erzählt. Das weiß sonst niemand.«

Saskia zögerte und zog die Unterlippe durch ihre Zähne. »Willst du das wirklich wissen?« Offenbar überzeugte Jennifers Gesichtsausdruck sie. »Ich habe dir erzählt, dass er mit Lena zusammen war, als wir noch Turniere tanzten, und er mir damals sagte, er würde seine Freundin nie betrügen. Vielleicht hat er es am Anfang sogar ernst gemeint. Ha!«

Das war eine interessante Sichtweise. Es wirkte schwer vorstellbar. Saskia sah nicht aus wie eine gewissenlose Herzensbrecherin, die einer anderen Frau den Mann stahl. Sie war ein besserer Mensch als Jennifer.

»Wenn wir tanzten, flogen die Funken zwischen uns. Feuervogel, nannte er mich, weil er sich bei mir frei fühlen konnte. Ich glaube, wir haben so genial getanzt, weil wir uns begehrten und nicht besitzen konnten.« In ihren Augen schien eine zweite Botschaft mitzuschwingen. Etwas, was Jennifers Bauch dazu brachte, sich lustvoll zusammenzuziehen.

Jennifer musste daran denken, was Saskia über Bondage gesagt hatte. Dass sie es ausprobieren würde, wenn sie könnte. Auf der aktiven Seite. Feuervogel. Hieß das, dass sie fliegen konnte? Wenn sie die Seile um Jennifers Körper legte, würde sie sie bei dem einsamen Flug von außen beobachten – oder würde sie ihr Herz öffnen und zulassen, dass sie zu zweit in einem Strudel bis in die Mitte des Kosmos flogen, höher und tiefer, als sie es allein je wagen würden?

Die Kellnerin kam an den Tisch und sah schlecht gelaunt auf die leeren Tassen. »Kann ich euch noch etwas bringen?«

Saskia schüttelte den Kopf. »Ich möchte zahlen.«

»Hey, ich möchte hören, wie die Geschichte weitergeht!«

Saskia tat, als ob sie nicht hörte, und bezahlte beide Getränke so beiläufig, dass Jennifers Protest zu spät kam.

»Musst du los?«, fragte sie. Es ging zu schnell. Sie hätte noch stundenlang mit Saskia reden können.

»Wir wollen doch zur Tanzschule.« Sie stand auf, nahm Jennifers Mantel und half ihr hinein. Es wirkte souverän und selbstverständlich. Bei ihr konnte man sich geborgen und sicher fühlen.

»Ich habe verlernt, wie es geht«, sagte Jennifer.

»Das verlernt man nicht. Ich habe in deinen Augen gesehen, wie du es liebst. Es ist höchste Zeit, dass du wieder damit anfängst. Richtig und nicht nur am Wochenende für eine halbe Stunde.« Sie streichelte sachte über Jennifers Wange. Es fühlte sich an, als ob sie ihr damit etwas vom Phönixfeuer der Wiederauferstehung abgeben würde.

Jennifer erschauderte und schmiegte die Wange in Saskias Hand. Für einen Moment standen sie bewegungslos da, und Jennifer vergaß, zu atmen.

Sie fuhren vier Stationen, bis sie die Miniatur-Bummelmeile der Südstadt erreichten. Saskia führte sie durch einen Durchgang vor einem Geschäft mit überteuerten, hässlichen Gesundheitsschuhen und einer Sparkasse über einen Parkplatz. Schließlich standen sie vor einem mehrstöckigen, dunkelbeige gestrichenen Haus, an dem neben einer außen verlaufenden Metalltreppe ein mehrere Meter großes Schild mit dem Namen *Ralphs Tanzschule* hing.

Vom Parkplatz aus wirkte es, als ob Kunden bei Wind und Wetter den Weg über die Metalltreppe nehmen mussten. Als Ballettmädchen hätte sie das nicht abgehalten – aber ob tanzlustige Ehepaare jenseits der 50 das ähnlich sahen?

Saskia führte sie über einen Plattenweg zur Eingangstür, die halb hinter einem verkümmerten Dornbusch verborgen war. Das dunkle Treppenhaus roch nach Schmierseife und hatte keinen Fahrstuhl. Sie gingen zu Fuß bis in den dritten Stock. Saskia geriet nicht so schnell außer Atem wie Mica, die mit ihrem Schlankheitstick oft zu wenig aß. Natürlich. Saskia verdiente sich ihren Lebensunterhalt mit ihrer körperlichen Fitness. Mit Tanzunterricht. Beneidenswert.

Saskia schloss die Tür auf und die Welt veränderte sich. Die schmierigen, früher einmal gelb gestrichenen Wände des Treppenhauses machte Platz für helle, elfenbeinfarbene Tapeten und eine elegant geschwungene Garderobe im Empfangsraum. Zwei dunkelrote Sofas luden zum Verweilen ein, und ein kleiner Tisch war mit Zeitschriften bedeckt, um die Wartezeit zu verkürzen. Neben der Garderobe stand ein leeres Regal.

»Zieh die Schuhe aus.« Saskia wies auf das Regal. »Umziehen müssen wir uns nicht. Oder hast du Tanzkleidung dabei?«

Jennifer schüttelte den Kopf und streifte die Wildlederpumps von den Füßen. Der eine Absatz war ein wenig schief getreten, sie hatte ihn längst zum Schuster bringen wollen. Hoffentlich bemerkte Saskia diesen Makel nicht.

Saskia auf Socken, sie auf dünnen Strumpfhosenfüßen, betraten sie den Raum mit den großen Spiegeln. Sie verglich Saskias Körperhaltung mit ihrer. Saskia sah entspannter aus. Natürlich. Sie arbeitete hier jeden Tag, während Jennifer fremd war. Aber genau wie sie hatte Saskia die Haltung einer Tänzerin, die gewohnt war, auf Körperspannung zu achten.

»Bitte leg Musik auf«, sagte sie leise.

»Was hättest du gern?«

»Egal. Nimm etwas, was dir gefällt. Ich möchte mit dir tanzen.«

»Mit mir?« Saskia lachte verlegen. Die Röte in ihrem Gesicht verstärkte sich. Wie konnte sie gleichzeitig schüchtern und wieder selbstbewusst und abgeklärt wirken? Wie passte das zusammen?

»Natürlich mit dir. Du bist Tanzlehrerin. Bring mir Standardtanzen bei, dann lehre ich dich Ballett. Ist das ein Deal?«

»Ich und Ballett? Das schaffe ich niemals. Dafür bin ich nicht beweglich genug.« Sie ging zum CD-Player und legte eine CD ein. Die ersten Töne erklangen.

»Bach? *Die Kunst der Fuge*? Dazu kann man nicht tanzen.« Jennifer hatte Popmusik erwartet, mit einem klassischen Viervierteltakt, oder Walzer. Musik, die man in Tanzkursen für die Menschen brauchte, die einen Abend mit ihrem Partner verbringen wollten, ohne weiterzuwachsen.

»Soll ich wechseln? Schaffst du das nicht?« Ihr Lächeln war eine Herausforderung.

»Natürlich schaffe ich das.« Sie reichte Saskia die Hand. »Darf ich bitten, schöne Frau?«

Saskia tat empört. »Was? Ich dachte, du tanzt für mich und ich darf zusehen.«

Die Vorstellung wärmte sie. Hastig wandte Jennifer den Blick ab.

Saskia griff nach ihrer Hand und legte ihr einen Arm auf den Rücken. Als Tanzlehrerin fiel es ihr natürlich leicht, den führenden Part zu übernehmen.

Es war wunderschön. Von allein wäre sie nie auf die Idee gekommen, zur *Kunst der Fuge* zu tanzen, zu komplex waren der Rhythmus und die ineinander verwobenen Melodien. Saskia verwandelte das glatt gewachste Parkett zwischen den Wandspiegeln in ein verzaubertes Schloss in den Wolken. Die Musik umfloss sie. Die Melodien vibrierten in den Haaren und die Töne verwandelten sich in Rufe, die zwischen ihren Augen hin- und herflossen. Jennifer spürte, dass ihr Körper in der gleichen Spannung vibrierte. Etwas erwachte in ihr, was lange geschlafen hatte. Das hier war nicht verboten, sondern süß und gut wie heiße Schokolade mit Rum im Winter, wenn man gefroren hatte. Der glatte Boden trug sie davon. Mit jedem Tanzschritt vergaß sie mehr von dem Leben, das sie früher geführt hatte. Alles, was blieb, war das Bewusstsein von Saskias Schönheit und die Sehnsucht danach, ein Teil davon zu werden.

»Du bist so anmutig wie eine Fee«, wisperte Saskia ihr ins Ohr.

Sie streichelte mit feuchter Hand über Saskias schlanken, muskulösen Rücken. Saskias Brüste waren warm und weich und berührten ihre. Am liebsten hätte sie sie geküsst. Die Welt löste sich auf. Es war wie in der Nacht im Old Fashioned, nur tausendmal besser. Saskias Becken drückte gegen sie und sie warf den Kopf in den Nacken, als Saskia sie in einer Drehbewegung auf die Knie zwang. »Und du bist Feuer!«, erwiderte sie leise. »Verbrenn mich. Lass mich sterben!«

Saskia zog sie nach oben und lenkte sie in eine Drehung. »O nein, Jennifer, so leicht mache ich es dir nicht. Du sollst leben. Verbrenn in deinem eigenen Feuer!« Die Worte waren ein Befehl, der Jennifers Unterleib aufglühen ließ in dunklem, sinnlichem Verlangen.

Die Musik hielt an, und sie standen atemlos voreinander, nicht einmal durch die Länge eines Unterarms voneinander getrennt. »Was du mit mir tust, ist gefährlich«, sagte Jennifer und fuhr mit der Zunge über ihre Lippen. Sie wünschte sich, der Tanz würde niemals enden.

Leise erklangen die ersten Töne des nächsten Stücks. Saskias Hand auf Jennifers Hintern griff fester zu und sie begannen den nächsten Tanz. Saskia schwieg, doch ihre Augen waren Dolche, die bis ins Herz drangen. Es schmerzte.

»Hör nicht auf damit!«

Saskia zwang sie in eine Drehung und bog ihren Arm so auf den Rücken, dass sie auf die Knie sank. Für eine Sekunde lächelte Saskia das verboten böse Lächeln, das Jennifer stärker berührte als alles, was sie gefühlt hatte. Ihre Knie wurden weich und sie sehnte sich danach, auf den Boden zu sinken und sich Saskia hinzugeben, doch im nächsten Takt zog Saskia sie nach oben und tanzte weiter mit ihr, als ob der Blickaustausch nie stattgefunden hätte.

Sie tanzten fast eine Stunde und vergaßen, zu trinken oder auf die Uhr zu sehen. Als Saskias Chef den Raum betrat, fuhren sie ertappt auseinander und Jennifer senkte den Blick.

»Betreibst du Kundenakquise?« Der Mann, es musste Ralph sein, lachte und schlug Saskia auf die Schulter. Er streckte Jennifer die Hand entgegen und stellte sich vor.

»Ich bin Jennifer«, erwiderte sie die Begrüßung. »Dein Tanzstudio ist wirklich schön.«

Sobald die Höflichkeit es erlaubte, verabschiedete sich Jennifer und hoffte, dass man ihr die Verlegenheit nicht zu deutlich ansah. Saskia musste arbeiten und sie hatte mit Sicherheit auch noch viel zu tun. Für die Uni vielleicht. Oder im Haushalt. Bestimmt gab es etwas, was sie dringend erledigen musste.

Außerdem war sie morgen mit Kilian verabredet. Beim Gedanken daran wollte sie Saskia nicht länger in die Augen sehen. Natürlich wusste Saskia davon. Wenn es sie stören würde, hätte sie es gesagt.

Oder?

8

SCHWARZ-WEIß-FILME UND ROTWEIN

Kilian öffnete die Wohnungstür. Das stellte eine Premiere dar. Bis heute hatte Jennifer seine Wohnung nie betreten. Ob er ahnte, dass sie sich mit Saskia getroffen hatte? Spürte er unbewusst, dass er Konkurrenz bekam, und intensivierte er seine Bemühungen um sie?

Oder hatte er nur keine Lust, bei diesem Mistwetter die Wohnung zu verlassen?

Sie hängte ihren Wintermantel an einen freien Haken. Kilian hatte nur eine Lederjacke und einen Wollmantel im Flur hängen. Sie kratzte mit dem Fingernagel über den Stahl des Hakens. Es fühlte sich unangenehm an. Das Gefühl der Lederjacke war angenehmer und sinnlicher.

»Komm schon«, sagte er, fasste sie am Nacken und schob sie durch eine dunkel gebeizte Tür.

Jennifer lächelte und entspannte sich. Manchmal tat es gut, die Vergangenheit und die Zukunft zu vergessen und sich ausschließlich auf den Augenblick zu konzentrieren. Sie hatte schon viele aufregende Momente mit Kilian erlebt. Egal, wie es weitergehen würde, diesen Abend wollte sie genießen.

Im Wohnzimmer brannten Kerzen. Viele Teelichter und vier große Stumpenkerzen, die unterschiedlich weit hinabgebrannt waren. Auf dem rechteckigen Tisch vor der Sofagarnitur stand ein Kerzenhalter mit drei dunkelroten Tafelkerzen. Die Teelichter standen auf dem Tisch, neben dem Fernseher, auf der kleinen dunkelbraunen Kommode unter dem gerahmten Motorradposter neben der Tür und auf der Fensterbank. Zum Glück hatte er nur ein dunkelrotes Rollo und keine Vorhänge, sodass sie sich keine Sorgen wegen drohender Brandgefahr machen musste. Auf der Fensterbank brannten auch zwei lange Kerzen auf je einem schwarzen Halter, doch sie gingen unter in der schieren Masse der Teelichter. Waren es 30? 40? Oder sogar noch mehr?

Flüchtig kam ihr der Gedanke, dass ein solches Kerzenmeer in einer Vanillabeziehung den Höhepunkt der Romantik darstellen würde. In ihrer Situation dagegen bereiteten sie ihr Sorgen. Das waren *sehr* viele Teelichter. Es bedeutete nichts Gutes für sie.

»Ist bei dir die Heizung ausgefallen, oder warum brennen so viele Kerzen?«, fragte sie spöttisch, um ihr flaues Gefühl zu übertünchen. Sie setzte sich auf den zweiten Platz des Sofas und ließ den knielangen Rock höher rutschen, als notwendig wäre.

»Ich wollte sichergehen, dass du nicht frierst«, erwiderte er genauso spöttisch.

»Du bist so gut zu mir.« Sie sah in seine Augen. An diesem Abend würde sie nicht frieren. Eine wunderbare Nacht wartete auf sie. Wegen Saskia bräuchte sie wirklich kein schlechtes Gewissen zu haben. Saskia wusste schon lange Bescheid, dass Kilian neben ihr Spielbeziehungen zu anderen Subs pflegte, und hatte ihr Einverständnis gegeben. Sie musste wissen, dass Kilian und Jennifer solche Dinge miteinander taten. Wenn sie es nicht wollte, hätte sie es gesagt.

Jennifer drängte den Gedanken an sie in den Hintergrund, ließ ihn los und unterdrückte das flatterige Gefühl in ihrem Bauch. Jetzt war jetzt. Vorgestern hatte sie sich in der Uni krank gemeldet, weil sie das fällige Referat für ein Seminar nicht fertigbekommen hatte. Nicht mal angefangen hatte sie es, wenn man den handschriftlichen Entwurf für die halbe Gliederung nicht mitzählte. Wenn sie die ganze Zeit an all die Dinge denken würde, die in ihrem Leben schiefliefen, könnte sie sich gleich von einer Autobahnbrücke stürzen. Ihr gehörte nichts im Leben als hin und wieder ein Augenblick wie heute. Den wollte sie genießen und alles andere verdrängen. Von ganzem Herzen.

»Was hältst du von der *Blauen Dahlie*?« Kilian hielt ihr die DVD-Hülle hin. »Oder ist dir der heute zu düster?«

»Ich mag düster.« Sie nahm die Hülle und überflog sie. Bisher kannte sie den Film nicht. Der Klappentext klang nach einem Film, der Mica gefallen könnte. Vielleicht könnte Kilian ihr die DVD später ausleihen.

»Es … es ist für Saskia doch in Ordnung, wenn wir uns treffen, oder?« Sie konnte den Gedanken einfach nicht verdrängen.

»Natürlich«, sagte Kilian beruhigend. »Wir gehen ja nicht ins Schlafzimmer. Sie ist meine Nummer eins und gönnt mir meine kleinen Abenteuer. Dafür liebe ich sie und das weiß sie. Wenn sie selbst so etwas erleben wollen würde, würde ich es ihr ebenfalls erlauben.«

»Mag sie das überhaupt nicht?«

»Nein.« Er lächelte. »Saskia ist durch und durch Vanilla. Mein ruhiger Pol im Leben. Anders würde ich sie gar nicht wollen.«

»Ach so.« Wie wenig er die Frau kannte, die zu lieben er behauptete.

Er fasste sie unterm Kinn. »Keine Sorge, sie würde nie auf so ein süßes, kleines Spielzeug wie dich eifersüchtig werden.« Sein Lächeln verriet, dass er unmerklich von einem normalen Gespräch in den Rahmen des Spiels gewechselt war. Stimmte ja, er hatte sie bereits beim Reinkommen grob im Nacken gepackt. Es war so weit.

Sie fühlte sich noch nicht bereit. Seine Worte verletzten sie unwillkürlich. Ihr wurde klar, dass Saskia Ähnliches nicht zu ihr sagen würde, wenn sie sie dominierte oder verschnürte. Wohin war der Stil verschwunden, den sie einstmals an ihm bewundert hatte?

Seine Augen spiegelten das Licht der vielen Flammen wider, funkelten so sehr, dass man ihr Eisblau nicht mehr erkennen konnte.

Du bist die zweite Wahl, sagten sie. *Finde dich damit ab und knie nieder. Du hast dir dieses Spiel gewünscht, Sklavin.*

Unwillkürlich durchlief sie ein wohliger Schauder. Sie verschob die Gedanken auf später. Das Spiel hatte begonnen.

»Möchtest du Rotwein?« Sie griff nach dem Korkenzieher, der neben der Flasche und den zwei Gläsern auf dem Tisch lag. Anscheinend war er nicht mehr dazu gekommen, die Flasche vorher zu öffnen und den Wein atmen zu lassen.

»Wenn du so lieb bist?« Er legte die Hand auf ihren Oberschenkel und quetschte ihn zusammen. Wie dünn ihre Beine unter seinem Griff aussahen!

Sie griff nach der Weinflasche und schraubte den Korkenzieher langsam in den Korken. Irgendwie war es schade, dass Kilian niemals mit ihr schlafen würde. Seine Hand auf ihrem Oberschenkel fühlte sich gut an. Für einen Moment schloss sie die Augen, dann konzentrierte sie sich wieder auf die Flasche und zog am Korken. Das Ziehen zwischen ihren Beinen ignorierte sie, auch wenn sie die Flasche auf ihrem Schoß unauffällig ein Stück weiter nach oben gleiten ließ.

Als der Korken aus der Flasche glitt, kniff Kilian sie heftig in den Oberschenkel.

Jennifer schrie auf – und verschüttete prompt Rotwein auf ihren Rock. »Bist du wahnsinnig?« Sie knallte die Flasche auf den Tisch. »Rotweinflecken gehen nie wieder heraus!«

»Dein Rock ist schwarz, wo ist das Problem?« Kilians Lächeln wurde schmaler.

»Man sieht es trotzdem!« Wütend stand sie auf und lief ins Badezimmer, um zu retten, was sich retten ließ.

»Dann musst du den Rock wohl ausziehen und mit kaltem Wasser ausspülen«, sagte Kilian süffisant. »Sieh sicherheitshalber nach, ob du auf der Bluse ebenfalls Flecken hast, Sklavin.«

»Und wie soll ich nach Hause kommen? Mit einem nassen Rock und ohne Bluse, wo wir es fast November haben? Hast du dir das auch überlegt, o großer, starker Meister?«

Er lächelte böse und schien sich an ihrer Empörung zu weiden. Wie konnte er es wagen, die Zerstörung ihrer Kleidung als Spiel zu inszenieren? Sie würde ihn zur Rede stellen, wenn ihr bei seinem Blick nicht ein Schauder über den Rücken laufen würde, der gleichzeitig heiß und kalt war. »Ich werde dir garantiert nicht erlauben, hier zu übernachten. Mein Schlafzimmer ist tabu für dich. Wenn du mit diesem kurzen Rock nicht nach Hause fahren willst, wenn er nass ist, musst du ohne fahren.«

Böse starrte sie ihn an. Das war nicht mehr lustig. Sie hatten nie abgemacht, dass er ihre Kleidung zerstören durfte. Demütigungen schön und gut, Gemeinheiten, Spiele und Was-wusste-sie, all das liebte sie. Aber ihre Kleidung war tabu! Diesen Rock hatte sie im Secondhandshop neben dem Künstlergeschäft in der Südstadt gekauft, so einen würde sie garantiert kein zweites Mal finden. Die Bluse war zwar nur von H&M, aber momentan wurden dort keine kurzen Blusen mit militärischen Schulterklappen verkauft und gerade diese Bluse hatte sie vor Kurzem neu eingefärbt. Wie konnte er dabei an SM denken?

»Schämst du dich bei dem Gedanken? Oder erregt er dich?« Er griff nach der Weinflasche und schenkte sich ein.

Sie schwieg und fragte sich, woher die Wut kam, die ihr die Kehle zuschnürte und sie keine Antwort finden ließ.

Er nahm das Glas und lehnte sich nach hinten. »Was ist los? Warum bist du noch nicht im Badezimmer, Sklavin? Hier ist es warm genug. Außer deiner Unterwäsche brauchst du nichts zu tragen. Beeil dich, ich will endlich mit dem Film anfangen!«

Jennifer schüttelte den Kopf und ging in den Flur. Er hatte nicht gesagt, welche Tür zum Badezimmer führte, doch sie fand sie auf Anhieb. Vor dem Spiegel beruhigte sie sich langsam. Im Grunde hatte Kilian nichts Verwerfliches getan. Außerdem hatte sie den Wein verschüttet und nicht er. Seine Reaktion war ein Teil des Spiels. In Wahrheit mochte er sie und hatte Respekt vor ihr. Er konnte nicht wissen, wie wichtig ihre Kleidung für sie war und mit welcher Sorgfalt sie sie jeden Tag auswählte. Sie war alles, was zwischen ihr und der Außenwelt stand, beschützte sie auf dem Weg durch die Stadt und wurde gepflegt wie sakrosankte Heiligtümer.

Sie war hierhergefahren, weil sie mit Kilian SM spielen wollte. Natürlich musste sie nicht mitspielen, wenn es ihr nicht mehr gefiel. Wenn sie ins Wohnzimmer ging, das Safeword sagte und Kilian bat, sie nach Hause zu fahren oder den Film mit ihr anzusehen wie mit einer normalen Besucherin, dann würde er es mit beinah vollständiger Sicherheit tun. Aber diese Freundlichkeit war nicht das, was sie bei ihm suchte. Letztlich mochte sie an Kilian gerade dieses grausame Spiel. Bei ihm wusste sie nie, woran sie war. Sollte sie gleich aufgeben und sich den Widerstand schenken? Am Ende würde sie ohnehin in einer süßen Niederlage zu seinen Füßen niedersinken.

Sie zog den Rock aus, ließ kaltes Wasser ins Waschbecken laufen, weichte die vom Rotwein benetzten Stellen ein und knetete sie. Hoffentlich reichte das. Fleckenentferner würden den Rock entfärben und nach erneutem Überfärben würde man die aufgehellten Flecken erkennen.

Zum Glück hatten die Bluse und das Bolerojäckchen nichts abbekommen. Sie zog sie trotzdem aus, weil Kilian gesagt hatte, sie sollte in Unterwäsche zurückkommen. Heute trug sie einen Spitzen-BH, schwarz natürlich, den sie lange nicht mehr angehabt hatte. Er war fast durchsichtig. Den passenden Tanga dazu besaß sie nicht mehr und hatte einen anderen gewählt, der ebenfalls schwarz war.

Ihr Strumpfgürtel war cremefarben mit weißer Spitze. Sie hatte keine gekauften Strümpfe daran genestelt, die teuer waren und schnell kaputtgingen, sondern die Beine einer normalen Strumpfhose abgeschnitten. Das franste nicht aus und die Beine blieben wärmer als bei Strümpfen mit 10 oder 20 Den. Trotzdem konnte man das Gefühl genießen, unter dem Rock keine langweilige Strumpfhose zu tragen, sondern etwas Heißes. Durch die selbst genähten, ebenfalls cremefarbenen Strumpfbänder mit Spitzenrand wirkte die Kombination edel, obwohl der Strumpfrand oben nicht so gerade verlief wie bei gekauften Strümpfen.

Langsam und mit besonders aufrechtem Rücken ging sie zurück ins Wohnzimmer.

Kilian beachtete sie nicht. Er hatte die DVD eingelegt, ein Glas Wein für sie eingeschenkt und eine kleine Decke auf das Laminat am Boden vor dem Sofa gelegt. »Setz dich.« Er deutete auf die Decke.

»Meinst du das ernst?«

Er drückte auf die Fernbedienung und der Vorspann des Filmes begann. »Setz dich. Wenn ich deinetwegen den Anfang verpasse, werde ich sauer.«

Sie gehorchte unsicher und setzte sich zu seinen Füßen auf die Decke. Mist, sie hatte die Tür nicht geschlossen. Sie stand auf und holte das nach, weil sie das Gefühl hatte, dass von dort ein Luftzug wehte und ihr trotz der vielen Teelichter kühl würde.

Als sie zurückkam, griff Kilian ihr in die Haare, zog sie nach unten und presste ihren Kopf seitlich gegen sein Knie. »Habe ich dir erlaubt, aufzustehen?«

»Nein.« Sie biss die Zähne zusammen. Sein Griff tat weh.

»Nein? Und wie weiter?«

»Nein, Herr. Du hast nicht erlaubt, dass ich aufstehe. Bitte verzeih mir, Herr«, presste sie zwischen den zusammengebissenen Zähnen hervor. Sie hasste es, wenn er das tat. Es war ein Hass von der besonderen Art, die gleichzeitig erregte.

»Mir gefällt, was du trägst«, sagte er und streichelte über ihren Nacken.

Sie atmete erleichtert auf, weil der Zug an ihren Haaren endlich nachließ.

»Nächstes Mal nehme ich keinen Rotwein. Da schneide ich dir deine Klamotten mit einem scharfen Messer vom Leib.«

Sie schloss die Augen. Eine Welle lief durch ihren Körper, die jeden einzelne Haarfollikel dazu brachte, sich aufzustellen. Unwillkürlich seufzte sie und schmiegte ihren Kopf an seinen Oberschenkel. Wie konnte er es wagen? Ihre Kleidung war …

Der Gedanke verschwand und sie vergrub ihren Kopf mehr in seinem Oberschenkel.

»Würde dir das gefallen, ja?« In seiner Stimme klang unterdrücktes Lachen mit.

Unwillkürlich lächelte sie. Ja. Es würde ihr gefallen. *Zerbrich mich, Geliebter. Zerbrich mich und setz mich neu zusammen.* Warum hatte sie vorhin zickig reagiert, als er ihren Stolz anrührte? »Darf ich mir vorher vielleicht etwas Billiges im Secondhandladen kaufen, Herr?«, fragte sie. »Du musst mich allerdings vorher warnen. Stell dir vor, ich hätte meine Lieblingskleidung an, weil ich für dich schön sein will, und du zerschneidest sie. Das wäre nicht *consensual.*«

»Ich könnte dir später neue kaufen, das wäre nicht das Problem.«

»Nein.« Sie nahm ihren Kopf von seinem Bein und sah ihn für einen Augenblick direkt an. Ihre Körpersprache sollte deutlich machen, dass sie die Subrolle für einen Moment verließ und es ernst meinte. »Das könnte ich dir nicht verzeihen.«

Er veränderte seine Haltung ebenfalls auf eine subtile Weise, die Außenstehenden vielleicht nicht mal aufgefallen wäre.

»Ich suche immer sehr lange nach meinen Klamotten. Die Hälfte davon sind Unikate. Wenn du sie zerstörst, könnte ich es dir nicht verzeihen, glaube ich. Bitte tu das nicht.«

»In Ordnung. Ich werde dich vorwarnen, auch wenn es auf diese Weise nur halb so viel Spaß macht.«

»Danke.« Sie senkte den Kopf und war bereit, das Intermezzo zu beenden.

»Hast du den Rotweinfleck aus deinem Rock bekommen?«

Sie hob den Kopf wieder. »Das kann ich noch nicht sagen. Mit ein bisschen Glück ist er nach dem Trocknen verschwunden, sonst färbe ich ihn über. Vielleicht kannst du mir eine Jogginghose leihen, damit ich nachher gut heimkomme?«

Er lächelte auf diese besondere Weise. Aha. Die Unterbrechung war längst vorbei und sie befanden sich wieder im Spiel. Er war wieder der Herrscher über sie und ihre Gefühle. »Ich fahre dich mit dem Auto nach Hause.«

»Ich kann mich trotzdem nicht mit dem nassen Rock in dein Auto setzen. Damit riskiere ich eine Blasenentzündung und Schlimmeres.« Sie spielte mit, weil sie gespannt war, worauf er hinauswollte.

»Du fährst ohne Rock.« Sein Lächeln war grausam.

»Aber –«

»Dein Mantel ist lang genug, dass es auf dem Weg zum Auto oder in deine Wohnung niemand sieht.«

»Er reicht bis zur Mitte der Oberschenkel!«

»Sage ich ja. Lang genug. Ende der Diskussion.« Er griff in ihre Haare und zog ihren Kopf zurück an sein Knie. Der Film war weitergelaufen und sie hatten den Anfang verpasst. Außerdem war es schwierig, aus ihrer seitlichen Position die Bilder richtig zuzuordnen.

Sie konnte sich schlecht auf den Film konzentrieren, weil Kilians Nähe und die ungewohnte Sitzposition sie verwirrten. Immer wieder warf sie einen Blick auf die Teelichter, deren weißes Stearin sich mit jeder Sekunde mehr in eine Flüssigkeit verwandelte, die ihre Haut bald als flüssiges Feuer verbrennen würde. Sie fürchtete sich auf wohlige Weise und genoss den Zustand, in dem die Mischung aus Angst und Erregung alle anderen Gedanken aus dem Kopf vertrieb.

Nach etwa 30 Minuten hatte Kilian offensichtlich keine Lust mehr auf den Film. Er nahm die Hand von ihrem Scheitel und stieß gegen ihre Schulter.

Gehorsam rutschte sie ein Stück.

»Steh auf und zieh dich aus«, sagte er.

»Habe ich das nicht bereits?«

Er versetzte ihr einen Klaps auf die Schulter. »Wie heißt das?«

»Habe ich das nicht bereits getan, Herr?«

»Steh auf und zieh dich vollständig aus. Langsam und verführerisch. Wie eine billige Nutte, die einen anspruchsvollen Freier zufriedenstellen will.«

Sie stand auf und verzog das Gesicht. »Darf ich nicht wenigstens eine teure Nutte sein, Herr?«

Woher kam die Gerte in seiner Hand? Hatte er sie die ganze Zeit zwischen den Sofakissen liegen gehabt?

Warum hatte sie sie übersehen? Aua! Das tat weh! »Ist ja gut, ich zieh mich aus«, motzte sie und schob ein verzögertes »Herr!« hinterher. Ein zweiter Schlag knallte auf ihren Hintern. Aua! So schlimm hatte sie es sich nicht vorgestellt. Bisher hatte er sie nie mit der Gerte geschlagen. Es schmerzte stärker als ein Schlag mit der Hand oder der Wildlederpeitsche.

Hastig hakte sie ihren BH auf und warf ihn in die Ecke. Sie löste einen Strumpfgürtelclip nach dem anderen und streifte die Strümpfe von den Beinen. Natürlich konnte man es sich einfach machen, den Strumpfgürtel hinten aufhaken und alles wie eine Strumpfhose von den Beinen streifen, doch das würde den Effekt zerstören.

»Komm zu mir«, befahl Kilian, als sie nackt war.

Sie warf einen Blick auf den Fernsehbildschirm. Der Film lief immer noch. Ein seltsames Gefühl, von Kerzenlicht beleuchtet nackt in einer fremden Wohnung zu stehen und auf einen Mann zugehen zu müssen. Wenn er mit ihr hätte schlafen wollen, wäre es leichter gewesen. Die Zeit auf der Decke hatte sie erregt. Sie wünschte sich, ihm auf die Weise nah zu sein, in der Liebende sich berührten.

Das würde jedoch nie geschehen. Darin lag die größte Demütigung von allen. Vielleicht kehrte sie deswegen immer wieder zu ihm zurück. Wer konnte das verstehen, der es nicht erlebt hatte?

»Leg dich auf die Decke und spreiz die Beine«, sagte Kilian.

»Ja, Herr.« Sie ließ sich so elegant wie möglich auf ein Knie hinab und wollte sich auf den Rücken legen.

»Nicht so! In meine Richtung. Dein Gesicht interessiert mich nicht. Ich will zwischen deine Beine sehen.«

Sie schluckte und änderte ihre Position so, wie er es verlangte. Ein neuer Schauder durchlief sie und ihre Nippel zogen sich zusammen. Zitterte sie? Vor Angst, vor Erwartung, vor Hoffnungslosigkeit? Was tat sie hier, warum lief sie nicht weg?

Zunächst geschah nichts. Die Lautstärke des Films erhöhte sich. Der Wein gluckerte, als Kilian sein Glas erneut füllte. Es raschelte, als er unter dem Sofa die Chipstüte hervorzog und sie aufriss. Tat er das wirklich?

Schließlich stand er auf und blickte auf ihren nackten Körper mit den entwürdigend gespreizten Beinen herunter. »Ich bin heute nett und lasse dir die Wahl. Womit möchtest du anfangen? Wäscheklammern oder Kerzenwachs?«

Sie sah hoch und musste lachen. Wie unpassend. Trotzdem konnte sie nicht aufhören. Er hatte sie nicht vergessen. Alles war gut. »Kann ich eine Münze werfen, Herr? Ich habe vor beidem Angst.«

Er grinste und holte das hinter seinem Rücken verborgene Teelicht hervor, pustete es aus und goss mit einer schwungvollen Bewegung den gesamten Inhalt über ihren Bauch. Es verteilte sich und lief wie Wasser im Gebirge zwischen ihre Brüste und an den Seiten hinunter.

Die Hitze schoss so schnell durch sie, dass sie Luft holen musste, um aufzuschreien. Der Schmerz ließ nur langsam nach. »Das kannst du nicht machen! Das ist zu viel!«

»Keine Sorge, die Decke kann ruhig schmutzig werden.« Er lächelte und hielt sie mit seinem Blick fest, damit sie nicht davonfliegen konnte. »Die ist nicht so empfindlich wie deine Klamotten. Deswegen musstest du sie ausziehen.«

»Sonst hast du nur …« kleinere Tropfen genommen, wollte sie sagen, und die haben mehr als genug wehgetan. Sie kam nicht bis ans Ende ihres Satzes.

Kilian nahm zwei Holzwäscheklammern aus seiner Tasche und griff nach ihrer Brust.

»Bitte nicht!« Sie legte die Arme vor die Brust. »Das tut zu sehr weh. Das schaffe ich heute nicht!«

»Du kannst noch immer in ganzen Sätzen reden?« Kilian zog ihren Nippel in die Länge und befestigte die erste Klammer.

Sie schrie auf.

Kilian griff zwischen ihre Beine, streichelte über die Venuslippen und zwirbelte das kleine, beinah schmerzhaft pulsierende Zentrum ihrer Erregung sanft mit den Fingern. »Möchtest du sie lieber dorthin?«

Sofort schloss sie den Mund und schüttelte den Kopf. Seine Finger fühlten sich gut an. Wenn sie sich nicht bewegte, würde er vielleicht weitermachen, weiterstreicheln, bis sie kam, und dann ...

Er lächelte, hörte auf und griff nach einem weiteren Teelicht. Tropfen für Tropfen fiel auf ihre Brust und ihren Bauch und schickte flüssiges Feuer in ihr Blut.

Sie zuckte und wimmerte. Wenn sie aufschrie, hielt er ihr den Mund zu und die Nase gleich mit, bis sie das Gefühl hatte, zu ersticken. Das Blut begann zu sausen und die Welt hinter ihren geschlossenen Augen drehte sich. Sie versuchte, es für ihn auszuhalten, doch früher oder später zappelte sie jedes Mal und merkte entsetzt, dass er lachte und die Nase noch fester zudrückte, um sich an ihrer Hilflosigkeit zu weiden.

»Ich mag es, wenn du die Augen so panisch aufreißt«, sagte er seelenruhig, bevor er die Hand hob und sie nach Luft schnappen ließ. Nach zwei oder drei Atemzügen presste er die Hand erneut auf ihren Mund. »Ich muss sichergehen, dass du nicht schreist, nicht wahr? Was sollen die Nachbarn sonst denken?« Mit der anderen Hand griff er nach dem nächsten Teelicht.

Die Haut zwischen ihren Brüsten spannte sich bei jedem Atemzug unter dem Wachspanzer, der nur langsam erkaltete und nach wie vor Hitze unter ihre gereizte Haut abstrahlte. Sie wollte ihn anflehen, ihr einen Moment Verschnaufpause zu gönnen, doch die Hand auf ihrem Mund erinnerte sie daran, dass sie besser schweigen sollte. Immerhin konnte sie langsam ein wenig Luft durch die Nase ein- und ausatmen. Sie konzentrierte sich darauf und versuchte, die Angst vor den unausweichlichen Wachstropfen zu verdrängen. Sie konnte ohnehin nichts daran ändern.

Trotzdem bäumte sie sich auf, als der nächste Tropfen neben ihren Bauchnabel fiel, und japste nach Luft. Der Druck auf ihr Gesicht erinnerte sie daran, dass sie leise bleiben musste, doch es fiel ihr schwer. Ein Tropfen fiel neben den anderen. Wollte er einen Ring aus Wachs um ihren Bauchnabel zeichnen? Sie reckte den Kopf, um es zu erkennen.

Fehler. In aller Seelenruhe stellte Kilian das Teelicht ab, presste die Hand fester auf ihren Mund und hielt ihr die Nase zu. Sie versuchte, sich zu entspannen, daran zu erinnern, dass sie beim Yoga gelernt hatte, wie viel Sauerstoff ein Atemzug enthielt und dass die Vorräte in ihrem Blut reichen würden. Kilian würde sie loslassen. Er würde sie befreien. Es bestand keine Lebensgefahr, auch wenn ihre Ohren rauschten und ihre Beine danach verlangten, aufzuspringen und wegzulaufen. Sie konnte es aushalten. Es war nicht schlimmer als andere Dinge, die sie bereits mit sich hatte machen lassen. Alles, was geschah, war freiwillig. Sie hatte es gewollt.

Die Panik wurde stärker und sie bäumte sich auf. Kilian presste sie mit aller Kraft auf den Boden und hielt ihr die Nase weiter zu. Eine Woge von Angst und Euphorie überflutete sie, floss zwischen ihre Beine und aus ihr hinaus. Sie wusste nicht länger, ob sie sich aus Angst oder aus Lust aufbäumte.

»Bitte mich darum, ein vollständiges Teelicht auf jede deiner Brüste auszuleeren«, forderte er und lächelte.

Sie zappelte und versuchte vergeblich, wieder an Luft zu kommen. Was bildet er sich ein? Natürlich würde sie nicht darum bitten! Sie hasste heißes Wachs und die Schmerzen, die es ihr zufügte. Er sollte sie loslassen! Sie bekam keine Luft mehr und zappelte heftiger.

»Wirst du darum bitten?«, fragte er mit diesem geduldig-nachsichtigen Ton, der sie zur Weißglut brachte.

Sie schüttelte den Kopf.

Er nahm die Hand von ihrem Mund und schlug sie ins Gesicht. »Wirst du darum bitten?« Es klang strenger als zuvor. Empört darüber, dass sie sich nach wie vor widersetzte und voller Verheißungen von härteren und dunkleren Strafen, wenn sie nicht gehorchte.

Sie starrte ihn entsetzt an. Er hatte sie noch nie ins Gesicht geschlagen. Das war verboten! Eine unerträgliche Demütigung. »Niemals!«

Er lächelte düster und ließ sie damit erschaudern vor Lust und Angst. »O doch, du wirst.« Er ohrfeigte sie ein zweites Mal, härter als zuvor und einmal auf jede Wange. Noch während sie nach Luft schnappte, nahm er ihr erneut die Fähigkeit zu atmen, indem er ihr mit den Fingern der einen Hand die Nase zuhielt. Mit der anderen Hand streichelte er ihre Brüste und ließ sie ahnungsvoll erschaudern.

Früher oder später würde sie nachgeben, früher oder später gab sie immer nach, aber sie würde es ihm so schwer wie möglich machen. Sie presste die Lippen zusammen und versuchte, heimlich durch die Mundwinkel zu atmen. Natürlich bemerkte Kilian es. Er nahm die Wäscheklammer an ihrem Nippel und drehte daran, bis sie sich vor süßem Schmerz krümmte und seine Hand von ihrem Gesicht glitt. Hastig atmete sie, so schnell sie konnte, um ihre Lungen für den nächsten Kampf mit Sauerstoff zu füllen.

Mit einem noch härteren Griff an ihre Brust zwang er sie zurück auf den Rücken und nahm ihr wie vorher die Luft. »Du machst es nur schlimmer«, sagte er sanft mit dunkler Verheißung in der Stimme. »Wenn die Haut gereizt ist, wird das Wachs stärker schmerzen.« Wieder kniff er zu und Jennifer bäumte sich auf. Bevor sie sich erneut auf die Seite rollen konnte, fuhr er mit der Hand von der Brust zu ihrem Hals und drückte zu.

Angst überrollte sie und verdrängte das Gefühl, dass ihr nichts geschehen würde. Seine Hand war warm und fest und unerbittlich. Von einer Sekunde auf die andere spürte sie jeden Herzschlag, der das Blut durch alle Zellen ihres Körpers pumpen wollte. In ihrem

Hals pochte es rhythmisch und ihr Blut floss schneller, während Kilian den Druck langsam steigerte. Sie durfte nicht länger zappeln, sonst würde sie sich verletzen. Der Versuch, zu schlucken, misslang, zu hart hielt er ihren Hals umfasst. Speichel sammelte sich in ihrem Mund. Sie wollte auf keinen Fall sabbern und konzentrierte sich darauf, um die Angst zu vergessen. Der Druck auf ihren Kehlkopf bewirkte, dass sie sich unerträglich verletzlich fühlte.

»Wirst du darum bitten?«

Erneut schüttelte sie den Kopf. Eine Sekunde später drückte er fester zu und sie spürte den Schwindel in sich aufsteigen. Schwärze breitete sich hinter ihren Augen aus und ihre Ohren begannen stärker zu rauschen. Er würde das nicht tun, oder? Er würde nachgeben. Er konnte sie nicht zwingen!

Seine Augen sagten etwas anderes. Hart und unerbittlich blickten sie, doch hinter der Härte schimmerte etwas anderes. War es Zuneigung? Nein. Zuneigung sah anders aus. Das war etwas, was düsterer und gefährlicher war. Etwas, wovor sie sich hüten musste, um nicht in Gefahr zu geraten. Erregung lag in seinen Augen, aber das war nicht alles. Hoffte er, dass sie hart blieb, damit er … *was* tun konnte? Würde er noch fester drücken, wenn sie sich weiter widersetzte? Wie sollte sie ein Safeword aussprechen, solange er sie auf diese Weise gefangen hielt?

Sie bäumte sich auf und ihr Mund wurde frei. »Ich werde es tun«, stieß sie hervor, bevor er ihren Mund erneut zuhalten konnte. »Ich werde dich darum bitten.«

»Ts, ts.« Kilian schüttelte den Kopf. »Dafür ist es zu spät. Bitten hättest du mich vorhin dürfen, bevor du deine albernen Machtspielchen ausprobieren musstest.«

Ihr wurde kalt. »Was soll das heißen?«

Er schlug sie ins Gesicht und blickte eiskalt. »Es heißt, dass du mich anflehen musst. Auf Knien. Darum, dass ich dir das heiße Wachs überall hinschütte, wo es mir gefällt, und dass du mir für jeden einzelnen Tropfen danken wirst, indem du meine Hand küsst.«

Ihr schwindelte. Das konnte er nicht ernst meinen. »Bitte, ich meine, ich bitte dich, kannst du mir das Wachs dahin schütten, wo du es haben willst?«

Er fasste sie in die Haare und drehte sie herum, damit er leichter an ihren Hintern konnte. Die Schläge fielen hart und gleichmäßig und ließen sie keuchen. »Das ist die falsche Antwort gewesen, Sklavin«, sagte er und schlug erneut zu. »Du sollst flehen. Voller Leidenschaft, nicht so verträumt wie eben.«

Jennifer schrie auf. Der letzte Schlag war dreimal so hart gewesen wie die davor und hatte sie nicht auf den Hintern getroffen, sondern zwischen die Beine. Der Schmerz ging durch und durch.

Sie ließ sich auf die Knie fallen und presste Stirn und Hände auf den Boden. »Bitte, mein Herr! Ich flehe Sie an. Verzeihen Sie mir meine Frechheit. Verfügen Sie über meinen Körper so, wie es Ihnen beliebt. Gießen Sie mir das Wachs an alle Stellen, die Sie für richtig halten, auch … über meine Brüste.« Sie merkte, dass sie weinte. Wellen aus Hilflosigkeit und Erregung durchflossen sie. Das Gefühl von zerfließender Nässe zwischen ihren Beinen verschlimmerte das Wissen um ihre Demütigung.

»Ist das wieder ein Trick oder meinst du es ernst?« Kilian fasste sie in die Haare und hob ihren Kopf, um in ihre Augen zu sehen. Ihr verheultes Gesicht schien ihn zu befriedigen. »Leg dich auf den Rücken und massier deine Titten, während ich die Teelichter hole.«

Sie gehorchte und legte sich mit gespreizten Beinen auf die Decke. Die Massage löste den Wachspanzer zwischen ihren Brüsten und gab erhitzte, schmerzende Haut frei, die sich vor der nächsten Wachsdusche zusammenzog, und sie wusste, dass es kein Entkommen gab. Ihre Nippel schmerzten von den vorherigen Wäscheklammern und Kilians hartem Griff. Wie sollte sie die doppelte Wachsdusche bloß ertragen?

Er pustete die Flammen in zwei Teelichtern aus, kam zurück und lächelte. »Was für ein schöner Anblick. Erregt dich das, dich mit weit geöffneten Beinen nackt vor mir auf dem Boden zu rekeln und darauf zu warten, dass ich dich benutze?«

Jennifer wimmerte vor Scham, aber sie nickte. »Bitte tun Sie das, was Sie für richtig halten, Herr. Ich gehöre Ihnen. Ich werde alles genießen, was Sie mit mir tun.«

Kilian lachte auf. »So brav auf einmal? Das ist fast langweilig. Gefällt dir das wirklich?« Mit einer schnellen Bewegung kippte er den Inhalt des einen Teelichts über ihren Venushügel, damit das heiße Wachs über ihren Unterbauch und zwischen ihre Beine laufen könnte.

Jennifer schrie auf und wollte die Beine zusammenpressen, doch er kippte das andere direkt hinterher. Die Flüssigkeit rann in ihre geheimen Falten, floss über die Perle und verwandelte Lust in Schmerz.

»Ich habe gefragt, ob dir das gefällt!« Er legte die Hand auf ihren Venushügel und massierte, suchte mit seinem Finger die Perle und verwandelte den Schmerz zurück in intensive Lust, die ihr das letzte bisschen ihres Verstandes raubte.

Sie warf den Kopf hin und her und stöhnte.

»Das werte ich als Ja.« Kilian lachte und massierte weiter. Mit der anderen Hand angelte er nach dem nächsten Teelicht.

Erst vier Stunden später brachte er sie nach Hause. Sie war erschöpft und flog so hoch, dass es ihr egal war, dass sie unter ihrem oberschenkellangen Mantel tatsächlich nur Strumpfhalter, Strümpfe und Tanga trug. Selbst, wenn jemand sie in diesem Aufzug im Treppenhaus sehen würde, hätte sie die Demütigung nicht mehr gespürt. Sie hatte alles hinter sich gelassen. Nichts außer dem Zentrum ihres Wesens war übrig geblieben. Sie war stärker als alles, was er ihr antun konnte. Vielleicht würde sie ihn deswegen niemals loslassen.

»Danke«, sagte sie beim Abschied und küsste seine Hand, bevor sie das Auto verließ. »Danke, mein Herr. Das war unglaublich.«

»Du bist unglaublich.« Kilian zog seine Hand weg und brachte sein Gesicht nah an ihres. »Du bist eine einmalige Frau. Fast könnte ich auf die Idee kommen …«

Er konnte sie nicht küssen, denn sie öffnete die Autotür und ging zum Haus. Sie drehte sich nicht um. Natürlich tat es weh, dass sie wieder allein war, nachdem sie sich ihm länger als vier Stunden unglaublich nah gefühlt hatte. Das war der Preis, den sie für ihr Glück zahlen musste. Andere hatten nicht mal das.

9

DAS WEIßE MÄDCHENKLEID

Mica war nicht daheim. Das war ihr ganz recht. Sie hatte keine Lust, sich zu unterhalten. Sie setzte Wasser für einen Tee auf und ging in ihr Zimmer.

In Kilians Auto hatte sie sich wohlgefühlt, aber jetzt ging es wieder schlechter. Blöder Rotwein. Eigentlich müsste sie den Rock erneut ausspülen, aber sie konnte sich nicht aufraffen. Es war verboten, ihre Kleider zu beschmutzen oder abzuwerten. Felix, dieser Albtraum von einem Bruder, hatte das früher getan. Mehr als einmal. Warum musste Kilian das ebenfalls tun? Ahnte er nicht, dass er damit alles zerstörte?

Sie sollte nicht daran denken. Das war lange her. Sie war kein junges Mädchen mehr, sondern eine erwachsene Frau.

Oder?

Saskia durfte jeden Tag tanzen. Ihr Freund unterstützte sie dabei, liebte sie als Tänzerin nicht weniger. Früher hatte er mit ihr auf Turnieren getanzt. Wunderschöne Saskia. Ihre Augen schimmerten blaugrau wie das Sommerlicht auf einem See.

Was hatte sie falsch gemacht in ihrem Leben? Warum hatte Felix damals auf diese Weise gelächelt, als ihr Traum geplatzt war? Sie wollte nicht daran denken, aber alles in ihr tobte. Warum kam es ausgerechnet jetzt nach oben? So viel Wut in ihrem Bauch. Wut auf Saskia, ausgerechnet. Wie konnte sie es wagen, jeden Tag zu tanzen? Sie verdiente ihr Geld damit! Jennifers Familie hatte ihr angedroht, ihr den Unterricht wegen ein paar verpatzter Klausuren zu streichen, und Saskia verdiente mit ihrem Tanz Geld. Wie konnte sie es wagen? Warum Saskia und nicht Jennifer?

Wieder dieses Brennen in ihrem Bauch. Direkt unter dem Herzen. Ein Messer, das sich hin und her drehte. Es tat nicht weh. Der graue Nebel sickerte in die unsichtbare Wunde im Bauch und lähmte ihre Arme, Hände, Gedanken. Alles war sinnlos. Die anderen hatten recht gehabt. Sie hätte es niemals geschafft als Ballerina. Sie war dazu verurteilt, zu scheitern, egal was sie versuchte. Nutzlos. Nichts wert.

Sie öffnete die Schreibtischschublade und holte hinter dem Nähzeug den verbotenen Gegenstand heraus. Vorsichtig streichelte sie über die Oberfläche des Metallgriffs und angelte nach dem kleinen Plastikfläschchen mit dem Desinfektionsspray. Nahm es in die andere Hand. Nein. Kopfschütteln. Heute würde sie es nicht tun.

Sie umklammerte den Griff. Die Haut am linken Unterarm prickelte. Hatte sie den Cutter nicht weggeworfen? Oder hatte sie es sich nur vorgenommen gehabt und vergessen? Vor zwei Jahren hatte sie der Therapeutin versprochen, es zu tun. In einer der letzten Sitzungen, bevor sie gesund war und aufhörte.

Damals hatte sie jeden Dienstagabend bei einer anderen Ballettlehrerin im Studio getanzt. Es war schön gewesen, auch wenn es nur ein Hobby war und nicht mehr ernsthaft betrieben wurde. Es wäre leicht gewesen, die Klinge wegzuwerfen. Aus reiner Sentimentalität hatte sie sie in die hinterste Schreibtischschublade geräumt. Pustekuchen. *Spare in der Zeit, dann hast du in der Not*, so musste sie es sich damals zurechtgelegt haben. Heimlich. So gut verborgen, dass sie sich selbst nicht durchschaut hatte.

Mit entschlossener Bewegung zog sie die Kappe vom Bastelcutter. Sie hatte gelesen, dass es SMer gab, die Cutting benutzten, um die Liebste zu zeichnen, ihr Schmerz zuzufügen und tiefe Liebe und Verbundenheit zu zeigen. Vielleicht war es das, was sie als Mädchen damit verbunden hatte. Wie bitter. Musste Liebe immer wehtun?

War bei ihrer Geburt ein Fluch über sie gelegt worden, der ihr keinen anderen Weg ließ?

Die Spitze pikste in ihre Haut.

Verdammt noch mal! Hölle! Was tat sie?

Sie warf den Cutter auf den Flauschteppich und griff mit der linken Hand nach der selbst gebastelten Papierlaterne auf dem Schreibtisch, zerquetschte sie, zerriss sie mit der anderen Hand und zerriss die Fetzen noch weiter. Warum nur? Warum?

Sie bemerkte den stechenden Schweißgeruch – war sie das etwa? O nein, auch das noch … Sie packte den Bastelcutter, öffnete die Schranktür und schmiss ihn in die hinterste Ecke. Dann verrammelte sie die Schranktür, schob den Wäschekorb davor und zog das Briefpapier aus dem Regal. Sie würde Oma schreiben. Das war gesünder. Langsam atmete sie ein und aus, ließ das Papier liegen und setzte sich auf den Boden, um Sit-ups und Atemübungen zu machen, bis sie sich beruhigt hatte. Schließlich setzte sie sich an den Schreibtisch.

Liebe Oma!

Wie geht es Dir? Hoffentlich macht Dein Bein Dir keine Sorgen und dieser kalte Beinah-November verschont dich mit Regen und Feuchtigkeit. Bald ist Weihnachten. Ich freue mich darauf, Dich und die …

Unwillkürlich und wie aus eigenem Antrieb machte ihre Hand eine Strichbewegung und sie ließ den Stift los. Es wäre falsch, den letzten Satz durchzustreichen. Oma wäre enttäuscht. Außerdem freute sie sich auf ihre Mutter, Felix und ihren Vater. Sie biss die Lippen aufeinander, bis sie Blut schmeckte, und schrieb den Satz zu Ende. Auch wenn es gelogen war, wollte sie Oma nicht belasten. Oma war kuschelig weich und roch nach Vanille und Babypuder. Außerdem bereitete sie jedes Jahr an Weihnachten Gänsebraten mit Apfelfüllung zu.

Ich habe eine neue Freundin kennengelernt. Sie heißt Saskia und ist Tanzlehrerin, stell Dir das vor! Gestern sind wir zusammen in ihre Tanzschule gegangen und haben Musik gehört und im Spiegelzimmer getanzt. Du weißt sicher noch, wie gern ich als Mädchen getanzt habe. Gestern war ich sehr glücklich. Saskia ist sehr hübsch. Sie hat aschblonde Haare und Augen aus blauem Feuer, aber das sieht man nur, wenn man genau –

Felix' Bild schob sich vor ihr inneres Auge. Er grinste. »Dich wird nie einer lieben. Du bist uninteressant.«

Sie legte den Stift auf den Tisch und schrieb nicht weiter. Vielleicht war sie tatsächlich so uninteressant, dass sie niemals ein Mensch lieben würde. Felix war der Ältere. Er kannte sie sein ganzes Leben. Er musste es wissen.

Sie strich den letzten Satz durch und schrieb, dass Saskia Bauchtanz beherrschte und Bauchtanz eine sehr alte, weibliche Form des Tanzes war. Erdverbunden, körperbetont und libidinös, während Ballett das Ziel hatte, die Tänzerin körper- und schwerelos erscheinen zu lassen.

Hoffentlich wusste Oma nicht, was libidinös bedeutete. Ballett war nicht sexy, das war der einzige Unterschied. Eine Ballerina musste hungern, um ihr Leben lang auszusehen wie ein unschuldiges Mädchen. Für Bauchtanz und für Saskias Art zu tanzen brauchte man den Körper einer Frau.

Hatte Jennifers Mutter sie deshalb zum Ballett geschickt? Wollte sie, dass sie für immer ihr kleines Mädchen blieb? Was für ein furchtbarer Gedanke.

Damals war ihr das Ballett wichtig genug gewesen, um viele Jahre auf Jungenfreundschaften zu verzichten. Sie war mit Fahrrad und Bus zum Training gefahren und hatte gehungert, damit ihr Körper zu dem einer Primaballerina wurde. Ihr Busen hatte erst spät zu wachsen begonnen und die erste Periode erst mit 16 eingesetzt. Jungs … Die hätten sie bloß vom Tanzen abgelenkt. Vielleicht hatte das Ballett sie stärker geprägt, als sie früher geglaubt hatte. Bei allem, was sie an Kilians Seite an berauschenden Höhenflügen erlebt hatte … An seiner Seite war sie keine vollständige Frau, sondern die Nummer zwei. Das Ballett konnte in ihrem Herzen weiterhin die Nummer eins bleiben, obwohl sie ihm seit Jahren untreu war. Außerdem hatte sie mit Kilian keinen Sex. Sein Spielzeug war und blieb unschuldig.

Ihr Kopf pochte. Das war zu kompliziert für sie.

Sie war zehn Jahre alt gewesen. Fast elf. Es war Mai und sie bekam von ihrer Mutter ein weißes Kleid geschenkt. »Einfach so«, sagte ihre Mutter mit traurigen Augen. »Weil ich dich lieb habe.«

Jennifer nahm sie in den Arm und wirbelte sie im Kreis, so sehr freute sie sich über das unerwartete Geschenk. Es kam selten vor, dass sie das Gefühl hatte, dass ihre Mutter an sie dachte.

Sie ließ die Berührung für einen Moment zu und legte die Arme um Jennifer, bevor sie ihren Rücken zur gewohnten Haltung aufrichtete und an Jennifer vorbeisah. Es war ein Moment des Glücks.

Um den Tag perfekt zu machen, erlaubte sie Jennifer, sich an ihrem Schminktischchen zu bedienen und sich passend zu dem Kleid zu schminken. Nur die Lippen sollte sie nicht anmalen, das passte nicht zu einem so jungen Mädchen. Also schminkte Jennifer die Augen mit allen Farben, die sie finden konnte, und stäubte ihr Gesicht mit Bronzepuder ein.

Ihre Mutter lächelte bei ihrem Anblick. »Du bist wunderschön, meine Kleine.« Für einen Moment strahlten ihre Augen vor lauter Liebe. »Komm, ich mache dir eine schicke Frisur, hast du Lust?«

Natürlich wollte sie. Jennifers Mutter nahm sie selten in den Arm, das kannte sie nicht anders, aber manchmal ergriff sie die Bürste mit den Wildschweinborsten, zog sie durch Jennifers Haare und flocht ihr auf dem Hinterkopf zwei dünne Rattenschwänze.

»Heute bist du zu erwachsen für Zöpfe, meinst du nicht?«, sagte die Mutter und streichelte über das feine Haar. »Ich mache dir eine Hochsteckfrisur. Dann machen wir ein Foto von dir, damit du dich immer erinnern kannst.«

»Warum denn?«, fragte sie erstaunt. »Ist heute ein besonderer Tag?«

Die Augen ihrer Mutter umwölkten sich und der Moment war vorbei. Ein weiteres Mal blickte sie in eine Ferne, die so trüb und verworren war, dass Jennifer ihr Ziel einfach nicht erkennen konnte. »Nichts ist heute besonders«, sagte sie leise. »Nein, heute ist ein ganz normaler Tag. Komm, halt still, damit ich deine Haare kämmen kann.«

An diesem Tag gelang ihr die Frisur nicht. Die Nadeln wollten nicht halten und die feinen Haarsträhnen glitten immer wieder aus dem Kamm.

»Ist nicht schlimm, Mama«, sagte Jennifer schließlich und strich ihrer Mutter tröstend über die Hand. »Äh, Mutter, nicht Mama, ich bin ja schon groß. 'tschuldigung. Ist nicht schlimm. Dann trage ich die Haare offen. Das passt zu so einem Kleid, nicht wahr? Damit sehe ich aus wie eine Fee.« Sie drehte sich im Kreis.

Ihre Mutter sah sie an, doch sie schien durch sie hindurchzusehen. Entsetzt realisierte Jennifer, dass in ihren Augen Tränen glitzerten. »Ja, meine kleine Fee. Trag deine Haare offen und geh in den Garten zu der anderen Elfe.«

Jennifer nickte und drückte ihr einen scheuen Kuss auf die Wange, bevor sie vor ihren Tränen auf die Veranda flüchtete. Dort versteckte sie sich im Schatten und versuchte, unsichtbar zu werden.

Felix fand sie trotzdem. Er war gerade 16 geworden. Eigentlich zu alt, um seine kleine Schwester zu quälen, aber anscheinend hatte ihm das niemand gesagt. »Wie hast du dich denn angemalt?«, spottete er, kaum dass er sie sah.

»Das geht dich nichts an.« Sie machte sich kleiner und hoffte, dass er gehen würde.

»Glaub bloß nicht, dass irgendjemand dich für eine richtige Frau hält, nur weil du ein albernes Kleid trägst und dein Gesicht angemalt hast. Du siehst gruselig aus. Wie eine Barbiepuppe aus einem Horrorfilm!«

Unter anderen Umständen hätte sie ihm eine scharfe Erwiderung an den Kopf geschleudert, doch sie fürchtete sich noch immer vor dem seltsamen Blick in den Augen ihrer Mutter. Dabei hatte sie ihr das Kleid geschenkt, ihr die Schminke erlaubt und ihre Haare gekämmt … »Kann dir doch egal sein«, sagte sie leise.

Felix verzog die Lippen zu einem abfälligen Grinsen. »Ist mir aber nicht egal. Ich finde, es ist eine Zumutung, dass du so hässlich geschminkt herumläufst. Wenn du nicht existieren würdest, wäre alles viel einfacher.« Er drehte sich um und ging ins Haus.

Sie blieb in dem Schatten sitzen, der sie nicht beschützt hatte, und wischte sich mit dem Kleidersaum Bronzepuder und Lidschatten aus dem Gesicht. Das schöne neue Kleid wurde schmutzig. Ihre Tränen hatten nicht geholfen. Es war nie wieder richtig sauber geworden.

*

In den folgenden Tagen ging sie nicht zur Uni und meldete sich krank, zumindest für sich selbst. An der Uni fragte keiner danach, ob sie da war oder nicht. Wenn sie zu viele Fehlstunden hatte, musste sie den Kurs eben nachholen, fertig. Niemand interessierte sich dafür.

Sie litt an keiner körperlichen Erkrankung, aber sie wollte die Wohnung nicht verlassen. Manchmal hatte sie solche Momente. Der bloße Gedanke daran, vor die Tür zu gehen, brachte die allgegenwärtige Decke aus grauem Nebel in ihrem Kopf dazu, auf sie herabzusinken und ihr Herz einzufrieren.

Irgendwann klopfte Mica an ihre Tür. »Alles in Ordnung bei dir?«

Jennifer schwieg und grub die Finger in die bestickten Kissen des Sofas. Die tanzende Elfe auf ihrer Blüte sah hässlich aus. Alles war hässlich. Ihr Leben war sinnlos. Wenn sie heute oder morgen sterben würde, würde es niemanden interessieren.

»Ich komm einfach mal rein, ja?« Mica öffnete die Tür und kam mit zwei großen Tassen Jasmin-Tee rein. »Und dann kannst du quatschen oder die Klappe halten und ich leiste dir dabei Gesellschaft.«

»Es ist nichts.« Jennifer drehte sich zur Wand. »Lass mich einfach in Ruhe.«

Mica schien sie nicht zu hören und setzte sich neben sie. »Hier. Der Tee wird dir guttun. Ich habe ihn mit Honig gesüßt, das ist gesünder.«

Unwillkürlich streckte Jennifer die Hand nach der Tasse aus und wärmte die Fingerspitzen an der Außenseite. Das tat gut. Mit Honig gesüßter Tee … Das war so niedlich und so typisch Mica, dass es den grauen Nebel für einen Augenblick beiseitedrängte. Mica blickte so ernst wie immer, aber ihre Augen leuchteten warm. Ihre Nähe tat gut und Jennifer hob die Tasse und trank einen Schluck. »Aua! Der ist heiß!«

»Hätte ich Milch reinmischen sollen?« Mica lächelte. »Heiße Milch mit Honig. Wäre auch mal eine Option.«

Jennifer schüttelte den Kopf und ging nicht darauf ein. Heiße Milch mit Honig erinnerte sie daran, wie süß und warm Saskia gelächelt hatte. Und Saskia erinnerte sie ans Tanzen und daran, dass sie damit aufgehört hatte. Gar nicht zu tanzen war leichter, als es hin und wieder zu tun. Dann spürte man hinterher nur umso tiefer, wie leer das Leben war, wenn man auf das verzichtete, was am wichtigsten war. »Jasmin-Tee ist in Ordnung.«

»Hey, nimm die Sache mit Kilian nicht so ernst«, versuchte Mica, sie zu bestärken. »Du verdienst was Besseres. Wir müssen bald feiern, dass wir frei sind, meinst du nicht?«

Jennifer nickte mechanisch, doch die Vorstellung, sich schön anzuziehen und mit Mica feiern zu gehen – mit ihr tanzen zu gehen –, war mehr, als sie ertragen konnte. Tanzen war das Einzige, was sie als Mädchen am Leben gehalten hatte. Warum bloß hatte sie damit aufgehört?

Mica schien etwas hilflos im Angesicht von Jennifers Schweigsamkeit. »Sollen wir vielleicht einen Film gucken?«

Jennifer tätschelte Micas Hand, ohne sie anzusehen, und suchte nach den richtigen Worten. »Film ist super. *Diamonds Are a Girl's Best Friend*?«

»Ausgerechnet den?« Mica rollte mit den Augen.

»Du hast gefragt.«

Mica stand auf, suchte die DVD in Jennifers Unordnung und legte sie in den Laptop ein. Während der Vorspann anlief, nahm sie die zusammengelegte Decke von der Sofalehne und legte sie über Jennifer und sich. Flüchtig fragte sich Jennifer, wie es kam, dass Mica sich in ihrem Zimmer besser auskannte als sie selbst. Auf jeden Fall tat es gut, dass sie da war und akzeptierte, dass ihr heute nicht nach reden zumute war.

Viereinhalb Tage vergingen auf diese Weise. Nachts lag sie wach und verachtete sich dafür, dass sie ihr Leben nicht in den Griff bekam. Sie träumte von Kilian und davon, dass er ihr einen Weg aus dem grauen Nebel zeigte, doch die Träume fühlten sich schal an. Sie hatte sie zu oft geträumt. Schon mit zwölf Jahren. Bisher hatte niemand sie erlöst.

Am Dienstag schrieb Saskia und lud sie zu einem DVD-Abend ein.

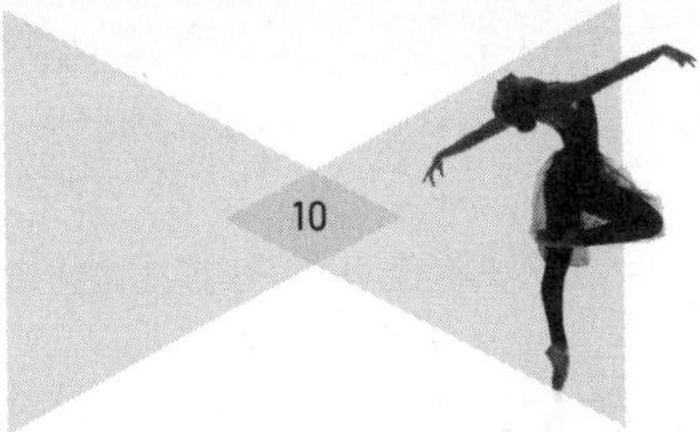

REISE NACH CHICAGO

Unwillkürlich verglich sie den Besuch bei Saskia mit dem Videoabend bei Kilian. Der Abend, an dem sie sich nackt vor ihm auf dem Boden präsentiert hatte, während die Teelichter gebrannt hatten und sie … auch.

Dieser Abend fühlte sich anders an.

Saskia lebte nicht wie er in einer eigenen Wohnung mit separatem Schlaf- und Arbeitszimmer, sondern in einer WG. Sie teilte sich die Wohnung mit drei anderen Leuten. Es gab eine große Wohnküche mit angeschlossenem Holzbalkon, auf dem eine gestreifte Stoffhängematte baumelte, obwohl es inzwischen November war. Weiterhin gab es ein großes Bad mit Badewanne und violettem Duschvorhang. Im Flur standen vier Kisten mit leeren Bierflaschen gestapelt. Die oberste war nur halb voll.

Saskias Zimmer war mit Holzplanken ausgelegt und roch wie frisch staubgesaugt. In der Mitte lag ein großer bunter Flickenteppich, vermutlich von IKEA. Der Holzboden war sauber, aber er glänzte nicht. Vermutlich war Saskia privat genauso wenig wie Jennifer der Typ, der sich hinkniete und den Boden bohnerte. Die Ritzen zwischen den Holzdielen waren unregelmäßig, weil die Dielen vom Alter verzogen waren. Bestimmt schlummerte in den Tiefen der Staub von früheren WG-Generationen. Hinter der Tür stand ein altmodischer kleiner Staubsauger, dessen Beutel am Saugrohr befestigt war und nicht in einem kleinen Wägelchen hinterhergezogen wurde.

Zum Glück brannten keine Kerzen. In der Küche hatte eine auf dem abgenutzten Tisch aus echtem Holz gestanden, an dem Saskias Mitbewohnerin für eine Prüfung gelernt und kurz gegrüßt hatte. Kerzen in Saskias Zimmer hätten sie zu sehr an den Abend bei Kilian erinnert. Obwohl Saskia von der Spielbeziehung wusste, wäre es unhöflich gewesen, sie drauf hinzuweisen, dass ihr Freund vor wenigen Tagen den Inhalt mehrerer Teelichter über Jennifers Intimbereich gegossen hatte, bis sie um Gnade gebettelt hatte. Es waren Schmerzen gewesen, die schlimmer gewesen waren als alles, was er ihr bis dahin angetan hatte, und doch …

Nicht daran denken. Sie saß in Saskias Zimmer. Es wäre mehr als stillos, gleichzeitig an die Session mit ihrem Freund zu denken, die keinen Sex beinhaltete und trotzdem erotischer und intimer gewesen war, als reiner Sex es je sein könnte.

»Bitte setz dich doch.« Saskia lächelte nervös. In ihrem Zimmer gab es kein Sofa, nur ein breites Singlebett, dessen grüner Bezug noch die Falten aus dem Wäscheschrank zeigte. Dort, wo bei einem Sofa die Rückenlehne wäre, hatte Saskia drei große, dick ausgestopfte Kissen an die Wand gelehnt. Die beiden Kopfkissen lagen am Kopfende und aus den Bettdecken hatte sie eine Rolle am Fußende geformt. Es lud dazu ein, sich wie ein Kind in die Mitte zu werfen und sich seitlich in die aufgerollten Bettdecken zu rollen.

»Dein Zimmer ist wirklich groß.« Jennifer blickte anerkennend zu dem großzügigen Schreibtisch, dem Kleiderschrank, den zwei Regalen und den drei großen Fenstern mit wuchernden Topfpflanzen. Obwohl Saskia mehr Möbel besaß als Jennifer, befand sich zwischen ihnen immer noch jede Menge blass mintgrüner Wand, an der Aquarellbilder hingen.

»Es ist ziemlich unordentlich«, sagte Saskia verlegen. Sie holte ein Buch unter ihrem Bett hervor und stellte es ins Regal. »Ich habe es leider nicht geschafft, aufzuräumen, bevor du kommst.«

Jennifer seufzte. Ihr Zimmer könnte nicht einmal so ordentlich werden, wenn sie zwei Stunden lang aufräumen würde. Ihr Blick blieb an einem der Bilder hängen.

Nuancen von Blau, Violett, Cyan und leuchtendem Türkis gingen ineinander über und verschmolzen zu einem Wirbel, der die Illusion erzeugte, dass einer der gemalten Wassertropfen gleich das Bild verlassen würde. Jennifer berührte ihre Wange, doch sie war trocken. Durch den pastelligen Wasserstrudel schwamm eine Seejungfrau, driftete aus purer Lebensfreude mit über dem Kopf ausgebreiteten Armen durch die Strömung und genoss ihr Leben. Ihre Haare verdeckten die eine Brust, während auf der anderen ein i-Punkt-großer Nippel vorwitzig entblößt wurde.

Als ob die zarten Pastelltöne noch nicht genug Schönheit ausstrahlten, skizzierten selbstsichere schwarze Tuschestriche Andeutungen von Schuppen, wehenden Haarsträhnen und Wasserpflanzen. Die Dynamik des Bildes war berauschend. Jennifer hob die Hand und zog sie zurück, um nichts zu beschmutzen. »Wie nennt man diese Zeichentechnik?«

»Ich weiß es nicht.« Saskia strich eine Haarsträhne aus dem Gesicht. »Ich habe im vergangenen Sommer eine Tätowierung in dem Stil gesehen und fand die Kombination aus Aquarell und Tusche so genial, dass ich es unbedingt ausprobieren musste. Und jetzt kann ich nicht mehr damit aufhören.«

»Heißt das, die sind alle von dir?« Jennifer konnte es kaum glauben.

Saskia errötete. »Die Seejungfrau habe ich als Allererstes gemalt. Das, was seitdem dazu gekommen ist, ist nicht mehr so gut. Keine Ahnung warum.«

»Wow.« Jennifer ging zum nächsten Bild. Tafelberge wuchsen aus dem Wüstensand in den Himmel. Einzelne Kakteen und Sukkulenten trotzten dem Wassermangel, aber die Tuschestriche auf ihnen hatten weniger Gewalt und Kraft als bei der Seejungfrau. Saskia hatte recht, wenn sie das Mädchen als ihr bestes Bild bezeichnete.

»Na ja, bis auf die Kriegerprinzessin«, fügte Saskia fast beiläufig hinzu. »Die hängt hier.«

Jennifer sah genauer hin. Zwischen zerklüfteten, messerscharfen Bergspitzen flog ein Drache. Auf seinem Rücken saß eine Kriegerprinzessin mit goldgelbem Kopfschmuck, flatternden hennaroten Haaren und einem hoch erhobenen Speer. Obwohl man ihr Gesicht nicht erkennen konnte, wirkte sie, als wäre sie rundum im Gleichgewicht mit sich und der Welt. »Sie ist wunderschön.«

»Du hast mich zu ihr inspiriert.« Saskias Wangen färbten sich dunkler.

Jennifer realisierte, wie nah sie bei ihr stand. Saskias Haar roch nach Honig und etwas anderem, Würzigem. Zimt? Ihr Gesicht erwärmte sich, und sie hoffte, dass sie nicht ebenso errötete wie Saskia. »So wild und stark könnte ich niemals sein.«

»O doch!« Saskia blickte hastig zur Seite.

Das Schweigen zog sich in die Länge. Jennifer trat nach hinten und betrachtete die Drachenreiterin aus größerem Abstand. Im Vergleich zu Saskias Malkünsten kamen ihr die gestickten Elfen auf ihren Sofakissen plump und ungeschickt vor. »Du hast großes Talent.«

»Der Hintergrund passt nicht.« Saskia legte den Kopf schief und wies auf die Häuser auf der gegenüberliegenden Straßenseite. »Na ja, wir wollten einen Film sehen, nicht wahr? Setz dich endlich hin. Ich hole uns einen Kaffee. Oder trinkst du lieber Tee?«

»Tee. Am liebsten grünen, wenn du hast, sonst ist alles andere okay.«

»Grünen habe ich nur mit Zitronenaroma, geht das?«

»Klar, aber ich komme mit in die Küche. Ich helfe dir natürlich.«

»Nichts da!« Saskia legte ihre Hände von hinten auf Jennifers Schultern und schob sie zum Bett. Zimtduft umhüllte sie. »Du setzt dich hin!«

»Ich kann dich nicht die ganze Arbeit allein machen lassen, was denkst du von mir?«

»Natürlich kann ich. Ich bin die Gastgeberin. Du bleibst hier und lässt dich verwöhnen.« Saskia gab ihr einen Schubs, sodass sie nach vorn fiel und auf der Matratze landete. Natürlich war der Schubs nur leicht und sie hätte sich mit einer simplen Schulterdrehung befreien können, aber dazu hatte sie keine Lust. Auf diese Weise machte es mehr Spaß.

Sie kuschelte sich auf Saskias Bett zurecht. Eine der Decken löste sie aus der Rolle am Fußende, wickelte sie um ihre Beine und stopfte das dicke Kissen in ihrem Rücken mehrfach in eine neue Position. Schließlich saß sie restlos bequem.

Als Saskia wiederkam, trug sie ein Tablett mit einer Teekanne auf einem Stövchen, die sie auf das Tischchen neben ihrem Bett stellte. »Möchtest du Zucker?«

»Nein danke, ich trinke Tee lieber pur.« Die Kanne gefiel ihr. Sie bestand aus weißem Porzellan, das mit zwei feinen Kirschblütenzweigen bemalt war. Die Form des Knaufs am Deckel erinnerte an einen Halbmond. Stövchen, Untertassen und Tassen wiesen das gleiche Dessin auf. So etwas könnten sie in der WG ebenfalls gebrauchen.

»Nimm dir eine Praline!« Saskia hielt ihr einen Teller vor die Nase, auf dem eine Auswahl teuer aussehender Pralinen lag.

»Du meine Güte, warum verwöhnst du mich so? Das vertrage ich nicht!« Sie nahm eine mit weißer Schokolade überzogene Praline mit schwarzen Streifen, auf der eine halbe Walnuss lag. Sie schmeckte nach Marzipan und Rum.

»Genieß es einfach. Es macht mir Spaß.« Saskia schenkte Tee ein und setzte sich neben sie aufs Bett.

Langsam verstand Jennifer, was Kilian an Saskia gefiel. Es mochte stimmen, dass sie sexuell nicht devot war, aber wenn sie ihn bei seinen Besuchen in ähnlicher Weise verwöhnte, befriedigte ihn das sicher ähnlich. Kein Wunder, dass er mit Saskia zusammen war und Jennifer nur für die wilden Abenteuer wollte. Einen solchen Service konnte sie nicht bieten.

»Was hält Kilian eigentlich von deinem Drachenbild?« Sie bewunderte das Kunstwerk erneut, dessen Farben in der herabsinkenden Dämmerung weniger leuchteten als zuvor. »Du bist wirklich eine Künstlerin. Hast du Grafikdesign studiert, als du noch an der Uni warst?«

Saskia schüttelte den Kopf. »Ich glaube, das Drachenbild hat er noch nicht bemerkt. Bei meinem letzten Bild hat er sich darüber beschwert, dass ich zu viel male, anstatt die Fenster in der Zeit vernünftig zu putzen, damit es keine Staubschlieren gibt.«

Manchmal verstand sie Kilian und seine Denkweise nicht. Da hatte er eine tanzbegabte Freundin, die überdies eine talentierte Zeichnerin war. Vielleicht wäre Saskia eines Tages sogar gut genug, um Bilder für Geld zu verkaufen. Aber liebte er sie dafür? Stattdessen mahnte er das Fensterputzen an.

Sie sollte sich nicht einmischen, nicht mal in Gedanken. Es ging sie nichts an, wie die beiden ihre Partnerschaft lebten. Trotzdem war sie froh, dass sie die Spielbeziehung war und nicht die Freundin, die die Fenster putzen sollte. So hatte sie nach wie vor die Chance, einen Mann zu finden, der ihr Lebensgefährte und Dom zugleich sein konnte. Oder eine Frau? Lesbisch war sie nicht. Vielleicht bi?

So oder so sollte es niemand sein, der sich über ungeputzte Fenster beschwerte. Dieses Fordernde, dieses Sich-gern-bedienen-Lassen, was Saskia ihr gerade über Kilian erzählt hatte, hatte nichts mit BDSM-Dominanz zu tun. War es für Kilian gar kein Spiel? Ging es ihm darum, real zu herrschen und die Macht zu haben?

Mica war eine Domse. Wenn der ganze BDSM-Kram ihr wichtig genug gewesen war, um deswegen mit ihrem Manager Schluss zu machen, war es für sie mehr als ein Hobby und eine Spielart. Es ging um mehr als Handfesseln beim Sex, um sich verrucht zu fühlen. Sie kannte die Einzelheiten ihrer Veranlagung nicht und wollte nicht wissen, was sie tat, wenn es hart auf hart kam. Im Alltag war Mica auf jeden Fall ein warmherziger Mensch. Liebevoll und fürsorglich, wenn auch manchmal anstrengend mit ihrem Wischlappen in der

Hand. Dominanz und Egoismus mussten nicht miteinander einhergehen, dafür war sie der lebende Beweis. Mit ihr zusammenzuleben war mit Sicherheit angenehmer als mit Kilian.

Das war ein ungewohnter Gedanke. Vor ein paar Wochen hatte sie sich mehr als alles andere gewünscht, fest mit Kilian zusammen zu sein und ihn ihrer Mutter und den anderen vorzustellen. Jetzt würde sie lieber mit Saskia zusammenleben. Der Tee schmeckte leicht bitter und der Geschmack schmolz auf der Zunge wie Schaum auf einer Wellenkrone.

Sie begannen mit dem Film. Jennifer mochte *Chicago* auch beim dritten Betrachten. Eine herrlich geistlose Komödie mit guter Musik und altmodisch-erotischen Kostümen. Die Männer waren dumm, die Frauen herzlos und verrucht. Jede Tanzszene triefte vor Erotik und Sinnlichkeit. Bereits im ersten Lied rutschte sie näher zu Saskia.

»Ich habe nicht gewusst, dass die Frauen in den Zwanzigern so heiß rumgelaufen sind.« Saskia nahm eine Praline und hielt sie vor Jennifers Mund.

Sie drehte den Kopf weg und Saskia berührte ihre Lippen damit. Jennifer schüttelte den Kopf und kniff den Mund zusammen, doch als Saskia die Praline wegbewegte, schnappte sie danach.

»Au! Das war mein Finger! Du böses Mädchen.« Sie schlug Jennifer sanft auf die Hand.

Die Praline schwebte immer noch vor ihrem Gesicht. Jennifer nutzte die Ablenkung und umfasste sie vorsichtig mit ihren Lippen. Saskias Finger schmeckte nach Salz. Sie liebkoste ihn mit der Zunge, nur kurz, es könnte ein Scherz sein. Nur eine Neckerei unter Freundinnen. Dann drehte sie sich weg und konzentrierte sich auf den Film.

Saskia stand auf und ging zum Schrank in der Zimmerecke. »Möchtest du Nachos mit Salsa?«

»Du hast doch schon Pralinen … Nachos sind eine gute Idee.« Oder auch nicht. Zum Füttern fast besser geeignet als klebrige Pralinen, deren Schokolade an den Fingern blieb und …

Saskia kam mit einer Schüssel, einer aufschraubbaren Salsadose und einer Packung Chips zurück. Der Zimtduft ihrer Haut hatte heute eine neue Note. Moschusartiger. Vielleicht eine Spur von orientalischem Jasmin. »Eigentlich musst du mich füttern und nicht umgekehrt. Du bist schließlich devot.«

Jennifer spürte, wie ihre Nippel sich aufstellten. Saskia hatte einen Blick, der nicht normal war. Sanft und irgendwie glücklich. Ein Funkeln in den Augen, das böse sein konnte oder auch nicht. Verheißungsvoll. Grausam und sinnlich zugleich. Sie wünschte sich, dass Saskia die Hand auf ihren Hals legen und langsam zudrücken würde. Angst zu spüren, Blut, das rauschte und mit jedem Herzschlag schneller wurde, sich zu fürchten und in ihren Augen Geborgenheit zu finden. Wollte Saskia das? Konnte sie das? Wie sollte sie das herausfinden? »Du bist aber nicht meine Herrin.« Es war eine Einladung.

Saskia schien zu schrumpfen und das Funkeln in ihren Augen erstarb. Von einer Sekunde auf die andere verwandelte sie sich in eine unscheinbare Frau mit blassen Lippen, die ihr Gesicht hinter einem Stufenhaarschnitt verbarg. »Entschuldigung. Das war blöd von –«

»Hey, ich wollte nicht –«

Sie lachten, weil sie gleichzeitig geredet hatten.

»In den Goldenen Zwanzigern haben Frauen zum ersten Mal Kleider getragen, die nicht bis zu den Füßen reichten.« Jennifer antwortete auf Saskias frühere Frage und tat, als ob der Rest des Gesprächs nicht stattgefunden hatte. »So aufreizend, wie die Sängerinnen auf der Bühne stehen, liefen normale Frauen nicht rum. Das, was Velma trägt, ist im Grunde altmodische Unterwäsche. Vergleiche es damit, wenn heute eine Frau in einer Tabledancebar auf den Tisch klettert und sich auszieht. Nur, dass die Klamotten damals noch verruchter wirkten, weil es nicht in jedem Hotel einen Pornokanal gab und jede Zeitschrift halb nackte Frauen auf dem Cover hatte.« Halb nackte Frauen. Unterwäsche. Aufreizender Tanz. Ob dieses Gesprächsthema wirklich besser war?

»Also liefen die Jazzsängerinnen nicht automatisch so rum?« Saskia tauchte einen Nacho in die Salsa und schob ihn genießerisch in den Mund. Ein Krümel blieb an ihrem Mundwinkel hängen.

»Um Gottes willen! Ein paar Revuetänzerinnen vielleicht, die nur bessere Prostituierte waren, mehr nicht. Wie gesagt, es war damals eine Revolution, dass man bei den Kleidern ein Stück von den Beinen erkennen konnte, auch wenn die Röcke noch bis zur Mitte der Waden reichten. Vorher waren Frauen eine Art geschlechtslose und geheimnisvolle Wesen, mit tiefem Dekolleté und unaussprechlichen, namenlosen Geheimnissen zwischen den Röcken. Dass man in den Zwanzigern die Knöchel einer Frau in normaler Kleidung sehen konnte, war der Beginn der Emanzipation. Frauen besitzen Beine und Füße, also können sie allein darauf stehen.« Jennifer holte Luft.

Saskia unterdrückte kein Gähnen wie die meisten Zuhörer bei diesem Thema. Im Gegenteil, es schien sie wirklich zu interessieren. »So habe ich das noch nie betrachtet.«

»Sagt dir der Name Suffragetten was? Das waren die Frauen, die für unser Wahlrecht gekämpft haben und dafür, dass wir auf die Uni dürfen. ›Seht her, ich habe Beine‹, haben sie mit ihren kurzen Röcken gesagt. ›Ich schwebe nicht, ich bin keine mystische Kreatur, die ihr verehren sollt, ich habe Beine wie ein Mann, mit denen ich durch mein Leben gehe. Ich habe Muskeln und Knochen – und auf meinen Schultern trage ich einen Kopf, nicht nur eine Frisur und ein Püppchengesicht.‹ Deswegen kam in den Zwanzigern diese Kurzhaarfrisur auf, die Velma und Roxy tragen.«

»Was du alles weißt!« Saskias Bein berührte Jennifers unter der Decke. Es hätte unabsichtlich sein können.

Jennifer verlagerte ihr Gewicht, um unauffällig näher zu rutschen. Es war ein angenehmes Gefühl, Saskias trainierte und schlanke Beine zu berühren. »Ach, das schnappt man so auf. Frau Werning hat beim Ballett manchmal davon erzählt. Damit wir stolz auf unsere Körper waren und darauf, was wir damit erreichen können. Starker Körper, starke Frau und so. Das hattest du bestimmt auch alles.«

»Nicht wirklich.« Saskia tauchte einen weiteren Nacho in die Salsa und hielt ihn ihr vors Gesicht.

Jennifer ließ sich necken und füttern, doch dann sah sie wieder nach vorn und konzentrierte sich auf den Film. »Ich bin wütend auf meine Mutter«, sagte sie schließlich.

Saskia nickte. »Weil du ihretwegen nicht auf die Ballettschule gegangen bist, nicht wahr?«

»Woher weißt du das?«

Sie lächelte. »Du hast es mir beim letzten Treffen erzählt, schon vergessen?«

»Stimmt ja.« Sie angelte nach einer Nugatpraline und ließ sie auf ihrer Zunge zergehen, bevor sie weiterredete. »Nein, eigentlich ist es was anderes. Ich bin sauer, weil sie dermaßen auf das Ballett fixiert war, als ich klein war. Verstehst du? Ich ging ständig zum Training und hatte keinen Freund, bis ich 19 war. Ich habe mein Abitur als Jungfrau geschrieben, kannst du dir das vorstellen? In der heutigen Zeit?«

Saskia zuckte mit den Schultern. »Warum nicht? Wenn der Richtige noch nicht dabei war?« Sie zögerte. »Oder die Richtige.«

Ein Schauder durchlief sie, den sie unterdrückte. »Daran liegt es nicht. Bei Mädels wäre es das gleiche Problem gewesen, außerdem hätte ich mir so was damals nie vorstellen können.« Damals nicht. Unwillkürlich spürte sie den zweiten Teil der Aussage mitschwingen. Welche Regel galt heute? »Ich habe nicht mal Ausschau gehalten nach etwas Richtigem. Die, mit denen ich es im Studium versucht habe, waren es alle nicht. Das mit … also, das ist intensiver und fester als alles, was ich je erlebt habe. Rückblickend kommt es mir vor, als ob meine Mutter gewollt hat, dass ich für immer ihr kleines Ballettmädchen bleibe. Kleine Mädchen haben keinen Sex, verstehst du? Deswegen ist es böse. Verstehst du?« Es musste schrecklich verworren klingen.

»Nicht ganz, aber bitte rede weiter. Ich möchte es verstehen. Es ist wichtig für dich, also interessiert es mich.«

Jennifer lehnte sich an ihre Schulter. Die Haut ihres Halses war warm und weich. War es überhaupt ein Parfüm oder roch ihre Haut von Natur aus nach Honig? Woher kam der Impuls, die Lippen auf ihr Schlüsselbein zu pressen, den Zimtgeschmack mit der Zunge zu ertasten und die Arme um ihre muskulöse Taille zu pressen? Was geschah mit ihr? Seit wann stand sie auf Frauen?

»Weißt du, warum ich an dem Abend in Wahrheit mit auf der Party war?«, fragte Saskia. Sie legte den Arm um Jennifers Schultern, als ob es das Natürlichste auf der Welt wäre, und ignorierte Jennifers Schweigen.

Sie schüttelte den Kopf und achtete darauf, nicht aus der Umarmung zu rutschen. Vorsichtig schob sie die Hand zu Saskia und berührte ihre Fingerspitzen.

»Kilian und ich hatten Streit. Wegen dir. – Nein, nicht wegrutschen, wenn du mich dabei ansiehst, kann ich es dir nicht erzählen. – Ich habe ihm vorgeworfen, dass er es sich mit der offenen Beziehung sehr bequem macht. Er darf sich außerhalb amüsieren und ich nicht. Deswegen habe ich … Sagen wir, ich habe ihm Vorwürfe gemacht. Wenn ich wütend werde, kann ich sehr temperamentvoll sein.«

»Kann ich mir bei dir nicht vorstellen.« Saskias Griff an ihrer Schulter wurde fester und zog sie näher. Jennifer fühlte sich sicher, ohne es zu wollen. Woher kam der Impuls, sie zu küssen?

»Kilian dachte, ich wollte ins Old Fashioned, um meine Konkurrenz abzuchecken. Ich habe ihm nicht erzählt, was tatsächlich los war. Vielleicht wollte ich es mir selbst nicht eingestehen. Als du eben zu mir gesagt hast, ich wäre nicht deine Herrin … Natürlich hast du recht. Ich weiß nicht, wie so was geht. Wahrscheinlich kann ich es nicht. Ich kann dir noch nicht mal sagen, ob ich es will. Alles, was ich weiß, ist, dass ich tierisch nervös werde, wenn du mich auf diese scheue Weise mit den großen Augen anlächelst und dann den Blick senkst.« Sie legte die Hände vors Gesicht und senkte den Kopf.

»Was ist los, Saskia?« Nicht bewegen. Auf keinen Fall bewegen.

»Ich verstehe nicht mehr, was mit mir los ist. Ich … Als Kilian mit BDSM angefangen hat, hat er mich gefesselt. Es hat mir Angst gemacht. Er veränderte sich dadurch, wurde rücksichtslos und wollte mir wehtun. Ich konnte es nicht ab, wenn er mich respektlos behandelte, während ich gefesselt auf dem Bett lag und sich die Falte des Lakens in meinen Mundwinkel presste. Als er auf mich herabsah, dachte ich, dass ich es anders machen würde, wenn ich oben wäre. Liebevoller. Ein gemeinsamer Flug, keine gegenseitige Einsamkeit und Entfremdung, um geil aufeinander zu werden, weil einen die Illusion erregt und nicht der reale Mensch. Ich würde … Keine Ahnung. Damals habe ich den Gedanken verdrängt.«

Sie schwiegen. Die Luft roch nach Feuer. Velma Kelly umgarnte Roxie Hart mit *I Can't Do It Alone* und lag am Ende mit üppigen Brüsten, tiefschwarzen Augen und dunkelroten Lippen vor Roxie auf dem Tisch.

In Jennifers Kopf purzelten die Gedanken durcheinander.

»Ich hatte gehofft, dass ich es vergessen könnte. Diese Sehnsucht danach, auf diese besondere Weise zu fliegen. Wenn ich gefesselt werde, kann ich es nicht. Aber vielleicht, wenn ich fessele? Ich liebe Kilian, ich liebe ihn wirklich. Glaube ich. Aber er tanzt seit fast zwei Jahren nicht mehr mit mir, und du …«

Sie schwiegen und ließen den Film den Raum einnehmen. Dieses Gespräch streifte gefährliches Terrain. Amos Hart sang von seinem Leben als *Mister Cellophane*. Wenn sie weitermachten, diesen Abend nicht beendeten, solange sie es noch konnten, wohin würde das führen?

Jede von Saskias Bewegungen kündete von unbewusster Anmut und Kraft. Die Art, wie sich die Muskeln ihrer schlanken, wohlgeformten Oberarme bewegten, wenn sie sich die Haare aus dem Gesicht strich. Die Haltung ihres Kopfes, die für einen geübten Blick verriet, dass sie von den Zehenspitzen bis zum obersten Halswirbel gesund und beweglich war und das Leben liebte. Das Heben und

Senken ihrer runden Brüste bei jedem Atemzug. Sie sah aus wie eine Göttin des Meeres. Die Haut ihres Gesichts war zart und ebenmäßig. Die Grübchen neben ihren Mundwinkeln ließen Jennifer immer noch an Milch und Honig denken, die sie fortküssen wollte. Ihre Lippen glänzten feucht wie von Morgentau bedeckte blasse Rosenknospen.

Fast ohne bewussten Gedanken nahm Jennifer eines der Kopfkissen und schlug nach Saskias Oberarm.

Saskia nahm das andere Kissen und traf sie am Arm.

»Hey! Warum schlägst du mich?«

»Du hast doch au…« Sie schluckte und setzte neu an. »Weil du ein ungezogenes Mädchen bist und es nicht anders verdienst!« Das Kopfkissen traf Jennifers Gesicht und sie ließ sich zurückfallen.

»Gute Antwort«, gab sie zu. »Aber so leicht mache ich es dir nicht!« Sie schnellte nach oben und nutzte den Schwung, um Saskia mit dem Kissen zu treffen.

Die Kissenschlacht tobte und der Film war vergessen. Als sie innehielten, war Saskias Gesicht höchstens 15 Zentimeter von ihrem entfernt. Jennifer war seltsam zumute. Sie presste die Lippen zusammen, fuhr mit der Zunge darüber und öffnete sie.

»Du bist voll schön«, sagte Saskia leise.

Jennifer beobachtete wie im Traum, wie sich Saskias Lippen beim Sprechen bewegten und die Zunge hinter ihren ebenmäßigen Zähnen aufblitzte. »Du auch.« Wie zufällig griff sie nach Saskias Hand. Ihre Finger fassten zu und Jennifers Herz klopfte immer schneller. Was taten sie? »Hast du schon mal jemanden gefesselt?«, fragte sie noch leiser.

Saskia schüttelte verschämt den Kopf. »Ich hatte gehofft, auf der Party …«

Für einen Moment kam der unwirkliche Abend zurück. Die Zuschauer auf der Tanzfläche. Der Rhythmus, der in ihrem Blut pulsiert hatte und sie zueinandergetrieben hatte, um miteinander zu tanzen. Ein Tanz, der anders war als das, was man in der Tanzschule oder im Musical lernte. Voller Hingabe und Lust, in einem Taktschlag, der von Sinnlichkeit und Weiblichkeit erzählte und nicht von Selbstkontrolle und ätherischem Tanz auf den Zehenspitzen.

»Möchtest du es ausprobieren?«

Saskia zog scharf die Luft ein. »Wäre das nicht unpassend?«

Ihre Blicke berührten sich. »Unpassend? Oder ironisch?« Jennifer lachte los und Saskia mit ihr.

Dachte sie das Gleiche? Es wäre dumm, sich wegen Kilian Gedanken zu machen, wenn umgekehrt er kein schlechtes Gewissen dabei hatte, jede von ihnen zu betrügen. Außerdem wäre es nicht das erste Mal. Im Old Fashioned hatten sie viel mehr getan, als miteinander zu tanzen, und die Musik hatte sie nicht bloß körperlich miteinander verbunden. Irgendetwas Besonderes war zwischen ihnen, was Jennifer nicht in Worte fassen konnte. Es ging über eine normale Freundschaft hinaus und auch darüber, dass sie miteinander tanzen konnten.

»Hast du einen Seidenschal?«, fragte Jennifer. In den Ratgeberbüchern stand, dass sich Knoten aus Seide zu fest zuzogen und man damit nicht fesseln sollte, aber sie mochte die kühle Glätte des Materials. Außerdem wollte sie kein kompliziertes Shibari machen, das könnte Saskia als Anfängerin ohnehin nicht.

Saskia nickte und ging zu ihrem Regal. Aus einer türkisen Kiste holte sie ein blaugraues Tuch heraus. Beneidenswert. In der gleichen Situation hätte Jennifer erst eine halbe Stunde suchen müssen. Auf halbem Weg zum Bett blieb Saskia stehen und hielt den Schal unterhalb ihres Gesichts, um Jennifer mit den Augen anzuflirten.

Der schwüle, treibende Rhythmus des *Razzle-Dazzle*-Songs begann. Saskia nahm die Herausforderung des unregelmäßigen Rhythmus an. Ihr Körper verwandelte sich von der scheuen, etwas zu braven Studentin mit dem Stufenschnitt in ein Instrument der Verführung. Sie flirtete mit ihren Wimpern, wackelte mit dem Kopf wie eine indische Tempeltänzerin und machte mit ihrem Becken kreisende, abrupt stoppende Bewegungen. Wie flach und hart die

Muskeln ihres Bauches waren, die sie bei den Bauchwellen und dem Schütteln ihrer Brüste entblößte, wie rund und fest ihr Hintern unter der engen Jeans prangte. Jennifer hatte nie gewusst, dass eine Frau sinnlich und schön zugleich aussehen konnte, körperlich und diesseitig, ohne die Knochigkeit eines Models. Schönheit, die entstand, weil sie das Leben liebte und mit ihrem Schleiertanz zelebrierte.

Eines Tages würde sie ebenfalls so tanzen.

Saskia richtete den Kopf auf, als wäre sie eine stolze spanische Flamencotänzerin. Sie bewegte sich träge und voller fordernder Sinnlichkeit. Ihre Bewegungen verlangten, dass man sie ansah, ihre Körperbeherrschung bewunderte und die glatte Haut unter der Jeans und dem langweiligen Shirt herbeisehnte. Ihre Arme lockten und wiesen gleichzeitig zurück. Es sah aus wie Bauchtanz, war aber eckiger und selbstbewusster. War das Tribal, was sie tanzte? Oder noch etwas anderes?

Jennifer nahm den Rhythmus des Songs mit den Händen auf. Sie wagte nicht, sich neben Saskia zu stellen, neben ihr musste sie ungeschickt wie eine betrunkene Ente wirken. Sie klatschte einen synkopischen Rhythmus, um Saskia anzufeuern.

Saskia ließ ihre Hüfte schneller kreisen und vibrieren, schüttelte die Brüste, legte den Kopf in den Nacken und richtete ihn abrupt auf, um Jennifer einen herrschaftlichen Blick zuzuwerfen. Jennifer machte sich kleiner, hörte aber nicht zu klatschen auf. Saskia war wunderschön, wenn sie so stolz blickte.

Der Song endete und Saskia kam zurück zum Bett. Ihre Wangen leuchteten. Sie wirkte nicht mehr so verlegen wie zuvor.

Jennifer streckte ihr die Hände entgegen, Handgelenk an Handgelenk. »Probiere es aus, du Schöne. Ich vertraue dir.«

Saskia kniete sich vor ihr auf den Boden, nahm ihre Hand und küsste die Fingerspitzen. Sie legte den Seidenschal um Jennifers Handgelenke, wickelte konzentriert und knotete ihn fest.

Die blaugraue Seide kühlte ihren aufgeregten Puls. Wenn sie nicht in die Wolldecke eingewickelt wäre, könnte sie die Beine um

Saskia schlingen, sie an sich ziehen, die gefesselten Hände um ihren Nacken schlingen … Darauf warten, dass Saskia sie küsste, mit den Händen ihren Körper erforschte, sie folterte und allein auf die süße Reise in den Himmel schickte.

Doch nachdem Saskia den letzten Knoten gesetzt hatte, ließ sie los, sprang hastig auf und setzte sich wieder aufs Bett.

Jennifer war enttäuscht. Sie hatte gerade erst angefangen. Ihr Herz hatte sich geöffnet, ihre Flügel sich ausgebreitet und zum Flug bereit gemacht. Wie konnte Saskia sie in einem solchen Moment allein lassen? Kilian hätte …

Sie schluckte. Kilian hatte vor ihr andere Frauen gehabt. Natürlich wusste er, wie es ging. Saskia dagegen …

Ihre Augen leuchteten. Sie lächelte scheu und doch voller Zufriedenheit. Ihr Knie berührte Jennifers.

Jennifer merkte, dass ihre Unterlippe zitterte. Lag darin der Unterschied? Saskia sah sie selbst an. Jennifer. Keine Sub, an der sie ihre Bedürfnisse befriedigen konnte, sondern eine Frau, mit der sie getanzt hatte und der sie mit ihrem sonst ordentlich in einer Kiste verwahrten Schal die Handgelenke gefesselt hatte. Die Erste, bei der sie es getan hatte. Für immer.

»Wie fühlt sich das für dich an?« Jennifer verdrängte die Enttäuschung darüber, dass Saskia nicht so souverän führen konnte wie Kilian. Ihr Lächeln war Antwort genug. Sie spürte, wie die Flügel auf ihrem Rücken ausholten und nach Luft griffen. Dieses Mal war es anders. Saskias Lächeln, so scheu und unsicher es wirkte, galt ihr. In ihren Augen leuchteten Diamanten auf schwarzem Grund. Was wäre, wenn sie dieses Mal nicht allein blieb? Wäre Saskia in der Lage, gemeinsam mit ihr … zwischen den Sternen?

Jennifer ließ sich nach hinten sinken und hob die Arme über den Kopf. *Sieh her, Saskia, das bin ich. Durch deine Fesseln gehöre ich dir – wenigstens so lange, bis ich fliege. Bei dir vielleicht sogar dann.* Aus fast geschlossenen Augen sah sie zu, wie Saskia näher rückte. Sie streichelte über Jennifers Beine und Hüften und fuhr scheu und fasziniert die Konturen ihrer Taille nach. Für eine Sekunde blitzte in ihren Augen ein Ausdruck auf, den Jennifer von Kilian kannte, und sie kniff zu. Jennifer bäumte sich nach oben und wurde zurück auf die Matratze gedrückt. Saskia berührte ihre Wange und fuhr mit dem Zeigefinger über ihre Brauen und Lippen. Jennifer schnappte nach dem Finger, aber Saskia entzog ihn ihr. In ihren Augen funkelten tausend Metaphern für Sehnsucht. Als sie sich über ihr Gesicht beugte, hob Jennifer den Kopf.

»Ich könnte dich jetzt küssen.«

Jennifer nickte.

»Würde dir das gefallen?«

Sie nickte erneut.

Saskia streichelte sie über die Beine und verharrte an der Innenseite ihrer Oberschenkel. Jennifers Haut prickelte und sie sehnte sich danach, dass Saskia sie kneifen würde. »Ich könnte dich auch losmachen.« Saskias Stimme klang wie Honig. Sie streichelte über den Bund von Jennifers Jeans und wanderte über ihren Bauch. Ein kühler Luftzug berührte sie. Nur dort, wo Saskia sie berührte, fühlte sie Wärme.

»Wäre das nicht langweilig?«, widersprach Jennifer. »Ich meine, wenn du mich losbindest, müssen wir uns den Film ansehen. Das ist längst nicht so interessant.«

»Findest du?« Saskia lachte auf.

»Könnte sein.« Jennifer ließ sich nach hinten sinken und rekelte sich auf dem Bett. Hoffentlich gefiel Saskia, was sie sah. Sie war nicht so schlank wie Mica und nicht so sinnlich wie Saskia, aber auch sie hatte einen gesunden und trainierten Körper, einen flachen Bauch und einen halbwegs knackigen Hintern. Außerdem hätte Saskia sie kaum gefesselt, wenn sie ihr nicht gefiel, und vorher aufreizend für sie getanzt, oder?

»Wenn dir der Film zu langweilig ist, kann ich dir selbstverständlich gern die Augen verbinden«, sagte Saskia und rutschte auf dem Bett näher zu ihr. »Dafür müsste ich dir allerdings dein T-Shirt ausziehen. Oder deinen BH. Mein Tuch habe ich ja schon um deine Handgelenke gewickelt.«

»Ups!« Jennifer lächelte. In Saskias Augen funkelten blaugrüne Sterne. »Ein zweites Tuch hast du wahrscheinlich nicht zur Verfügung?«

»Dafür müsste ich aufstehen.« Saskia lächelte. »Das kannst du kaum von mir verlangen, du bist schließlich wehrlos. Ich bestimme die Regeln, nicht wahr?«

»Ich weiß es nicht?« Jennifers Herz pochte. Konnte sie? Würde sie? Wortlos versank sie in Saskias Augen. Sie konnte einfach nicht wegsehen. Nie zuvor war ihr eine Frau wie sie begegnet. Auf den ersten Blick schien sie kühl, unauffällig, vielleicht sogar ein wenig langweilig zu sein, doch je mehr sie von ihr kennenlernte, desto mehr faszinierte sie Jennifer. Wie hatte Kilian eine solche Frau kennengelernt – und erobert?

Vielleicht wussten Saskias Hände und ihr Kopf noch nicht, wie sie dominieren sollte, aber ihre Augen wussten es. Ihr Blick war voller Kraft und Feuer. Er hielt sie und ließ den Boden unter ihren Füßen zu Nebel verschwimmen, in dem sie sich auflöste und von ihr gehalten wurde. Wärme floss in sie und zurück, verwandelte sich in Licht und goldenen Nebel, hinter dem ein Abgrund lag, der gleichzeitig ängstigte und verlockte. Was für eine Frau!

Für einen Moment malte sie sich aus, wie Saskia tatsächlich den Versuch unternahm, sie zu dominieren. Sie würde sie knien lassen. Vielleicht müsste sie nackt durch den Raum gehen oder sie ohne Unterhose und in kurzem Rock zum Einkaufen begleiten. Vielleicht konnte Saskia Shibari und stellte sich nur unwissend, um Jennifers Verlangen und Sehnsucht zu erhöhen.

»Ich sollte dich losmachen.«

Enttäuschung flackerte auf, wellte sich und kühlte den Raum ab. »Meinst du?«

»Irgendwie …« Ihr Grinsen wurde sexy und fies. »… ist es so gemeiner. Du wirst die ganze Nacht wach liegen und dich fragen, was ich mit dir angestellt hätte, wenn ich … mutig genug gewesen wäre. Vielleicht hätte ich dich eine Stunde in der Ecke knien lassen und mir den Film allein angesehen. Oder ich hätte so lange an dir herumgefesselt, bis deine Beine einschlafen. Oder …«

Jennifer lachte auf. »Du bist ein Naturtalent.«

»Oder ich hätte dich geküsst und versucht, dir den Himmel auf Erden zu schenken, weil du so einen hinreißenden Gesichtsausdruck hast, wenn du dich hingibst. Voller Vertrauen. Das lässt mich an Dinge denken, an die ich nicht denken sollte. Immerhin bin ich vergeben.«

Jennifer schwieg und fragte sich, ob sie richtig gehört hatte. Saskias scheues Lächeln kehrte zurück. Der Moment war vorbei.

Jennifer richtete sich auf und streckte ihr die Handgelenke entgegen, damit sie sie befreien konnte. Streng genommen hätte sie sich aus einer so sanften Fesselung allein befreien können, aber wozu wäre das gut gewesen? Saskias Dominanz rückwirkend auf diese Weise zu neutralisieren hätte die Situation noch weiter verkompliziert. Es war ohnehin schlimm genug, dass sie auf diese Weise Geheimnisse vor Kilian hatten und ihn belogen. Lügen waren nie gut. Am Ende brachte es immer Unglück. Wie hatte sie nur in eine so komplizierte Situation schlittern können? »Ich glaube, ich muss auf die Toilette.«

Saskia wickelte den Schal um ihre Hand und rutschte in die alte Sitzposition zurück. Es wirkte, als wäre nie etwas geschehen. »Weißt du noch, wo unser Badezimmer ist?«

Jennifer nickte und floh. Als sie die Badezimmertür abgeschlossen hatte, atmete sie aus und verfluchte ihre Dummheit. Sie konnte sich nicht entscheiden, ob es dumm gewesen war, Saskia verführen zu wollen, oder ob die Dummheit darin lag, aufzuspringen und davonzulaufen.

Auf jeden Fall war sie mindestens einmal richtig dumm gewesen, und dafür konnte sie sich mit Recht verfluchen. Als sie zurück in Saskias Zimmer ging, setzte sie sich auf die andre Seite des Bettes und nahm sich fest vor, sich für den Rest des Abends manierlich zu benehmen.

Saskia schien es zu spüren, jedenfalls ließ sie sie in Ruhe, wickelte sich in die andere Decke und reichte Jennifer nur manchmal die Pralinen.

11

EIN GESTOHLENER KUSS

In den kommenden Tagen dachte Jennifer häufiger an Saskia, als ihr lieb war. Sie lenkte sich ab, indem sie ausnahmsweise zu allen Pflichtveranstaltungen der Uni ging und während der Vorlesungen Notizen zu einer möglichen Choreografie für die Rolle der Elfe in Titanias Gefolge machte. Auf einmal sprudelten die Ideen förmlich aus ihr heraus. Zum ersten Mal seit Ewigkeiten hatte sie beim Gedanken daran, zu tanzen, nicht das geringste schlechte Gewissen, sondern fühlte wilde Hitze und Aufregung durch ihren Bauch und ihre Brüste fließen. Doch immer, wenn sie gerade glaubte, sich endlich erfolgreich abgelenkt zu haben, stellte sie sich Saskias bewundernden Blick während der Aufführung ihrer ersten eigenen Choreografie vor und ihr Herzschlag beschleunigte sich auf über 120 *beats per minute*.

Die nächste Probe fand am Dienstag statt. Beim Verlassen des Hauses fiel feiner Nieselregen. Echten Nebel gab es nicht, trotzdem war die Luft so trübe, dass die Scheinwerfer der Autos Spuren in der Luft hinterließen. Beim Aufschließen rutschte der Fahrradschlüssel zweimal ab, weil Nässe ins Schloss gedrungen war. Auch das noch. Das bedeutete, dass sie Werkzeug-Öl kaufen und das Schloss ölen musste, sonst würde sie es im Winter gar nicht mehr aufbekommen. Metall konnte nicht einfrieren, hatte sie früher im Physikunterricht gelernt, aber ihr Fahrradschloss bewies im Herbst und Winter regelmäßig das Gegenteil.

Wie zum Ausgleich für das schlechte Wetter erschienen Tom und sein Bandkollege Niklas heute ohne Denise mit ihren lippenstiftfarbenen, beigen Haaren. Lag es an ihrer Abwesenheit, dass Toms Körperhaltung heute eine andere war? Er wirkte gefährlich. Wie ein Tiger auf Beutezug kam er die Treppe hoch und ließ seinen Blick auf ihr verharren. Er trug Lederschuhe, in denen er sich leise wie in Turnschuhen bewegte. Tiger.

Jennifer wagte nicht, wegzusehen. Sie fuhr sich durch die Haare, um ihr Gesicht zu verbergen. Dieser Blick war zu fordernd. Zu direkt. Ihr Bauch zog sich zusammen und kribbelte, sandte Wärme in Wangen und Brüste.

Tom lächelte und drückte sie zur Begrüßung an sich. Ein Gefühl von erregender Gefahr durchfloss sie. Ihre Wange wurde gegen das Leder seiner Jacke gepresst. Fror er in dieser Jahreszeit ohne Mantel nicht? Die Haut an seinem Hals glühte wie ein Lagerfeuer im Hochsommer.

Heute fand das vierte Treffen statt. Etwas, was an eine Probe erinnerte, war bisher nicht zustande gekommen. Leider gab es niemanden, der sich die Rolle von Demetrius oder Lysander zutraute. Da Jennifer auf jeden Fall eine Elfe spielen wollte, tangierte sie das weniger, aber Angela störte sich daran. Sie und Wiebke waren Theaterstudentinnen mit einer sichtbaren Vorliebe für gutes Essen oder einer Abneigung gegen Sport, die immer einen Grund zum Lachen fanden. Es war anstrengend.

Tom begrüßte alle, die es dieses Mal bis zur Probe geschafft hatten. Sie waren nur 13. Wahrscheinlich lag es am Wetter, sagte er, und würde nächstes Mal besser werden.

Jennifer setzte sich zu Wiebke und Angela, richtete ihren Rücken auf und zog den Schal wie ein Umschlagtuch fester um ihre Schultern. Immer wieder blickte sie aus den Augenwinkeln zu Tom und war enttäuscht, wenn er nicht zurückblickte. Waren das Schmetterlinge in ihrem Bauch? Sie fühlten sich giftig an. Es hätte sie nicht erregen sollen.

»Es gibt einige personelle Veränderungen.« Tom begann die Sitzung und wartete nicht ab, bis die Leute ruhig wurden. »Denise hat sich entschieden, aus dem Projekt auszuscheiden. Das bedeutet, dass wir eine neue Titania brauchen. Bevor wir heute anfangen, müssen wir die Rolle neu besetzen.«

»Ich würde es machen«, sagte eine resolut aussehende Frau mit kurzen, dunklen Locken. Sie trug keine Schminke und war vielleicht 35 oder 40 Jahre alt.

Jennifer schluckte. Für eine Sekunde hatte sie zu glauben gewagt, dass sie die Rolle bekäme. Das wäre unglaublich gewesen. Aber natürlich war es wieder jemand anders, der schneller war, selbstbewusster und normaler. Ilena war sicher eine nette Frau, aber sie sah nicht so aus, wie sie sich eine Elfenkönigin vorstellte. Sie war nicht dick, nicht einmal rundlich, aber sie wirkte, als hätte sie viele Muskeln, weil sie in ihrem Leben körperliche Arbeit verrichtet und sich durchgeboxt hatte. Eine starke Frau, die sich nicht leicht erschüttern ließ und keine Zeit für sinnlose Träumereien hatte, weil sie immer etwas anpacken musste.

Tom zog ebenfalls die Augenbrauen hoch. Er würde mit seiner Band in der Rolle des Elfengefolges als Oberon einen Song über die Wankelmütigkeit der Liebe singen. Die Aussicht auf diese Titania schien ihn nicht zu begeistern. Ilena war mindestens sieben Jahre älter als er. »Gibt es weitere Vorschläge?«

Niemand meldete sich.

Ilena blickte sich zufrieden um. Ihr Blick machte klar, dass die Herausforderin den Kampf ohnehin verlieren würde. Der Chor hatte hinter ihr zu stehen, sonst würde sie für die Weihnachtsfeier keine Kekse backen und ihren Matronenverein nicht als Gäste für das Weihnachtskonzert einbestellen. Vielleicht war sie keine Elfe, aber dass sie eine Herrscherin war, glaubte man ihr sofort.

»Dann möchte ich einen weiteren Vorschlag machen«, sagte Tom. »Ich bin mir sicher, dass Ilena eine gute Titania wäre, aber ich halte Jennifer ebenfalls für sehr geeignet. Der Grund liegt darin, dass sie Balletttänzerin ist. In der Szene, in der sich Titania in Zettel verliebt, könnte sie für ihn tanzen, um ihn zu betören und zu verzaubern. Ich könnte mir vorstellen, dass Jennifer auf der Bühne eine sehr attraktive Figur ist.«

Im Gegensatz zu Ilena, klang unausgesprochen durch den Raum. Ilena schien es ebenfalls zu hören. Sie erstarrte förmlich und blickte zu Boden. Ihre Augen wirkten wie Stein. »Ich denke ebenfalls, dass Jennifer eine anmutige Titania sein wird«, sagte sie und bemühte sich um ein Lächeln.

»Dann machen wir es so. Jennifer ist die neue Titania. Kannst du dir bis zum nächsten Treffen eine Choreografie für deinen Tanz ausdenken?«

Jennifer wurde heiß. »Bis nächste Woche?« Wie schnell das ging! Eben noch war es wie ein unmöglicher Wunschtraum erschienen. Gestern noch hatte sie mit dem grauen Nebel gekämpft. Konnte sie den einfach so vergessen?

Egal. Das war vorbei. Sie würde tanzen, Tom bot ihr die Möglichkeit dazu. Sie riss sich zusammen. »Ich werde es versuchen. Gibt es eine bestimmte Musik oder kann ich mir etwas aussuchen?«

»Entwickele erst mal die Choreografie. Welche Musik wir nehmen, gucken wir später. Wir haben noch nicht alles komponiert, aber das Elfengefolge soll natürlich für dich spielen.«

»Aber ...« Sie wollte widersprechen. Man konnte sich keine Choreografie ausdenken, ohne die Musik dafür zu kennen. Das ging einfach nicht. Hatte er nicht nachgedacht?

Tom hatte sich bereits dem nächsten Thema zugewendet. Da die Handwerkertruppe aus Chormitgliedern bestehen sollte, sagte er, wäre es schön, wenn sie zu Anfang ihrer ersten Szene ein mehrstimmiges Handwerkerlied singen könnten.

»Findest du nicht, dass du dich langsam verzettelst?«, fragte Angela. »Hast du jemals bei einem Theaterstück Regie geführt? Ich glaube nicht, dass wir bei einer so chaotischen Herangehensweise jemals fertig werden. Wann möchtest du es überhaupt aufführen?«

»Nächsten Sommer«, sagte Tom ungeduldig. »Das klappt schon, das klappt alles. Du wirst sehen.«

»Du sagst die ganze Zeit, dass wir für die fehlenden Rollen noch Leute finden werden oder die Passagen umschreiben, aber bisher haben wir niemanden für die Rollen und niemanden, der das Stück umschreibt. Inzwischen ist es fast Advent, dann hat ohnehin jeder mehr Stress, als er gebrauchen kann. Es wird Zeit, dass wir vorankommen! Ist ja schön und gut, dass Wiebke und ich Hermia und Helena spielen sollen, aber wir haben weder einen Demetrius noch einen Lysander!«

»Mein Gott, dann spielt ihr halt ein lesbisches Pärchen und knutscht auf der Bühne rum. Das gefällt dem Publikum bestimmt. Stellt euch nicht immer so an! Jetzt hast du mich total aus dem Konzept gebracht.«

»Lesbenszenen?«, fragte Wiebke pikiert. »Wie meinst du das?«

»Nimm nicht immer alles persönlich! Ihr seid kreativ. Wir kriegen das hin. Ich habe ein paar Kumpels, die vielleicht mitmachen, dann habt ihr euren Demetrius und Lysander.« Sein Lächeln wirkte schmierig.

Jennifer wurde kalt. Das war der Mann, der ihr die Rolle der Elfenkönigin gegeben hatte. Ein Tanzsolo auf der Bühne. Er musste nett sein. Sie musste ihn nett finden, sonst würde er es ihr wieder fortnehmen.

»Zwei Kumpels, die immer schon Theater spielen wollten, ja?«, fragte Wiebke und ihr Ton wurde kälter. »Denen willst du die Rollen von Demetrius und Lysander geben? Die Männerrollen mit dem meisten Sprechtext?«

»Die Sprechtexte werden ohnehin zusammengeschnitten, sonst ist in dem Stück kein Platz für all die Musik. Das ist längst abgemacht.«

»Das ist der zweite Punkt, auf den ich hinauswollte«, nahm Angela den Faden auf. »Wer soll das mit dem Zusammenschneiden machen? Du? Bis wann? Wir brauchen Texte, mit denen die Leute ihre Rollen lernen können. Diese Gruppe besteht aus Amateuren, das heißt, alles dauert länger. Selbst Profis brauchen eine Weile, bis ein Stück auf der Bühne die endgültige Form annimmt.«

Tom nickte. »Da war eine Germanistikstudentin, die sich darum kümmern wollte …«

Angela lächelte, aber es war kein nettes Lächeln. »Du meinst die Dunkelhaarige, die nach dem ersten Treffen nicht wiedergekommen ist?«

»… dann mache ich es halt! Häng dich nicht an Nebenschauplätzen auf, sonst wird das Stück nie fertig.« Er lachte. Vermutlich wollte er seinen Worten damit die Schärfe nehmen und allen zeigen, dass es nur ein Scherz sein sollte.

Niklas lachte mit, genau wie einige aus dem Chor. Andere schwiegen und sahen missbilligend entweder auf Angela oder auf Tom.

Jennifer legte die Hände auf die Oberschenkel und beobachtete ängstlich, wie es weiterging. War das der Moment, in dem das Projekt scheiterte? An dem Tag, an dem sie die Rolle der Titania erhalten hatte?

»Weißt du, Tom, Wiebke und ich sind heute zum vierten Mal da«, sagte Angela. »Wir sind hier, weil wir Theater spielen wollen. In diesen vier Wochen haben wir ausschließlich Dinge besprochen, die man im Vorfeld eines Projekts klären sollte. Wir sind fast 20 Leute. Das sind zu viele, um jede Woche basisdemokratisch zu beraten und ständig alles umzustoßen, was bereits besprochen war.«

Tom blickte sie böse an. »Eigentlich wollte sich Denise um diese Sachen kümmern.«

»Warum ist sie dann ausgestiegen?«

Er seufzte tief. »Weil sie und ich nicht mehr zusammen sind.«

Für einen Moment war Angela still und mit ihr der Rest des Raumes. Sie fing sich und sagte, dass das sehr schade sei und sie es bedaure, aber dass bei diesem Projekt mehr als 20 Leute beteiligt seien und man sich langsam Gedanken machen müsse, ob man fortfahre oder alles abblasen wolle. Wenn man weitermachen wolle, müsse man als Nächstes …

Tom nickte und ließ zu, dass sie die Führung übernahm. Fast schien er erleichtert, auch wenn er sie immer wieder misstrauisch musterte.

Angela fragte, ob die anderen Teilnehmer das Projekt fortsetzen wollten. Natürlich sagten sie Ja. Was hätten sie sonst antworten sollen?

Jennifer hatte das Gefühl, dass das Ja bei einigen zögernd und unwillig klang, aber sie kommentierte es nicht. Sie wollte, dass es klappte. Titania auf der Bühne. Vielleicht würde sie bei Saskia ein oder zwei Stunden Bauchtanzunterricht nehmen, um sich noch verführerischer zu bewegen. Alles kein Problem. Hauptsache, sie würde auf der Bühne stehen und tanzen.

Sie bekam Lust auf Sex. Das letzte Mal war viel zu lange her. Seit Kilian hatte sie kein Verlangen mehr danach verspürt, aber in diesem Moment kehrte es zurück. Gegen ihren Willen wanderten ihre Augen zu Tom. Nein. Der war es nicht. Er war gerade verlassen worden, das würde Unglück bringen. Außerdem hatte er stechende Augen.

Angela und Wiebke scheuchten sie in einen Stuhlhalbkreis vor der Bühne, wo sie eine durchgehende Leseprobe abhalten wollten. Jeder sollte die Zeilen vorlesen, die zu seiner Rolle gehörten, und den anderen zuhören. Wie durch Zufall saß Tom neben Jennifer und berührte ihr Knie mit seinem Bein. Jennifer setzte sich aufrechter und drückte die Knie fester aneinander.

Sie stellten fest, dass die Rolle des Theseus zweimal besetzt war und dass niemand Lust hatte, den Vater der Liebenden zu spielen. Die Elfe, für deren Rolle ursprünglich Jennifer eingeplant gewesen war, bliebt dank ihres Rollenwechsels unbesetzt, sodass Titanias Gefolge jetzt nur noch aus einer Elfe bestand – einer Frau, die heute fehlte und beim letzten Mal auch gefehlt hatte, aber beim nächsten Mal unbedingt wieder dabei sein wollte, wie eine andere Frau behauptete. Es war ein heilloses Chaos.

Nach zweieinhalb Stunden verabschiedeten sich die Ersten, obwohl sie mit der Leseprobe erst zu zwei Dritteln durch waren. Kurz danach folgten die Nächsten und ein unstrukturierter Aufbruch setzte ein. Angela und Wiebke, die zuvor so fleißig gewirkt hatten, mussten unbedingt sofort los, weil sie noch einen anderen ganz wichtigen Termin hatten. Vielleicht hatten sie Angst, dass es an ihnen hängen bleiben würde, die Stühle aufzuräumen.

Jennifer wäre gern mit den anderen verschwunden, doch sie wollte nicht, dass die ganze Arbeit ausschließlich an Tom und Niklas hängen blieb. Sonst kämen die beiden noch auf die Idee, das Projekt abzublasen, weil niemand half. Das wäre furchtbar. Es sollte nicht scheitern, auch wenn im Moment alles danach aussah. Sie hatte zu lange auf ihren ersten Bühnenauftritt jenseits der Schüleraufführungen gewartet.

»Hey, wir kriegen das hin«, sagte sie zu Tom und legte ihm die Hand auf den Arm, als er einen Stapel mit fünf Stühlen auf einen anderen Stapel mit fünf Stühlen gehoben hatte. Er drehte sich zu ihr und Jennifer zog die Hand hastig zurück. So hatte sie es nicht gemeint.

Er lächelte sie an. »Warum musste diese blöde Denise mich hängen lassen, hm?«

Sie zuckte mit den Schultern. »Woher soll ich das wissen?«

Er streichelte ihr über den Arm. Nicht fordernd, aber zärtlicher, als angemessen wäre.

Ihr wurde überdeutlich bewusst, wie wenig Abstand zwischen ihnen lag. Sie wollte einen Schritt nach hinten machen, doch dort stand ein weiterer Stapel mit Stühlen. Also lächelte sie beschwichtigend. Wo war Niklas?

»Du bist eine wunderschöne Frau, Jennifer«, sagte Tom leise und anerkennend und streichelte ihren Oberarm. »Ich könnte mir keine bessere Titania als dich vorstellen.«

»Das ist sehr nett von dir.« Sie blickte links und rechts an ihm vorbei. Natürlich könnte sie an ihm vorbeikommen und zur Tür gelangen. »Ich hoffe, dass wir noch ein paar Leute für die fehlenden Rollen finden und nicht noch mehr abspringen.«

Sie kannte ihn nicht und wollte ihn nicht. Sein Geruch war falsch. Ein bisschen zu stechend und gleichzeitig nicht herb genug. Sein Lächeln reichte nicht bis zu den Augen, und seine Augen berührten ihre Seele nicht. Er war nicht hart oder stark genug, um sie zu beherrschen, aber er wäre es gern. Das machte ihn gefährlich.

Wie hatte es passieren können, dass sie sich am helllichten Tag in der Aula der Universität fürchtete? Es war immerhin noch Nachmittag, auch wenn es draußen bereits dunkel war und noch keine Adventskerzen brannten. Vor ein paar Wochen hatte sie sich auf einer SM-Party vollständig in Sicherheit gefühlt, obwohl dort Leute gewesen waren, die andere Leute ausgepeitscht hatten.

Auf der SM-Party hatte es Regeln gegeben. Das war der Unterschied. Hier gab es keine. Wenn sie existierten, waren sie unbekannt.

Tom streichelte weiter ihren Arm und kam näher. Um wegzulaufen, hätte sie ihn beiseite stoßen müssen. Er war bestimmt fast doppelt so schwer wie sie.

»Ich glaube, ich muss langsam auch los«, presste sie hervor und wunderte sich, wie sie in so eine Situation hatte kommen können. Sie hätte ihn nicht so anlächeln sollen. Vielleicht lag darin der Fehler. Und natürlich hätte sie nicht neben ihn treten und seinen Arm streicheln sollen. Klar, bei einer Freundin mit Liebeskummer hätte sie es getan, aber Tom war ein Mann. Ein fremder Mann, von dem sie so gut wie nichts wusste. Wenn sie ihm sagte, dass sie sich fürchtete, würde sie ihn damit beschämen.

War das hier der Preis? Hatte sie zugestimmt, als sie die Rolle der Titania annahm?

»Einen Moment hast du doch sicher noch Zeit, oder?«, fragte er leise. Sein Atem kitzelte ihr Ohr.

Sie zitterte. Ein seltsamer Impuls brachte sie dazu, den Kopf nach hinten zu drehen. Wich sie ihm damit aus? Oder bot sie ihm den

Hals dar, damit er sie küssen konnte, damit er sah, wie hilflos sie war? Wollte sie, dass er sie herausließ, oder sehnte sie sich danach, dass er sie hart gegen den Stapel mit Stühlen presste, mit seinem Kuss weitere Forderungen stellte, seine Hand unter ihren Pullover schob … und ihr Gewalt antat?

»Bitte …«, sagte sie.

Er schloss ihr die Lippen mit einem sanften Kuss. Es war nicht die harte und fordernde Geste, die sie halb ersehnt und halb gefürchtet hatte. Er sollte sie loslassen! Oder? Er war nicht ihr Typ! Er versuchte doch nur, an ihr den Frust darüber loszuwerden, dass seine Freundin ihn verlassen hatte. Sie wusste es und verabscheute ihn dafür.

Warum ließ dieser Gedanke einen Blitz durch ihren Unterleib schießen? Wie krank war das? Wie konnte sie sich davon erregen lassen?

Sie ließ die Augen geschlossen. Wenn Niklas ebenfalls käme, wie könnte sie sich dann zur Wehr setzen? Was könnte sie tun, wenn die beiden beschließen würden, ihr ihren Willen aufzuzwingen?

Es würde ihnen leichtfallen. Sie war kleiner als Tom und Niklas. Einer von ihnen könnte ihr die Hände auf dem Rücken festhalten, während der andere ihre Bluse aufriss und ihre Brüste enthüllte. Ein Schauder der Angst durchlief sie. Es würde nichts geben, was sie tun könnte. Sie müsste zulassen, dass man sie betatschte, die Hand in ihren BH steckte und vielleicht Schlimmeres tat. Wenn Tom sie von hinten festhielt, könnte er sein Gemächt an ihrem Hintern reiben und sie in den Hals beißen. Er könnte sogar …

Eine furchtbare Vorstellung.

In ihren Gedanken hatte sie immer geglaubt, dass sie einem Mann einen kräftigen Faustschlag in den Solarplexus versetzen würde, wenn er sie in eine Ecke drängte und zu küssen versuchte. Sie war zierlich, aber nicht schwach. Ballett trainierte alle vorstellbaren Muskeln im Körper und ein paar darüber hinaus.

Es funktionierte nicht. Sie konnte diese Faust nicht ballen. Stattdessen erwiderte sie mit der Zunge seinen Kuss. Sie wollte ihn nicht blamieren, so paradox das war. Es war ihre Schuld, dass es überhaupt so weit gekommen war. Sie war kein hilfloses Opfer, das vom Leben umhergeworfen wurde, sondern eine erwachsene Frau, die wusste, was sie wollte, und die ihren Weg ging. Also musste es ihre Schuld sein. Alles andere wäre unerträglich.

Und in diesem Moment wollte sie einen Weg finden, diese peinliche und unangenehme Kussszene zu beenden. Einen Weg, der weder ihn noch sie an Gesicht verlieren ließ.

Schließlich fand sie eine Lösung und riss ihren Kopf zur Seite. »Wir dürfen das nicht tun«, stieß sie hervor. »Ich habe einen Freund! Ich kann ihn nicht mit dir betrügen.«

Lautlos gratulierte sie sich dazu, wie elegant sie sich aus der Situation gelöst hatte. Natürlich hätte Kilian kein Problem damit, wenn sie mit einem anderen Mann knutschen würde (oder doch?). Aber dank dieser Formulierung, dank des *Wir* in »wir dürfen das nicht«, konnte sie vermeiden, dass Tom sich hinterher schuldig und schlecht fühlte.

Er öffnete die Arme nur zögernd, aber er ließ sie los und sie machte zwei hastige Schritte rückwärts zur Tür. Unwillkürlich sah sie sich um, um sicherzustellen, dass Niklas nicht zwischen ihr und der Tür stand, doch er war mit den Bühnenvorhängen beschäftigt und stellte irgendetwas damit an.

Fast bedauerte sie es.

»Dann sollten wir das besser lassen«, sagte Tom mitleidig.

Sie zuckte mit den Schultern und machte ein trauriges Gesicht. »Ja, Treue geht vor, nicht wahr? Na ja, mach's gut, bis nächste Woche. Und nichts für ungut, ja?«

»Kein Problem.« Tom steckte die Hände in die Hosentaschen.

»Ich muss wirklich los.« Sie hasste sich dafür, dass ihre Stimme zu hoch und zu schnell war. »Zu ihm. Nicht, dass er was Falsches von mir denkt, du verstehst? Er ist sehr eifersüchtig. Tschüss! Bis nächste Woche.«

»Mach's gut.«

Sie ging rückwärts zur Tür, griff nach Mantel und Rucksack und verließ die Aula. Im Treppenhaus drückte sie die Tür voller Herzklopfen zu und holte tief Luft. Sie presste den Fuß gegen die Tür, damit niemand ihr folgen konnte, und zog den Mantel an. Die Treppen bewältigte sie so schnell wie möglich, ohne zu rennen. Draußen lief sie zu ihrem Fahrrad. Inzwischen war es dunkel geworden und der Dynamo funktionierte wegen der Nässe nicht. Egal. Sie warf das Schloss in den Fahrradkorb, stellte den Rucksack darauf und trat so fest in die Pedale, wie sie konnte.

Auf dem Heimweg fuhr sie diverse Umwege und hielt mehrere Male an, um sich umzublicken. Niemand folgte ihr.

BALANCEAKT

Der Käse auf Jennifers Pizza zerlief, färbte sich aber noch nicht braun. Mica hatte ihre restlichen Salzkartoffeln von gestern in die Mikrowelle gelegt und spülte den kleinen Kochtopf, in dem sie sie über Nacht gelagert hatte.

Wie immer rief Micas Perfektion ihr schmerzhaft ins Bewusstsein, dass sie niemals mit ihr mithalten könnte. Musste man den Topf in den drei Minuten abwaschen, in denen die Mikrowelle lief? Hätte man das nicht nach dem Essen erledigen können? Nachher würde sie ohnehin erneut abwaschen, um ihren Teller und das Schälchen mit dem Kräuterquark nicht antrocknen zu lassen.

»Sag mal, Mica, du hast doch inzwischen ein bisschen Ahnung von BDSM. Kann es sein, dass eine Sub etwas Schlimmes erlebt, was sie nicht will, und davon wird sie heiß?« Es war inzwischen zwei Stunden her, aber der Kuss in der Aula spukte weiterhin durch ihren Kopf. Hatte er ihr gefallen oder Angst gemacht?

Sie hatte nicht Nein gesagt. Sie hatte nicht mal in Erwägung gezogen, Nein zu sagen, obwohl sie es nicht gewollt hatte. Sie hatte ihn trösten wollen, weil er so traurig aussah, weil das ganze Theaterprojekt vor die Hunde ging. Wer A sagte, musste auch B sagen.

Im Grunde hatte sie es provoziert. Sie war länger geblieben als die anderen und hatte seine Nähe gesucht. Der Körperkontakt war am Anfang von ihr ausgegangen. Sie hatte ihre Hand auf seinen

Arm gelegt. Nichts anderes hatte er danach bei ihr getan. Wenn daran etwas Böses war, war sie mindestens so böse wie er. Es gab keinen Grund, ihm Vorwürfe zu machen. Es spielte keine Rolle, dass sie sich vor dem nächsten Treffen fürchtete. Der Fehler lag bei ihr.

Mist. Mica hatte etwas gesagt, und sie hatte es nicht verstanden, weil sie geträumt hatte. Sie hasste es, wenn das passierte. »Was hast du gerade gesagt?«

»Ich finde es mies, wenn man jemand anderem seinen Willen aufdrückt«, sagte Mica und ihre Augen funkelten. Sie schloss die Mikrowelle mit einem Knall und stellte ihren Teller zu heftig auf den Tisch. Das war untypisch für sie.

»Das scheint dich richtig aufzuregen«, sagte Jennifer erstaunt.

»O ja!« Sie holte die Kräuterquarkschale aus dem Kühlschrank und knallte sie neben ihren Kartoffelteller. »Bleib sitzen, ich hol deine Pizza. Sie müsste fertig sein.«

»Das kann ich selbst …«

Sie holte das große Servierbrettchen aus dem unteren Schrank, öffnete den Backofen und zog die Pizza mit zwei Fingerspitzen vom Backpapier auf das Brettchen. Mit dem Pizzaroller zerteilte sie die Pizza mit entschiedenen Bewegungen in acht nahezu gleich große Stücke.

Jennifer zuckte mit den Schultern. Manchmal hatte Mica solche Anfälle. Obwohl sie bei sich jede Kalorie zählte und überflüssiges Dressing mit einer Küchenrolle von ihrem Salat tupfte, machte es ihr große Freude, für andere Leute fettig und kalorienintensiv zu kochen. Das hier war anscheinend eine Abwandlung davon.

Endlich setzte sie sich an den Tisch. Jennifer begann zu essen.

Micas Augen blitzten immer noch. »Eine Sub gibt sich in die Hand des Doms und vertraut ihm. Das heißt, er muss diesem Vertrauen gerecht werden. Vielleicht macht es ihm Spaß, Dinge zu tun, die sie nicht will und die ihr Angst machen, aber das darf er nicht. Wenn ich Dom wäre, würde ich niemals …«

»Du redest von Verantwortung und davon, dass ein Dom nie etwas gegen den Willen der Sub tun darf«, unterbrach Jennifer. »Ich rede nicht von Kilian, und streng genommen war es auch kein SM. Was ist, wenn ich so verdreht bin, dass es mir auf kranke Weise gefällt, wenn jemand mich gegen meinen Willen zwingt? Was tu ich dann bloß? Auf diese Weise ist man doch nicht überlebensfähig.«

Mica hörte auf zu kauen und matschte mit ihrer Gabel in den Kartoffeln herum. Sie schluckte. So, wie sie dabei ihr Gesicht verzog, hatte sie vorher nicht aufgekaut. »Ich weiß es nicht. Aber wenn dir jemand etwas tut, sollte er verdammt aufpassen, dass er mir nicht in die Hände fällt. Das ist meine Meinung dazu.«

In Jennifers Kopf war wieder Tom, der sie gegen den Stuhlstapel presste und mit seiner Zunge ihre Lippen auseinanderdrückte. Sie hatte nicht Nein gesagt. Aber sie hatte es nicht gewollt. Hatte ihre devote Ader ihr eine Falle gestellt? Ihr Höschen war vor lauter Angst feucht geworden. Wie passte das zusammen? Es war so peinlich, dass sie es niemals jemandem verraten würde.

Mica musste ihren Gesichtsausdruck falsch gedeutet haben. Sie ließ die Fingerknöchel knacken.

Bis heute hatte Jennifer nicht gewusst, dass Mica das konnte. Es rührte sie. »Ich wusste gar nicht, dass du Karate kannst«, neckte sie.

Micas Augen blieben ernst. »Hat das jemand bei dir getan, Jennifer?«, fragte sie. »Hat jemand deine Grenzen überschritten? Auch wenn du devot bist, darf das niemand tun, wenn du nicht einverstanden bist.«

Sie schüttelte den Kopf.

»Wirklich nicht?«, bohrte sie nach. »Ich weiß, wie groß die Versuchung als Dom sein kann, wenn der andere es zu wollen scheint. Ich … Das ist egal, das gehört hier nicht hin. Aber niemand darf dir wehtun, wenn du vorher nicht dein Okay gegeben hast. Das geht nicht, klar? Sonst werd ich sauer.«

»So war es nicht!«, sagte Jennifer, obwohl sie sich nicht sicher war. Mehr würde sie nicht erzählen, sonst würde Mica versuchen, ihr das Theaterstück auszureden, und das durfte nicht passieren. Eigentlich war der Abend total harmlos gewesen. Tom hatte nichts Verbotenes getan. Außerdem würden er und sie auf der Bühne ein Liebespaar darstellen. Sie sollte das professionell sehen. Im Grunde war es nur eine Art Probe für das Theaterstück gewesen. Mehr nicht. Sie war nicht aus Zucker und würde darüber hinwegkommen.

Mica wirkte nicht überzeugt, aber sie zerteilte eine weitere Kartoffel mit der Gabel und holte mit der Messerspitze etwas Quark aus dem Schälchen. Zumindest fragte sie nicht weiter.

Für eine Sekunde sah Jennifer den Spiegel mit den drei kaputten rosa Lämpchen vor ihrem inneren Auge. Ihr Gesicht war schmaler und dreieckiger. Sie trug eine Krone aus Efeu und Diamanten und hatte Flügel auf dem Rücken. Zwei Schauspieler warteten darauf, ihre Schleppe zu tragen und aufzufangen, wenn sie sich bei ihrem Solo lösen würde und nur ihre Silhouette in einem einzelnen Spotlight verbleiben würde, wenn sie zum Spitzentanz die Arme hob.

Mica krampfte die Faust um ihre Gabel.

»Ich mag es nicht, wenn ein Mann mit mir schlafen will«, sagte Jennifer leise, um einen Weg durch das Chaos zu finden.

»Magst du vielleicht lieber Frauen?«

Jennifer fühlte die Hitze in ihr Gesicht steigen. »Wie kommst du denn auf den Unsinn?«

»Nur ein Gedanke. Vielleicht irre ich mich.« Sie kratzte die Reste auf ihrem Teller zusammen. Ihr Blick wanderte zu dem Küchenkalender mit den kleinen Katzen. Sie hatten das Bild seit September nicht mehr geändert. Früher hatte Mica sich stets darum gekümmert.

»Es ist unpassend.«

»Mit Frauen?«

»Hör doch auf damit! Ich bin nicht lesbisch. Ich rede von Männern und versuche, etwas in Worte zu fassen, was ich nicht greifen kann, klar?« *Unpassend* war nicht das richtige Wort. Mit Männern war es verboten. Sie sollten die Finger von ihr lassen, sie musste tanzen. Fliegen. Den Körper eines jungen Mädchens behalten, niemals erwachsen werden, niemals.

Was für ein verdrehtes Zeug in ihrem Kopf.

»Er hat mir die Rolle der Titania gegeben«, sagte Jennifer leise. »Ich werde tanzen.« Sie schwieg. Kein Wunder, dass es verboten und böse war. Kein Wunder, dass sie zitterte.

»Möchtest du eine Tasse Tee?«

»Würdest du?«

»Na klar.« Mica trug ihren Teller zur Spüle, füllte den Wasserkocher und schaufelte Jasmin-Tee in die Teefilter.

Langsam ging es Jennifer besser, und sie begriff, dass sie überreagiert hatte. Der Fehler lag auf ihrer Seite, denn sie war verdreht und falsch. Unfähig zur Liebe. Ein Mädchen ohne eigene Sexualität, seit vielen Jahren in den grauen Nebel eingewoben, der sie schützend umgab.

Mica stellte sich hinter sie, legte die Hand auf ihre Schulter und ließ zu, dass Jennifer ihre Hand darauf legte.

Jennifer genoss die Wärme der Berührung, schüttelte aber trotzdem den Kopf. Ganz leicht nur, damit Mica es nicht sah. Sie fühlte, wie sich die Dornenhecken der Veranda ihrer Kindheit um sie schlossen, der graue Nebel aus den Schatten nach unten sank und Felix sich von ihr abwandte.

»Du solltest Saskia wiedertreffen«, sagte Mica leise. »Sie hat dir gutgetan. Wenn du es annehmen würdest, würde ich dir auch den Ballettunterricht bezahlen, mit meinem neuen Nebenjob könnte ich es mir leisten. Es tut dir nicht gut, dass du damit aufgehört hast.«

Jennifer drückte ihre Hand. »Du hast nicht mehr Geld als ich.«

Mica brummte. »Ich habe einen Job.«

Jennifer seufzte tief und schüttelte den Kopf. Das Ballett war verboten.

Mica drückte weiter ihre Hand.

Vielleicht hatte sie recht. Von Saskia und ihrer Tanzschule mit den großen Spiegeln wussten weder ihre Eltern noch Felix etwas, also konnten sie ein solches Treffen nicht verbieten. Saskia roch nicht nach Spiegelscherben und Stacheldraht, sondern nach Honig, Zimt und Moschus.

*

In den kommenden Wochen ging Jennifer Saskia trotz Micas Ratschlag aus dem Weg. Sie hatte Kilian gegenüber ein schlechtes Gewissen, als ob sie ihn mit Tom und Saskia gleichzeitig betrogen hätte. Außerdem gab es andere Dinge, über die sie nachdenken musste. Weihnachten rückte näher und sie würde nach Hause fahren müssen. Warum bloß hatte sie sich nicht rechtzeitig auf ein einjähriges Auslandspraktikum in Finnland beworben, um aus dem Weg zu sein?

Sie traf sich weiterhin mit Kilian. Von ihrem zweiten Date mit Saskia erzählte sie ihm so wenig wie vom ersten. Bestimmt wusste er es trotzdem. Saskia hatte ihm mit Sicherheit davon erzählt. Er fragte nie nach und erwähnte Saskia so selten wie vorher.

Manchmal grübelte sie darüber, warum Kilian gewollt hatte, dass Saskia und sie sich auf der SM-Party kennenlernten. Saskia war mit Sicherheit neugierig auf SM, aber sie hätte von sich aus nicht danach gefragt, Jennifer kennenzulernen. Sie suchte keine Konfrontationen.

Konnte es sein, dass die Idee für das Kennenlernen in Wahrheit von Kilian gekommen war? Was hatte er damit beabsichtigt? Vielleicht hatte er keine Lust mehr auf die ständige Geheimhalterei und hoffte, dass er ein friedliches Leben mit seinen zwei Frauen führen konnte. Wollte er, dass Saskia und Jennifer sich so sympathisch fanden, wie es tatsächlich der Fall war?

Auch wenn es immer noch ein komisches Gefühl war, wenn sie ihr Spiegelbild ehrlich befragte. Das musste nicht schlimm sein. Natürlich war es unüblich und entsprach nicht dem, was die Leute für normal hielten. SM war auch nicht normal und gefiel ihr trotzdem. Dreierkonstellationen waren in der SM-Szene nicht ungewöhnlich.

Manchmal, in den dunklen Stunden vor dem Einschlafen, wenn die Winterdepression zuschlug, fragte Jennifer sich, ob Kilian für sein Verhalten in Wahrheit einen anderen Grund hatte. Hatte er gehofft, dass Saskia und sie eifersüchtig um seine Gunst buhlen würden und er sich als Hahn im Korbe von zwei Seiten umschwärmt fühlen würde? Zögerten sie und Saskia deswegen damit, Kilian gegenüber zu erwähnen, dass sie sich zu zweit trafen?

In Sessions gefiel es ihr auf verdrehte, SM-ige Art, wenn er sie demütigte und ihr klarmachte, dass er sie körperlich nicht begehrte und sie sein Schlafzimmer nie betreten würde. Es war eine Demütigung, die ihr sexuell gefiel, warum auch immer.

Das reale Leben war anders. Darin gefiel es ihr auf Dauer nicht, die Nummer zwei zu bleiben. Sie wollte nicht mit Saskia um einen Mann konkurrieren, wenn Saskias Lächeln ihre Träume erhellte und Saskia sie als Drachenreiterin gemalt hatte.

Ohne Kilian gefiel Saskia ihr um einiges besser. Sie trug ihren Kopf aufrechter und ihre Augen leuchteten stärker. Es verunsicherte Jennifer bis ins Mark. Sie wollte nicht an sie denken und tat es die ganze Zeit. Wenn sie ihr Zimmer aufräumte (und das tat sie sonst sehr unregelmäßig), fragte sie sich, was Saskia von ihrer Schuhsammlung halten würde und davon, dass sie ihre Fensterbank mit Sachen zumüllte, die auf ihrem Schreibtisch keinen Platz mehr hatten. Wenn sie am Balken des Hochbetts Dehnübungen für das Gleichgewicht beim Tanzen machte, fragte sie sich, ob Saskia die Choreografie gefallen würde, wenn der *Sommernachtstraum* endlich bis zur Aufführung gelangte.

Die Projektgruppe schien inzwischen tatsächlich zu funktionieren. Bei den Proben ging sie Tom aus dem Weg und er respektierte es, auch wenn er ihr immer wieder böse Blicke zuwarf und sich als Oberon bei den Proben zu dicht an sie heranstellte. Er hatte tatsächlich zwei Männer aus seinem Bekanntenkreis dazu gebracht, sich der Gruppe anzuschließen, sodass Wiebke und Angela ihren Lysander und Demetrius bekamen. Jennifer hatte damit begonnen, ihre Rolle auswendig zu lernen, und manchmal sang sie beim Fahrradfahren die Texte leise vor sich hin.

Je näher Weihnachten rückte, desto schlechter ging es ihr, obwohl es objektiv keinen Grund dafür gab. Ihr Leben war schön. Sie hatte einen fähigen Dom, bei dem sie abschalten konnte, ein Studium, ein Dach über dem Kopf und eine nette Mitbewohnerin. Sie arbeitete bei einem Theaterprojekt mit, bei dem sie zum ersten Mal jenseits einer Schülerdarbietung der Ballettschule vor einem Publikum tanzen konnte. Sie müsste glücklich sein. Trotzdem hatte sie das Gefühl, dass die graue Decke aus Nebel sich mit jedem Tag schwerer auf sie herabsenkte. Sie quetschte ihr Herz ein und ruinierte ihr Blickfeld auf die Menschen um sie herum.

Sie konnte keinen Grund für ihre immer trüber werdende Stimmung und Gleichgültigkeit finden, außer dass es Winter wurde. Wahrscheinlich handelte es sich bei ihrem Blues um eine Art Winterdepression. Wenn sie sie ignorieren könnte, würde sie von allein verschwinden. Bestimmt kam die schlechte Laune daher, dass es kalt war, aber noch nicht geschneit hatte.

Die letzten Pflichtleistungen für die Uni waren erbracht oder verschwitzt worden. Die letzten Vorlesungen hatten stattgefunden, bevor sich alle für zwei Wochen in die Weihnachtspause verabschiedeten. Jennifer würde für drei Tage nach Hause fahren, bevor sie am 27. Dezember als Vertretung für ihren alten Chef im Fitnessstudio begann. Das würde sie ihren Eltern gegenüber nicht erwähnen. Sie hätten ihr verboten, wieder zu jobben, damit sie mehr Zeit für die Uni hätte. Egal. Jennifer schaffte es nicht, nur vom BAföG-Regelsatz zu leben. Manchmal brauchte sie neue Schuhe. Außerdem wollte sie wieder mit Ballettunterricht für Amateure anfangen. Daher verschwieg sie den neuen Job und behauptete, sie müsste ab dem 27. wieder für die Uni lernen. Ein bisschen würde sie das sicher auch tun.

Am letzten Abend war Mica nicht da. Jennifer fiel die Decke auf den Kopf und sie wurde immer rastloser. Dreimal packte sie ihre Reisetasche aus und viermal wieder ein, bis der gesamte Inhalt ihres Kleiderschranks über das Zimmer verteilt war. Sie setzte sich auf den Boden und fragte sich hilflos, wie sie alles aufräumen sollte. Natürlich war es überflüssig und albern, deswegen zu weinen, aber das Wissen um ihre Unfähigkeit machte es nicht besser. Es bewirkte nur, dass sie sich noch mieser fühlte als ohnehin. Warum war Mica nicht da? Sie hätte sie gebraucht! Nicht zum Reden, aber zum Teetrinken. Sie hätten Miss-Marple-Filme gucken können. Stattdessen musste sie sich mit dieser blöden Alex treffen, dieser Physikstreberin.

Jennifers Blick glitt zur verbotenen Schreibtischschublade. Sie würde es nicht tun. Sie konnte sich beherrschen. Sie war seit Jahren darüber hinweg und längst gesund. Sie würde … Sie würde sich die Fingernägel feilen, genau. Von so einem kleinen schwarzen Loch ließ sie sich nicht unterkriegen.

Sie holte die Nagelschere aus dem Badezimmer und setzte sich aufs Sofa. Eine Kerze fehlte noch. Sie zündete sie an und setzte sich wieder. Gehörte die Nagelschere in die linke oder in die rechte Hand? Sie war Rechtshänderin. Besser, sie nahm auch die Schere in die rechte Hand. Sie öffnete und schloss die Schneiden. Was hatte sie damit vor? Ihre Fingernägel schneiden? Aber …

Vorsichtig glitt sie mit der Spitze der Klinge über den linken Arm. Vorsichtig. Sie würde es nicht tun. Dafür war die Klinge nicht scharf genug. Es würde wehtun.

Sie sehnte sich nach dem Schmerz. Sie konnte nichts mehr spüren, war tot, längst gestorben. Wenn sie die Klinge ein wenig härter über die Haut gleiten ließ, würde es wehtun. So. Schneiden würde sie nicht. Nur ein klein wenig Schmerz, damit sie spürte, dass sie noch am Leben war. Ritzen würde sie nicht. Ohne Desinfektion wäre das ungesund, und das Desinfektionszeug stand nicht auf dem Tisch. Es lag hinter dem Bastelcutter in der Schublade, wo es niemand finden würde. Wenn sie die Klinge nicht vorher desinfizierte, würde sie es nicht tun. So einfach war das.

Außerdem brannte es nicht genug, wenn man die blutende Stelle anschließend nicht desinfizierte.

Als sie aufstand und zur Schublade ging, hielt sie inne. Was tat sie? Sie hatte sich geschworen, es nie wieder zu tun.

Aber …

Nein. Das war vorbei. Wütend warf sie die Nagelschere in die Ecke, zwischen die über das Zimmer verteilten Kleidungsstücke, und griff nach dem Handy. Wählte Saskias Nummer. Vielleicht hatte sie Zeit, um mit ihr … Kaffee trinken zu gehen oder so. Kilian würde sie nicht anrufen. Der hatte spontan grundsätzlich keine Zeit für sie, hatte er zu Anfang erklärt. Er rief sie an, nicht umgekehrt, und er hatte keine Lust auf Geheule, wenn es ihr schlecht ging. Er mochte es unverbindlich, hatte er gesagt, und Jennifer hatte genickt.

Es tutete viermal, fünfmal, sechsmal. Beim achten Mal legte sie enttäuscht auf und ließ das Handy auf den Boden zwischen die schwarzen Kleidungsstücke fallen. Die würden den Fall abfedern. Wenn der Akku herausfiele, wäre es auch egal.

Was sollte sie tun? Warum nur ging es ihr von einer Sekunde auf die andere so dreckig? Ihr Leben war doch gut und morgen würde sie ihre Mutter und die anderen wiedersehen, da konnte sie sich freuen, statt heulen zu müssen.

Trotzdem sank sie zu Boden, raffte einen Rock und verbarg ihr Gesicht darin. Sie hatte keine Lust, nach einem Taschentuch zu suchen, die Nebeldecke war zu schwer geworden. Es war nicht mehr zum Aushalten. Die Kraft reichte nicht mal mehr, um aufzustehen und zur Schublade zu gehen. Dieser Gedanke brachte die Tränen dazu, endlich zu fließen.

In diesem Moment klingelte das Handy.

13

VERFÜHRERISCHER BESUCH

Lustlos angelte sie nach dem Mobiltelefon, um das Klingeln zum Schweigen zu bringen. Es war bestimmt ihre Mutter, die wissen wollte, wann sie morgen käme. Doch der Name auf dem Display passte nicht.

Es war Saskia.

»Hallo?«, fragte Jennifer mühsam und versuchte, sich daran zu erinnern, wie man Worte bildete und sich unterhielt.

»Hallo? Jennifer, bist du das?« Saskias Lächeln schien durch das Telefon bis in das chaotische Zimmer zu strahlen.

»Ja, bin ich.« Sie fragte sich, warum Saskia so ekelhaft glücklich klang. Es war viel zu anstrengend, sich mit solchen Gefühlen zu belasten. Konnte sie nicht wieder auflegen?

»Es tut mir leid, dass ich eben nicht rangegangen bin. Ich bin gerade erst in die Wohnung gekommen und war nicht schnell genug. Was gibt es?«

»Weiß ich nicht«, nuschelte Jennifer ins Telefon. »Ach ja. Ich wollte dich fragen, ob du Kaffee trinken magst. Genau.«

»Klar.« Wie schaffte Saskia es bloß, so zu lächeln, dass man es durch das Telefon hindurch hören konnte? »Wann denn?«

»Heute Abend.« Das hatte sie vorhin fragen wollen. Heute Abend. Ein letzter Gruß aus der freien Welt, bevor sie zurück ins Gefängnis musste, das sie ersticken ließ.

»Klar, warum nicht. Wo willst du hingehen?«

»Jetzt gleich?«, fragte sie entsetzt und sah sehnsüchtig zur Schublade. »Ich muss doch packen! Morgen fahre ich zu meinen Eltern.«

Für einen Moment nahm sie verwirrte Stille auf der anderen Seite wahr. »Aber … eben hast du gesagt, du möchtest heute Abend Kaffee trinken gehen?«

Sie fing an zu weinen und wischte die Tränen mit dem Rock aus den Augen, schniefte in den Stoff und hasste sich dafür, dass sie das Kleidungsstück ruinierte.

»Jennifer?«, fragte Saskia leise. »Ist irgendwas?«

Sie schüttelte den Kopf und scherte sich nicht darum, dass Saskia das durch die Leitung nicht sehen konnte. »Alles okay«, sagte sie. »Mir geht es bloß nicht so gut.«

»Soll ich vorbeikommen?«

Sie schüttelte wieder den Kopf. »Ich schaffe das schon«, sagte sie leise. »Ich kriege das hin. Ich habe all meine Kleidungsstücke über das Zimmer verteilt, und gleich packe ich sie in die Reisetasche. Vorher muss ich sie noch zusammenlegen. Morgen früh fahre ich zu meinen Eltern, verstehst du? Dafür muss ich die Sachen natürlich zusammenlegen.«

Es fiel ihr schwer, diese Sätze zu formulieren. Sie schniefte ein weiteres Mal in den Rock. Am anderen Ende des Netzes schien Saskia zu überlegen und die Dinge in ihrem Kopf zusammenzusetzen. »Weißt du was?«, sagte sie schließlich. »Ich komme einfach zu dir und wir trinken den Kaffee trotzdem. Was hältst du davon?«

»Ich muss packen!«

»Dabei kann ich dir helfen.«

»Ich habe nicht aufgeräumt.«

»Das stört mich nicht. Wo wohnst du?«

Sie verriet ihr die Adresse. »Du musst nicht kommen, Saskia!«

»Nö, muss ich nicht. Ich habe Lust, deswegen komme ich trotzdem. Soll ich Kaffee mitbringen oder hast du welchen da?«

»Wir haben Cappuccino-Pulver.« Jennifer blickte sich betäubt im Schlachtfeld ihres Zimmers um.

»Das ist wunderbar, das reicht völlig. Bis gleich. Wir machen uns einen schönen Abend, ja?«

»Bis gleich.« Jennifer beendete das Gespräch. Wollte Saskia wirklich vorbeikommen? In dieses Chaos?

Sie schnäuzte sich erneut die Nase mit dem Rock, darauf kam es nicht mehr an, und warf ihn in den Rattanwäschekorb. So schnell wie möglich stopfte sie Sachen in die Reisetasche und warf den Rest hinter den Vorhang, hinter dem sie Schuhe und anderen Kleinkram aufbewahrte.

Als es klingelte, realisierte sie, dass sie stattdessen hätte Wasser aufsetzen können.

Sie fuhr durch die Haare und ging zur Tür. Mist. Die Haare hätte sie kämmen können. Überhaupt, wie sah das Zimmer aus? Die ganze WG war in keinem Zustand, in dem man die Freundin des Nicht-ganz-Freundes bewirten könnte. Trotzdem stand sie vor der Tür. Es gab kein Zurück.

Sie begrüßten sich. Saskia wirkte beinah so verlegen, wie Jennifer sich fühlte.

»Ich habe kein Wasser aufgesetzt.«

»Ich habe unterwegs zwei Latte macchiato gekauft, aber bei dem Bordstein zwei Straßen weiter bin ich zu schnell gefahren und sie sind aus dem Fahrradkorb gefallen«, sagte Saskia verlegen. »Sieh nur, meine Jacke und Hose sind nass geworden.«

Beim Lachen ließ Jennifers Anspannung nach. Sie nahm Saskia die dicke Jacke ab und hängte sie an die übervolle Garderobe. »Es tut mir leid, dass es so unordentlich ist«, sagte sie.

Saskia blickte sich um und warf einen Blick durch die geöffnete Küchentür. »Geht doch. Bei uns sieht es oft viel schlimmer aus.«

»Die restliche Wohnung ist in Ordnung, meine Mitbewohnerin hat einen Putztick. Aber mein Zimmer ist eine Katastrophe.«

»Ich möchte dein Zimmer trotzdem sehen, wenn ich schon hier bin.«

Jennifer nickte und seufzte. »Lass mich Wasser für Cappuccino aufsetzen, ja? Oder möchtest du Tee?«

»Cappuccino wäre super.«

Als sie das Wasser aufgesetzt hatte, lenkte Saskia sie zurück in den Flur. Die Gnadenfrist war verstrichen. Sie steuerte nach links und öffnete die Tür. Saskia blickte sich um.

Diesen Augenblick fürchtete Jennifer seit vielen Jahren. Das Zimmer verriet jedem Besucher, wer und was sie wirklich war. Es war unordentlich und hatte keine Struktur, keine extravaganten Details, die Stil verrieten, und Staub hatte sie zum letzten Mal im Sommer gewischt. Wenn sie die Wohnung verließ, war sie gut gekleidet und frisiert, aber das Zimmer verriet, dass die Fassade eine Tarnung war. In Wahrheit gab es nichts, was an ihr schön war. Sie war eine unstrukturierte und unfähige Studentin im Garten- und Landschaftsbau, die eine Höllenangst davor hatte, einen Abschluss zu erwerben und in dem Beruf tatsächlich arbeiten zu müssen.

»Diese Stange benutzt du, um für das Ballett zu trainieren, oder?« Saskia legte die Hand an den Hochbettbalken, der ihr Zimmer in der Mitte blockierte.

Damit hatte sie nicht gerechnet. »Du hast recht.« Jennifer stellte sich neben die Stange und beugte sich nach vorn, während sie das linke Bein langsam hob. Sie breitete den linken Arm aus und ließ mit dem rechten die Stange los, um die Figur zu vervollständigen. So schwebte sie auf dem rechten Fußballen und atmete langsam aus, um die Figur nach Möglichkeit zehn Sekunden zu halten. Nach acht Sekunden begann sie zu wackeln, griff nach dem Balken und stellte sich normal hin. »Ich bin nicht im Training«, entschuldigte sie sich für den uneleganten Abschluss. Außerdem kämpfte sie noch immer gegen die graue Nebelwolke, auch wenn sie es nicht aussprach.

»Dafür, dass du nicht im Training bist, bist du ganz schön beweglich!« Saskia griff nach der Stange und versuchte, die Figur nachzuahmen, doch sie bekam nicht mal ihr Bein weit genug nach oben. Wenn Jennifer nicht nach ihrem Arm gegriffen hätte, wäre sie vielleicht sogar gegen den Balken gefallen. »Und jetzt sagst du mir, was mit dir los ist.«

»Gar nichts.« Jennifer schüttelte den Kopf. »Alles ist normal.«

Saskia schüttelte ebenfalls den Kopf. »Das glaube ich dir nicht. Ich kenne dich inzwischen ein bisschen, und heute bist du nicht du selbst.«

»Natürlich bin ich das.« Jennifer lachte bitter. »Du kennst mich kaum. Heute bin ich mehr ich selbst als sonst, weil ich mich heute nicht verstelle. In Wahrheit bin ich eine depressive Loserin. Normalerweise täusche ich bloß vor, dass ich anders bin, und du hast es geglaubt.«

»Ts«, machte Saskia unwillig. »Red keinen solchen Mist.«

Jennifer schüttelte den Kopf. Sie wollte sich aufrichten und Saskia einen eiskalten Blick zuwerfen, der ihr sagte, dass sie sich irrte, doch ihr fehlte die nötige Körperspannung. Sie ließ den Kopf hängen. »Du kennst mich noch nicht richtig, Saskia. Sonst würdest du mir glauben.«

Saskia schnalzte missbilligend mit der Zunge und schüttelte den Kopf. »Den Unsinn glaubst du selbst nicht.«

»O doch.«

Langsam ging Saskia um sie herum. »Ich glaube dir, dass du sehr fertig bist. Ich glaube, dass irgendetwas in dir so traurig ist, dass es alles andere überlagert, und dass du zu schwer an diesem Gewicht trägst. Es presst dich nieder, bis du nichts anderes mehr spüren kannst. Aber ich glaube dir nicht, dass das alles ist, was dich ausmacht.«

»Woher willst du das wissen?« Jennifer verschränkte die Arme.

»Vielleicht erkenne ich es, weil es mir manchmal ähnlich geht.« Saskia imitierte die Haltung und verschränkte die Arme ebenfalls. Der schief gelegte Kopf ließ es wirken, als ob sie Jennifer liebevoll verspottete.

Jennifer machte einen halben Schritt nach hinten.

»Ich würde dich gern malen.«

»Deswegen bist du also gekommen?«

»Nein, natürlich nicht. Jetzt, wo ich dich sehe, möchte ich dich malen. Du bist so … so schön und traurig. Keine Drachenprinzessin, sondern etwas anderes. Du bist voller stiller Würde, während du gleichzeitig einen Schmerz trägst, der zu alt und grausam für dich ist. Beim ersten Blick auf dich wünscht man sich, dir die Last abzunehmen und sie für dich zu tragen, denn du bist so zierlich und elfenhaft. Du solltest eine solche Last nicht tragen müssen. Aber wenn man genauer hinsieht, merkt man, dass man das nicht darf. Denn wenn man dir deine Last abnehmen würde, würde man dir damit auch deine Würde rauben, die darin liegt, dass du es schweigend trägst und dein Rücken immer noch anmutig und gerade ist.«

Jennifer schluckte. So hatte sie noch nie jemand beschrieben.

»Ja, so würde ich dich gern malen. Ich frage mich, ob es möglich ist, ein Bild von dir zu erschaffen, das diese Dinge auch einem fremden Betrachter vermittelt, der dich nie gesehen hat.«

»Wie kommst du darauf, all diese Dinge in mich hineinzuinterpretieren?« Jennifer wollte zurückweichen. Stattdessen machte sie einen halben Schritt auf Saskia zu.

»Vielleicht will ich sie sehen, weil sie dich schöner machen«, gab Saskia zu. »Ich mag Schönheit, und du bist schön. Wunderschön. Voller Tiefe und Traurigkeit.«

»Und das würdest du malen wollen?«

Saskia nickte und neigte den Kopf zur Schulter. »Du hast einen schönen Körperbau, der es leicht machen würde. Deine Taille ist fest. Dein Busen ist klein und rund, und deine Schultern sind muskulös und gehen auf angenehme Weise in deine Arme über. Dein Hals ist schlank und die Schatten über deinem Schlüsselbein sind vollendet. Außerdem hast du feine, zarte Gesichtszüge. Ja, ich würde dich gern porträtieren.« Während sie sprach, glitten ihre Finger federleicht über Jennifers Körper und zeichneten die Linien nach, die sie mit ihren Worten malte.

Es war ein seltsames Gefühl. Anders, als wenn ein Mann sie streichelte. Besser. Männer hatten sie berührt, wenn sie ihren Körper sexy fanden und besitzen wollten. Saskias Finger wollten nicht vereinnahmen, sondern verstehen. Die Linien des Körpers und das, was sie dahinter verbarg und nicht verstand, weil sie es immer verdrängte.

Jennifer erschauderte und hielt still. Langsam hob sie die Hände und legte sie auf Saskias Hüften, wanderte mit den Fingern über Saskias Bauch und versuchte, sie ebenfalls auf diese wortlose und tiefe Art zu verstehen.

Mit einem lauten Knall gab die Glühbirne den Geist auf. Jennifer zuckte zusammen, als sich die Dunkelheit um sie schloss und all die Dinge verborg, die vorher offensichtlich waren. Mit einem Mal schien alles möglich, und das Verborgene war bereit, sich zu zeigen.

Sie küsste Saskia. Es ging ganz leicht. Sie hob ihre Arme, legte sie um Saskias Hals und zog sie an sich, bis ihre Lippen sich berührten und Saskias Zähne an ihre knallten, weil sie sie zu heftig an sich gerissen hatte. Saskias Hände glitten auf ihre Taille. Sie zog Saskia enger an sich und genoss es, zurückgeküsst zu werden. Saskias Zunge war heiß und feucht.

»Das ist kein Fremdgehen, oder?«, fragte Saskia, als sie voneinander abließen, um Luft zu holen.

Jennifer wollte nicht daran denken. Es war ihr völlig egal. Letztlich war sie mit Kilian nicht zusammen und schuldete ihm keine Treue. Und sie wollte nicht, dass es aufhörte, dafür fühlte es sich zu gut an. »Nein, es ist kein Fremdgehen«, sagte sie daher. »Wir tanzen bloß miteinander. Vorsichtig und liebevoll, schließlich bist du Tanzlehrerin. Lehre mich, wie man richtig tanzt, Saskia! Denn ich glaube, ich habe es vergessen.«

Saskias Hand glitt unter ihren Pullover und fuhr über ihren Bauch.

Jennifer stöhnte auf. Sie öffnete ihre Beine und schlang das linke um Saskia. Presste sich eng an sie und rieb sich an ihr.

»Du hast vergessen, wie man tanzt?«, flüsterte Saskia fast unhörbar.

Jennifer streichelte über ihren Hintern und krallte sich in den Jeansstoff. Sie küsste Saskias Schultern, atmete den Zimt- und Honigduft ein und presste die Nase an ihren Hals. Dort nickte sie, damit Saskia die wortlose Antwort auch im Dunkeln verstehen konnte.

»Wenn du tanzen willst … Wenn du wirklich tanzen willst, so schön und einzigartig, wie nur du es kannst und wie die Götter es für dich vorgesehen haben, dann musst du alles vergessen, was du je gelernt hast, und deinen Geist leer machen«, wisperte sie.

»So tanze ich jedes Mal«, flüsterte Jennifer zurück.

»Dann weißt du, wie es geht.« Saskia küsste sie aufs Ohr. Ihr Atem prickelte auf der Haut. »Vielleicht … vielleicht sollten wir das nicht tun?«

»Vielleicht.« Jennifer fühlte eine dunkle Meereswoge durch ihr Blut rollen, die dem Ufer näher kam und immer höher wurde. Das Gefühl erinnerte sie an die Nacht im Old Fashioned. Zu Beginn, als keiner etwas davon wusste, wie kompliziert es eines Tages werden würde. »Aber es ist dunkel. Niemand sieht uns.«

»So ist das?« Saskia schwieg. Ihre Hände sprachen beredt von dem, was sie nicht aussprechen würde. Sie streichelte Jennifer über den Rücken. Jede Liebkosung berührte ihre Haut wie ein Sturm, der bis in die Seele fuhr. Der Schweiß ihrer Hände mischte sich mit dem auf Jennifers Rücken, als sie unter ihr Shirt fuhr. Draußen war es kalt. Die Nacht war überall. Nur Saskias Arme hielten und konnten sie retten.

Jennifer seufzte auf.

Saskia fuhr mit der Hand durch ihre Haare. »An dir kann man sich verbrennen, Jennifer.«

Jennifer streichelte ihren Rücken fester, wanderte mit der Hand erneut unters Shirt und verging vor Verlangen, als sie ihre Lippen an Saskias Hals presste und mit der Zunge über ihre Haut fuhr. Sie schmeckte heiß und salzig. Nach Leben. »Ich fürchte mich, Saskia.«

»Wovor?« Saskia zog sie enger an sich und legte den Arm um ihren Rücken. Es tat gut. »Ich würde dir nie wehtun. Außer … Du weißt schon. Also …«

»Nicht deswegen. Meine Familie. Ich sehe sie morgen wieder.«

»Das würde mich auch stressen, nach allem, was du von ihnen erzählt hast.« Sie streichelte Jennifers Rücken und schien nicht mehr zu verlangen, als neben ihr zu stehen und sie im Arm zu halten.

»Mein Bruder wird mich wieder ansehen … Wie eine Versagerin. Du weißt überhaupt nichts. Er hasst mich, Saskia, verstehst du? Er wird mir nie erlauben, dass ich glücklich bin. Ich bin für immer die Nummer zwei, die nur leben darf, weil ihre große Schwester gestorben ist.« Ihre Stimme versagte und sie zitterte.

Das Bild von Felix' abfälligem Lächeln schob sich vor ihr geistiges Auge und überlagerte die Realität. Ihr Vater, der sich abwandte und tat, als ob er nicht sah, wie sie schikaniert wurde. Ihre Mutter, die durch sie hindurchblickte, als sie ihr erklärte, dass sie nicht auf die Akademie gehen würde. Dass Ballett etwas für Mädchen wie sie und Marianna wäre, aber nichts für erwachsene Frauen.

»Wer ist Marianna?«, hatte sie gefragt. Trotz Mutters Schweigen schien die Antwort durchs ganze Haus zu hallen. Durch den verstimmten Flügel, auf dem nie jemand spielte und auf den sich nie ein unpassendes Staubkörnchen verirrte, bis in ihr Mädchenzimmer, das ihr Vater nie betreten hatte, um ihr einen Gutenachtkuss zu geben.

»Sch, sch, sch.« Saskia küsste sie auf die Schläfen und streichelte über ihre Haare. »Damit hat er unrecht. Was ist das überhaupt für eine Geschichte? Das klingt ja noch verworrener als das, was du mir früher erzählt hast.«

»Ich will nicht darüber reden.« Sie presste sich eng an Saskia und spürte mit der Nase dem Pochen der Ader an ihrem Hals nach. Saskia war voller Leben und Wärme. Ihre Augen konnten scheu sein oder blitzen, aber sie sahen nie durch sie hindurch. »Warum kann ich nicht einfach bei dir bleiben?«

Saskia lachte auf und wiegte sie im Arm.

Sie ließ es zu und wurde zu einer Weide im Wind, die vom Luftzug gehalten und gebogen wird. Bis auf den Boden, doch nie darüber hinaus und nie so weit, dass sie zerbrach. »Ich meine das ernst. Du tust mir gut. Bei dir fühle ich mich so wohl.«

»Irgendwann musst du mir das mit deiner Schwester ausführlicher erzählen.«

Jennifer erstarrte.

»Aber nicht heute. Heute geht es darum, dass du die nächsten Tage bei deiner Familie überstehst. Das kriegst du hin, oder? Inzwischen bist du erwachsen. Es kann dir egal sein, was die von dir denken. Du bist längst darüber hinausgewachsen. Was du alles erlebt hast … Und tanzen kannst du mit Sicherheit besser als dein Bruder, also soll er die Klappe halten, klar?«

Jennifer kicherte und Saskia stimmte ein. Die Vorstellung, dass ein steifer Pinguin wie Felix tanzte … Oder eine SM-Party besuchte …

Saskia streichelte über ihren Körper bis zu ihrem Hintern und ließ sie erschaudern. »Soll ich aufhören? Oder tut dir das gut?«

Sie schnappte nach Luft und presste sich enger an Saskia, drückte ihr Becken gegen sie und schob ihre Brüste nach vorne. »Bei dir fühle ich mich lebendig. Lass uns nicht an morgen denken, ja?« Sie schlang die Arme um ihre Schultern und suchte mit ihren Lippen im Dunkeln nach Saskias Gesicht. Ihre Wangen waren weich und makellos zart. Sie küsste sie und wanderte mit kleinen, zärtlichen Berührungen zu ihrem Mund, wo Saskias Zunge sie bereits erwartete und sich gierig um sie schlang. Ihre Zungen kreisten umeinander, stießen vor und wichen zurück.

Saskia krallte die Hände in Jennifers Hintern und zog ihn enger an sich. »Wehr dich nicht«, flüsterte sie und griff ihr in die Haare, um ihren Kopf in den Nacken zu ziehen. Wieder küsste sie sie, doch dieses Mal fordernder und gieriger. Ihre Zunge ließ nicht zu, dass Jennifers ein weiteres Mal nach vorne stieß, sondern erkundete hungrig und fordernd ihre Mundhöhle. Mit dem Ellenbogen presste sie Jennifer enger an sich.

Das Gefühl von Hingabe wurde stärker und überrollte sie. Ihre Knie verwandelten sich in Watte, und sie hatte das Gefühl, wie damals nur von Saskias Kraft am Leben und auf den Beinen gehalten zu werden.

Saskia streichelte ihre Brüste und liebkoste sie, doch anders als im Old Fashioned ließ sie es nicht damit genug sein, unter den BH zu fahren, sondern zwang Jennifers Arme über ihren Kopf und zog ihr BH und T-Shirt zugleich aus.

Jennifer hätte liebend gern geholfen, doch sie spürte, wie es Saskia erregte, die Kontrolle zu haben und die Macht zu haben, sie zu etwas zu zwingen, was sie ihr freiwillig schenkte. Für Saskia war das hier so neu wie für sie. Dankbar sank sie auf die Knie und merkte, dass Saskia ihr das T-Shirt nicht komplett auszog, sondern es wie eine Fessel an ihren Handgelenken hängen ließ.

Sie kniete sich neben sie und griff erneut in Jennifers Haare. Der kurze Kuss befriedigte nicht, sondern heizte Jennifers Sehnsucht weiter an. Saskia küsste sie auf den Hals und biss hinein. Jennifer hielt die Luft an und biss die Zähne zusammen, bis der Schmerz so stark wurde, dass sie aufschrie.

»Sei still!« Saskias Hand traf ihr Gesicht. »Du willst wohl, dass uns jemand findet?«

Jennifer wollte sich an die Wange greifen und erinnerte sich in letzter Sekunde daran, dass sie gefesselt war. Hatte Saskia sie allen Ernstes ins Gesicht geschlagen? Einfach so? »Wir sind allein in der Wohnung, Mica ist nicht …«

Wieder traf die Ohrfeige sie und machte klar, dass Saskia es ernst meinte. Dieses Mal schmerzte es nicht nur innerlich, sondern ihre Wange brannte. »Solange du vor mir kniest, bestimme ich die Regeln, ist das klar?«

»Verstanden.« Erregende, süße Hilflosigkeit durchfloss sie und sie legte den Kopf freiwillig tiefer in den Nacken, als Saskias Griff in ihre Haare es verlangte.

Saskias Lippen wanderten nach unten, liebkosten ihre Brüste und bissen zu. Jennifer unterdrückte den Schrei und bäumte sich auf. Es schien Saskia zu gefallen. Ihre Zunge liebkoste ihre Brust und fuhr langsam in Kreisen bis ins Zentrum, ohne den Nippel zu berühren. Die Spannung in ihr baute sich immer weiter auf. Saskia pustete und kühlte die durch den Speichel befeuchtete Haut. Die Hitze in Jennifers Lenden ließ nicht nach. Schließlich berührte Saskia den Nippel kurz mit der Zunge und zog sich zurück. Jennifer bog den Rücken durch, um mehr von der erlösenden Berührung zu spüren. Erneut pustete Saskia. Jennifer spürte, wie ihre Haut sich zusammenzog, um bereit für die erlösende Berührung zu sein.

Saskias Lippen schlossen sich um ihre Nippel. Für einen Moment erlaubte sich Jennifer, das Gefühl von Erlösung zu empfinden, obwohl Saskia ihren Kopf noch immer an den Haaren nach hinten zog und sie auf Knien in die instabile Haltung mit den über dem Kopf gefesselten Händen zwang, in der nur Saskias Arme ihr Halt gaben und sie vor dem Zusammensacken oder Absturz retteten. Das Gefühl währte nur ein oder zwei Sekunden. Saskia biss zu und zog mit den Zähnen an Jennifers Nippel. Erst langsam und probierend, aber als Jennifer still blieb, erhöhte sie den Zug und die Intensität ihres Bisses, bis Jennifer nicht anders konnte, als aufzuschreien. Der Laut schien Saskia so zu erregen, dass sie noch stärker zog, bevor sie losließ und Jennifer Erleichterung vom Schmerz schenkte.

Das Gefühl von Hingabe wurde so stark in ihr, dass es alles andere überlagerte. Noch nie hatte sie etwas so intensiv empfunden wie diese Nähe zu Saskia. Es machte ihr Angst. Nebel floss aus den Wänden und hüllte sie ein, schuf eine Barriere zwischen ihnen und der Außenwelt und hob sie empor. Bisher war sie jedes Mal allein geflogen, doch Saskia hielt sie fest und zwang sie, ihre Gegenwart zur Kenntnis zu nehmen.

Saskia fummelte an ihrer Gürtelschnalle herum und öffnete sie im Dunkeln. Jennifer ruckte mit ihrem Becken nach vorn, um ihre Hand zu berühren.

»Na, na!« Saskia schlug sie auf den Venushügel.

Es tat weh, doch Jennifer spürte den Schmerz nicht mehr auf die Weise, wie normale Menschen ihn wahrnahmen. Er hatte sich in Süße verwandelt, die ihr Verlangen anheizte und um mehr betteln ließ.

»Gefällt dir das wirklich?« Saskia klang erstaunt und glücklich. »Klar kannst du mehr haben. Da! Und da!« Wieder und wieder schlug sie zu.

Jennifer bäumte sich auf und genoss, hörte sich wimmern und wartete auf den Moment, an dem sich die Flügel auf ihrem Rücken ausbreiten würden. Dabei flog sie längst. Ströme aus Licht und Nebel hüllten sie und Saskia ein und trugen sie spiralförmig immer weiter in die Höhe. Unter ihnen rauschte der Wind in den Blättern uralter Bäume und die Sterne drehten sich um sie, saugten sie in ihre Mitte und verblassten vor dem Strahlen, das von Saskia ausging.

Saskia ließ ihre Hand auf dem Venushügel liegen und massierte durch den Jeansstoff hindurch. Jennifer seufzte vor Erleichterung und Enttäuschung über das Ende der Schmerzen und den langsamen Rücktaumel auf die Erde.

Saskia zog ihr die Jeans aus und den Slip mit. Im Dunkeln sah Jennifer nicht, wohin die Sachen verschwanden. Es störte sie nicht. Sie war nackt und umhüllt von Liebe und Verlangen. Saskias Hände tasteten und erforschten ihre Haut, als ob sie noch nie zuvor eine andere Frau berührt hätte. Vielleicht war das so. Für Jennifer war es das erste Mal, und sie hätte nie gedacht, dass es so erregend und vollkommen sein würde. Jeder Zentimeter ihrer Haut schien in unsichtbarem dunklen Licht zu leuchten, das Saskia mit ihren Fingerspitzen ertasten und mit ihren Lippen in sich hineinzutrinken zu schien. Saskia berührte ihren Venushügel und wanderte tiefer.

Jennifer stöhnte auf und bekam einen Klaps auf die Brust und ein »Pst«. Gehorsam legte sie die Hände vor den Mund und biss in den Handballen, als Saskia ihre Perle massierte und reizte. Die Flügel auf ihrem Rücken flatterten wild und wollten sich losreißen. Jennifer zwang sich zur Selbstbeherrschung. Bei Kilian konnte sie davonfliegen, den störte es nicht, er erwartete nichts anderes. Saskia verdiente mehr. Sie biss stärker in die Hand, um die Worte zu unterdrücken, die hinauswollten. Worte davon, wie schön Saskia war, wie ihre Augen leuchteten, dass sie sie schon in dem Moment geliebt hatte, in dem sie sie zum ersten Mal gesehen hatte, Worte von Verlangen und Leidenschaft, von denen sie nicht gewusst hatte, dass sie sie kannte. Saskia hatte »Pst« gesagt. Sie würde schweigen und bei ihr bleiben, statt zu fliegen. Jede einzelne Sekunde sollte Saskia gehören. Das war es, was Hingabe in Wahrheit bedeutete. Bis eben hatte sie das nicht gewusst.

Saskia kniff sie in die Klitoris und Jennifer unterdrückte den Aufschrei. Ihr Atmen ging hastiger. Bei einer Bewegung brachte ein kaum merklicher Lufthauch den Duft ihrer Haut zu Jennifer, der voller Moschusnoten und Erregung die Luft erhitzte. Jeder leise Atemzug kündete von Präsenz und intensivster Aufmerksamkeit für Jennifer. Sie schloss die Augen und begriff, dass es für Saskia tatsächlich das erste Mal war. Das erste Mal Herrschen, das erste Mal mit einer Frau. Was für ein Geschenk! Und sie war diejenige, die es machen durfte. »Du machst das wunderbar«, flüsterte sie und spürte, dass die fast unhörbaren Worte ihre Lippen schmetterlingsgleich verließen und zu Saskias Ohren flogen, um sie zu liebkosen.

Wie anders war es mit Kilian, für den sie nur eine von vielen war, die auf die immer gleiche Weise nach seinen unmenschlichen Regeln zu funktionieren hatte. Ein Werkzeug, das souverän gespielt und gemeistert wurde, um seine Macht zu untermauern, ohne bei ihm die ersehnte Erlösung finden zu dürfen. Kein Wunder, dass sie bei ihm einsam und allein davongeflogen war, weil bei ihm nichts als Leere und kunstvolle Einsamkeit zu finden war.

Saskia wusste noch nichts und glaubte nicht, zu wissen, aber sie forschte und wollte Freude schenken. Mit jeder Berührung versicherte sie Jennifer, dass sie sie und sie allein meinte. Sie streichelte ihre Brüste, kniff und liebkoste im Wechsel, und erforschte mit der anderen Hand die Region zwischen ihren Beinen. Es war unglaublich. Sie wusste genau, was zu tun war. Natürlich. Nur eine Frau wusste, was eine andere Frau wollte. Sie mischte Zärtlichkeit mit härteren Berührungen, umspielte die Zuckerperle und neckte den Eingang in die tieferen Regionen. Jennifers Feuchtigkeit, ihr Zerfließen und die Weichheit und Hingabe ihrer Körperspannung entlockten ihr ein kehliges Lachen. Jennifer meinte, das Blitzen in ihren Augen trotz der Dunkelheit zu sehen. »Möchtest du mich da spüren?«

Jennifer wimmerte und nickte. »Ja, ich möchte«, brachte sie hervor und erinnerte sich daran, dass Saskia sie in der schwarzen Geborgenheit ihres Zimmers nicht sehen konnte.

»Dann bitte mich darum.« Sie kniff in die Perle und der Schmerz floss mit der Erregung tiefer in sie hinein und ließ ihre Beckenmuskeln kontrahieren.

Jennifer merkte, dass sie am ganzen Körper zitterte. »Saskia!«, wisperte sie.

»Was möchtest du mir sagen?«

»Bitte! Bitte tu es! Ich …«

»Ja?«

»Ich halte es nicht mehr aus! Ich begehre dich. Bitte! Ich …« … *liebe dich*, schluckte sie die letzten Worte hinunter.

Saskia schwieg, als ob auch auf ihrer Zunge Worte warteten, die sie nicht aussprechen konnte, ohne sich zu verbrennen. Stattdessen ließ sie ihre Hände sprechen. Sie entfaltete ein Feuerwerk aus Berührungen, sehnsüchtigen Momenten der Leere und des Verlangens und harten, gierigen Fingerstößen in Jennifers Inneres zwischen ihren Beinen. Saskia wusste genau, wie sie die Fingerspitzen biegen musste, um den geheimen Punkt zu finden, der die Lust dazu brachte, sich von der Perle her immer weiter in den Unterleib zu verteilen. Sie massierte Jennifers Venushügel, ihren Unterbauch und immer wieder ihr Inneres, bis Jennifer zu vergehen glaubte. Sie hatte nicht gewusst, dass derartige Gefühle möglich waren. Immer wieder stieß Saskia ihren Finger in sie, erst einen, dann zwei, immer mehr. Schmerz und Lust mischten sich. Saskia massierte mit der anderen Hand ihre Perle und brachte all die Erregung ihres Körpers dazu, sich zusammenzuziehen und immer weiter anzustauen. Kurz bevor sie kam, hielt sie inne. »Ich höre nichts!«

»Bitte!«

Endlich erlaubte sie Jennifer den erlösenden Höhepunkt. Die Explosion rollte durch ihren Körper und ließ ihr Becken wieder und wieder zucken. Jennifer schrie auf und kümmerte sich nicht darum, ob jemand sie hörte. Sterne tanzten hinter ihren geschlossenen Augen und erhellten die Dunkelheit mit Saskias Lächeln.

Nachdem die Erregung abgeebbt war, hörte sie Saskias Lachen. »Hat es dir gefallen?«

Jennifer fühlte sich zu keiner Antwort in der Lage und nickte.

Saskia lachte ihr tiefes und rauchiges Lachen, das zu dem düsteren Funkeln passte, das manchmal in ihren Augen erschien, aber nicht zu dem sanften Lächeln, das sie im Alltag der Welt präsentierte. Es klang erstaunt und glücklich.

Eine Weile hielt sie Jennifer im Arm. Jennifer genoss das Gefühl von Geborgenheit, das tiefer ging und intensiver war als das, was sie von Kilian kannte. Es war ein Unterschied, für den sie keinen Namen kannte. Normalerweise fühlte sie sich jetzt allein und wappnete sich für die Kälte, die zurückkehren würde. Stattdessen fühlte sie sich warm und geborgen. Zum ersten Mal, seit sie BDSM kannte, verspürte sie das Bedürfnis, sich für den Höhepunkt zu bedanken.

»Geht es wieder?« Saskias Stimme klang liebevoll und spöttisch zugleich.

»Hm-hm.« Jennifer schmiegte sich an ihre Schultern. »Du warst großartig. So was von einem Naturtalent …«

»Wer hat gesagt, dass ich mit dir fertig bin?« Ihre Stimme klang rauchig und liebevoll.

Jennifer richtete sich auf. »Wie meinst du das?«

»Heute ist das zweite Mal, dass ich dich zum Höhepunkt bringe. Du hast dich bisher nicht revanchiert, du gierige Sub. Ist das anständiges Benehmen?«

Jennifer schluckte. »Du hast recht, das war sehr ... ungezogen ... von mir. Soll ich es wiedergutmachen?«

Saskia griff ihr in die Haare und stand auf, ließ Jennifer aber vor sich auf dem Boden knien. »Ich bitte darum.« Sie zog ihre Hose aus. Der Stoff raschelte im Dunkeln.

Es war das erste Mal. Jennifer hatte noch nie eine Frau geleckt. Ihre sexuellen Erfahrungen vor Kilian konnte sie ohnehin an einer Hand abzählen. Das Ballett war immer wichtiger gewesen. Ihre Mutter hatte nie gewollt, dass sie mit Jungs herumzog. Oder überhaupt erwachsen wurde. Sie sollte für immer das kleine Mädchen werden, das sie als Ersatz für Marianna ...

Nicht daran denken. Jetzt war jetzt. Das warme und geborgene Gefühl pulsierte noch in ihrem Blut. Saskia hatte es verdient, sich ebenfalls von ihr verwöhnen zu lassen.

Saskia stand mit dem Rücken an die Stange in ihrem Zimmer gelehnt und legte die Hände in Jennifers Nacken. Sie führte ihr Gesicht behutsam dahin, wo sie Jennifers Mund haben wollte.

Vorsichtig küsste sie Saskia auf den glatten Venushügel und nahm ihren warmen, erdigen Duft in sich auf. Sie streichelte Saskias Hintern und zog die Backen auseinander, liebkoste und massierte Saskias starke und gesunde Muskeln und fuhr mit der Zunge über die glatt rasierte Haut. Einige winzige Stoppeln waren stehen geblieben. Hatte Saskia sich extra für sie rasiert? Bedeutete das, dass sie das hier von Anfang an geplant hatte?

»Nicht einschlafen«, mahnte Saskia von oben.

Jennifer konzentrierte sich darauf, mit ihrer Zunge die Regionen zu erforschen, die fremdartig und doch vertraut waren. Saskias

Hand auf ihrem Hinterkopf dirigierte sie sanft und half ihr, das richtige Tempo und die richtige Intensität zu finden. Sie streichelte Saskias Beine, ihren Rücken und ihren Hintern und fuhr mit ihrer Zunge sanft und gleichmäßig zwischen Saskias Venuslippen entlang. Der volle Geschmack nach Meereswind und Frau füllte ihren Mund und ihre Nase.

Zum ersten Mal überhaupt verspürte sie ein Bedürfnis danach, nicht selbst zu fliegen und einen Abklatsch vom großen Glück zu finden, sondern jemand anderem ein vergleichbares Gefühl zu schenken. Es war ein neuer Gedanke. Ungewohnt und befreiend. Funktionierte Liebe auf diese Weise? Hatte ihre Familie und ihre Kindheit sie nicht darauf vorbereitet, etwas Vergleichbares zu empfinden, weil niemand sich je darum gekümmert hatte, ihr auf selbstlose Weise Glück zu schenken?

Saskia presste ihren Kopf zwischen ihre Beine und Jennifer gehorchte glücklich. Es war noch nicht zu spät, um zu lernen, wie man glücklich wurde und Glück schenkte. Gierig und liebevoll liebkoste sie Saskias geheime Regionen mit der Zunge, ließ sich von Saskia dirigieren und zwingen und genoss das Wissen, dass sie Saskia etwas zurückgeben konnte für das Geschenk, das sie ihr gemacht hatte.

»Du gehörst mir«, flüsterte Saskia und krallte die Finger tiefer in Jennifers Haare.

Jennifer erschauderte wohlig. »Ja«, wisperte sie und erhielt einen sanften Klaps auf die Wange, weil sie ungefragt gesprochen hatte und es versäumt hatte, Saskia weiterzulecken. Sie wollte ihr gehören. Wollte ihr dienen und ihr einen Höhenflug schenken, der sie mindestens so weit tragen sollte, wie sie geflogen war.

Sie streichelte über Saskias muskulösen Bauch und fuhr die Grübchen nach, die ihre Bauchmuskeln zwischen Beckenknochen und Brüsten machten. Wie stark und muskulös sie war!

Saskias Brüste waren rund und weich und perfekt geformt. Saskia ließ Jennifers Kopf los, um ihren BH zu öffnen und es Jennifer zu erleichtern, sie dort zu streicheln. »Das machst du gut«, sagte sie mit rauchiger Stimme und presste Jennifers Hände an ihre Brüste. Die Nippel drückten sich gierig und hart gegen ihre Finger. Saskia stöhnte auf, als Jennifer sie zwischen zwei Fingern sanft zwirbelte.

Ohne auf Saskias Erlaubnis oder Anweisung zu warten, nahm Jennifer eine Hand zu Hilfe, um Saskia zwischen den Beinen zu liebkosen. Saskia wehrte sich nicht, als Jennifer mit dem Finger um ihre Öffnung herumspielte und wieder und wieder mit der Zunge durch ihre erregte Nässe fuhr.

Erneut fasste Saskia ihr in die Haare und steuerte ihren Mund und ihre Zunge in einen gleichmäßigen Rhythmus, der ihr zu gefallen schien. Sie stöhnte leise und atmete flach und schnell. Jennifer ließ den Zeigefinger in sie gleiten und bewegte ihn sanft hin und her. Saskia seufzte lauter und veränderte den Rhythmus, in dem sie ihren Kopf vor- und zurückschob. Jennifer bekam kaum noch Luft, doch sie wagte nicht, ihre Position zu verändern. Saskia schien zu genießen, was sie tat. Das war wichtiger. Ihre Zunge verkrampfte sich, doch sie liebkoste Saskias Perle weiter und leckte gleichmäßig in dem Rhythmus, den Saskia befahl.

Sie ließ einen weiteren Finger in Saskias überquellende Nässe gleiten und passte jenen Rhythmus dem Rhythmus ihrer Zunge an. Noch nie war sie einer anderen Frau so nah gewesen. Saskias innere Muskeln bewegten sich, umschlossen ihre Finger und massierten sie, pressten sie eng aufeinander. Es schien ihr zu gefallen, denn sie stöhnte erneut. Das Geräusch erregte Jennifer. Sie bekam das Gefühl, um ein Haar erneut zu kommen. Es kümmerte sie nicht, dass ihr Nacken steif wurde und ihre Zunge sich anfühlte, als ob sie gleich einen Krampf bekäme. Sie leckte weiter und konzentrierte sich darauf, langsam und flach zu atmen, weil Saskia ihren Kopf so eng an ihren Intimbereich zog.

Jennifer stieß ihren Finger tiefer in sie und suchte nach dem besonderen Punkt, den Saskia vorhin bei ihr gefunden hatte. War es das? Ihre Fingerspitze berührte eine Region, die sich rauer anfühlte als die Umgebung. Probehalber massierte sie dort intensiver.

Saskias Griff in ihre Haare vertiefte sich und sie hielt die Luft an. Ja! Das war er. Voller Konzentration massierte und leckte sie weiter, angefeuert von Saskias heftiger werdenden Atemzügen.

»Jennifer«, rief Saskia und kümmerte sich so wenig wie sie zuvor um mögliche Nachbarn.

Ihr Ausruf ließ eine heiße Welle durch Jennifers Körper laufen. Fast spürte sie, wie sich die unsichtbaren Flügel auf Saskias Rücken entfalteten und sie davontrugen. Ihre Zunge tanzte mit ihrer Perle und nahm intensiver den Rhythmus auf, den Saskias Hände und ihr Becken vorgaben und mit dem ihre inneren Muskeln um ihre Finger pulsierten. Wie früher hatte Jennifer das Gefühl, dass ihre Flügel sich ausbreiteten, aber dieses Mal war sie nicht allein. Sie hielt Saskia, während ihr Becken nach vorne zuckte und sie immer hastiger atmete. Eng aneinandergepresst fielen sie nach oben. Die Sterne teilten sich für sie und lösten sich auf in Licht, das in Tausend goldenen Funken zurück auf die Erde sank und sie für eine unendliche Sekunde eins werden ließ.

»Geht es dir wieder besser?«, fragte Saskia, als sie sich einige Zeit später voneinander lösten.

Jennifer krabbelte zu ihrer Kommode und betätigte den Schalter, der die rosa Lämpchen aufleuchten ließ. »Ich glaube schon.« Das schummrige Licht ließ Saskias nackten, trainierten Körper noch geheimnisvoller und verführerischer als zuvor wirken. Sie konnte kaum wegsehen. »Wir sollten uns wieder anziehen«, sagte sie schroffer als nötig.

Saskia schien zu schrumpfen. »Ich hoffe, du bist nicht böse auf mich. Scheiße. Bin ich gerade fremdgegangen?« Sie klang unsicher. »So hatte ich das nicht geplant. Ich wollte dir nichts aufdrängen, es ist einfach mit mir durchgegangen. Es tut mir leid!«

Jennifer reckte sich vorsichtig und angelte ihren Slip. Der Moment danach war immer schwierig. Das hatte sie bei Kilian gelernt. Das Schweigen verwandelte sich in unangenehme Beklommenheit, auch wenn sich beide Mühe gaben, es zu vermeiden. Sie hätte Saskia gern an sich gedrückt, hätte sich Arm in Arm mit ihr ins Bett gelegt und die halbe Nacht bei Kerzenschein geredet. Bestimmt hatten sie viele Gesprächsthemen. Kunst und Tanz und das Licht des Mondes auf der Dschungellandschaft, die sie als Nächstes malen wollte.

Das war die Falle bei sexuellen Freundschaftsgeschichten und Affären oder wie man es nennen wollte. Währenddessen hatte man das Gefühl, die ultimative Nähe zu erleben. Hinterher stellte es sich als Illusion heraus. Sie hatte es zu oft erlebt. Besser, man brachte es so schnell wie möglich hinter sich, damit beide Seiten ihre Würde bewahren konnten.

»Es ist okay, Saskia«, sagte sie. »Ich habe nicht den Eindruck erweckt, dass du mir etwas aufgedrängt hast, oder?«

Wie gern hätte Jennifer Saskia in den Arm genommen und geküsst, diesen plötzlich meilenweiten Abstand zwischen ihnen überbrückt und erneut mit ihr getanzt. Die Harfenmusik lag noch immer in ihrem Player. Am liebsten hätte sie Saskia für diese Nacht und alle kommenden neben sich im Bett behalten und sie morgen mit nach Hause genommen. Saskias Lächeln könnte sie vor Felix beschützen. Aber natürlich ging das nicht. Sie war vorbeigekommen, sie hatten einen One-Night-Stand gehabt, und jetzt würde sie wieder nach Hause fahren. Fertig. So einfach war das.

Sie würden sich benehmen, als hätte es nicht stattgefunden, damit Saskia sich einreden konnte, dass sie ihren Freund nicht betrogen hatte – obwohl genau dieser Freund sie in der vergangenen Woche ebenfalls betrogen hatte. Auch mit Jennifer. Und das, was besonders gewesen war, würde zu Asche zerfallen. So war der Lauf der Welt.

»Das macht jetzt aber nicht unsere Freundschaft kaputt, oder?«, fragte Saskia kläglich.

»Natürlich nicht.« Jennifer nahm sie wider besseres Wissen in den Arm. Noch einmal spürte sie ihre Nähe und redete sich ein, dass es nicht das letzte Mal sein würde, obwohl sie ahnte und fürchtete, dass Saskia sich nach ihrer Heimkehr schämen und den Kontakt komplett abbrechen würde.

»Ich wollte dich trösten, weil es dir schlecht ging. Ich wollte, dass alles wieder gut wird. Ich … Ich hatte nicht geplant, dass es derartig leidenschaftlich wird.«

»Ist gut.« Jennifer unterdrückte das Schnauben. Deswegen hatte sie sich unten rasiert und Jennifer an den Haaren an ihre Muschi gerissen, bis sie keine Luft mehr bekam. Sie hatte ausprobieren wollen, wie es sich auf der dominanten Seite anfühlte, mehr nicht. Dafür die Sub des Freundes zu nehmen war der einfachste Weg. Da konnte man nichts falsch machen, die konnte das ab. »Hey, es ist wirklich okay. Es hat dir gefallen, es hat mir gefallen. Und es war kein Fremdgehen, mach dir keinen Kopf. War ja von dir nicht geplant oder so. In Zukunft wird es nicht mehr vorkommen.« Sie hasste sich dafür, wie höhnisch ihre Stimme klang.

»Meinst du?«

Es wurde ihr zu viel. »Wir haben nur getanzt, ja? Wir haben miteinander getanzt, weil ich Angst davor hatte, meine kaputte Familie zu besuchen. Und jetzt sind wir fertig mit dem Tanzen und alles ist wieder normal.« Jetzt lag nichts mehr zwischen ihr und Weihnachten. Unerträglich. Am liebsten hätte sie etwas Hartes und Schweres genommen und es mit aller Kraft gegen den Spiegel geschmissen.

Saskia nickte. Sie streichelte über Jennifers Wange, löste sich von ihr und zog sich an.

Jennifer suchte ihre Kleider zusammen, band die Haare mit einem Haargummi hoch und machte das große Licht an. Vorhin hatte sie nicht aufgeräumt. Die Kleider lagen immer noch wie nach einer Kleiderschrankexplosion im Zimmer verteilt. »Wir haben das Wasser in der Küche vergessen. Wollten wir nicht Cappuccino trinken?«, sagte sie in dem vergeblichen Versuch, der Situation die Leichtigkeit zurückzugeben. Natürlich würden sie keinen Cappuccino mehr trinken. Wahrscheinlich nie wieder.

»Vielleicht beim nächsten Treffen.« Saskia bemühte sich offenbar um den gleichen trügerisch leichten Ton. »Hauptsache, dir geht es jetzt besser.«

Jennifer nickte. »Grüß Kilian schön, wenn du ihn morgen siehst, und wünsch ihm von mir frohe Weihnachten.«

Saskia zuckte zusammen. Jennifer wollte nicht darüber nachdenken, warum der verletzte Blick in ihren Augen in ihr ein Gefühl von bitterer Befriedigung auslöste. Mit Sicherheit war es nichts, worauf sie stolz sein sollte.

Sie verabschiedete sich mit zwei Wangenküsschen von Saskia und wartete, bis ihre Schritte im Treppenhaus verhallten. Auf das Zähneputzen verzichtete sie und stieg die Leiter empor, um dem Chaos auf ihrem Teppichboden zu entkommen. Der nächste Tag würde schneller kommen, als ihr lieb war.

14

FAMILIENBANDE

Das Haus von Jennifers Familie stand in einem Dorf etwa fünf Kilometer jenseits von Hintertupfingen. Das war keine geografische Beschreibung, sondern ein Gefühl. Wenn man kein Auto hatte, konnte man den Ort an normalen Wochentagen genau sechsmal am Tag mit öffentlichen Verkehrsmitteln erreichen. Der letzte Bus fuhr um 19:07 Uhr am Bahnhof.

Die Fahrstrecke war ihr so vertraut wie das Innere ihrer Schuhe. Die Sitze kamen ihr abgenutzter vor als früher, und sie hatte mitunter das Gefühl, dass ihr der unangenehm stechende Geruch kaputter Bremsscheiben in die Nase stieg. Oder war es der Geruch von Bremsflüssigkeit? Vielleicht war es auch die Erinnerung an den Geruch von Schweiß, den sie früher vergossen hatte, wenn sie sich vor der Rückkehr in die behagliche Totenstille des Hauses gefürchtet hatte.

Sie stieg an der alten Station aus. Ihre Füße kannten den Weg. Zum Glück lag kein Schnee. Das Gewicht der Reisetasche auf ihrer Schulter beruhigte sie, auch wenn es ihren Schritten in den Plateaustiefeln die Eleganz nahm. Es erinnerte sie daran, dass sie das Recht hatte, in einigen Tagen zu gehen. Das hier war nicht mehr ihr Zuhause. Sie war zu Besuch und durfte zurück in ihr eigenes Leben kehren. Das Leben einer Erwachsenen, die Sex hatte, mit wem sie wollte, und die tanzte, obwohl es ihr verboten worden war.

Sie würde in die Disco gehen und sich keine Sorgen machen, bei wem sie übernachten sollte und wie sie am nächsten Tag mit dem vorwurfsvollem Schweigen ihrer Mutter umgehen sollte. Sie war erwachsen.

Zu Fuß benötigte sie eine Viertelstunde. Natürlich hätte sie ihren Vater anrufen können, damit er sie mit dem Auto abholen kam, doch sie brauchte diese 14 Minuten. Eine letzte Galgenfrist, bevor sie ein weiteres Mal alles verlieren würde, was sie als Mensch ausmachte, um die kleine Jennifer ihrer Mutter zu werden. Unsichtbarer Nebel schnürte ihr Herz zusammen und nahm ihr die Luft.

Immerhin trug sie ein schwarzes Kleid über der dicken Winterstrumpfhose und kein weißes. Dank Saskias Aufmerksamkeit gestern fühlte ihr Bauch sich möglicherweise etwas weniger verspannt an, als er es sonst getan hätte. Wer konnte das sagen? Schade, dass Saskia nicht mit ihr kam. Gemeinsam wäre es leichter gewesen.

Sie überquerte die Seitenstraße, ohne nach links und rechts zu sehen. Die Straßen lagen still. Ein Auto wäre bereits aus mehreren Hundert Metern zu hören. Die Seitenstraße führte zum Gemeindezentrum, wo ihre Pfadfindergruppe sich zu Grundschulzeiten getroffen hatte. Wölflinge waren sie gewesen, genau. Ob sie immer noch am Donnerstagnachmittag um drei ihre Sitzungen abhielten? Ihre Mutter hatte vergangenes Jahr erzählt, dass die kleine Kirche im Dorf keinen eigenen Pastor mehr hatte und dass das Gemeindezentrum geschlossen worden war. Sie hatte erwähnt, wie die Gottesdienste stattdessen organisiert wurden, aber Jennifer hatte nicht zugehört.

Die Straßen waren viel zu vertraut. Sie erinnerten sie an ein Leben, das lange vorbei war, an eine Kindheit, die sie nie hatte haben wollen. Dankbar begrüßte sie kleine Veränderungen wie den Teerbelag, der auf einem Gehweg das frühere rote Backsteinpflaster ersetzt hatte. Ihre Frauenstiefel nahmen die Veränderungen stolz in Besitz. Das hier war nicht das Dorf ihrer Kindheit. Es war ein anderes Dorf, das nur sehr ähnlich aussah. Ihre Mutter lebte in einem

Haus, das nur von außen aussah wie das Haus ihrer Kindheit. Es lag in einem anderen Land, in einer anderen Welt.

Viel zu schnell erreichte sie das Haus. Der weiße Puppenhauszaun zur Straße wirkte heruntergekommen. Offensichtlich hatte sich im vergangenen Sommer niemand um das Streichen gekümmert. Früher hatte ihr Vater das erledigt. Ob ihm dieses Jahr etwas dazwischengekommen war? Hatte er nicht gewollt oder nicht gekonnt?

Der Weg zur Haustür, der früher aus gerade verlegten, quadratischen Betonplatten bestanden hatte, bestritt eine elegante Kurve und bestand aus unregelmäßigen Natursteinplatten in verschiedenen Größen. Jennifer trat einen Schritt zurück und überprüfte, ob sie vor dem richtigen Haus stand. Die Form des Daches passte und das Türschild stimmte ebenfalls. *Familie Thorsten, Sophie, Felix und Jennifer Stiehler*. Von Marianna stand nichts da. Logisch. Sie hatte zu kurz gelebt, um erwähnt zu werden.

Langsam ging sie über die Platten und achtete darauf, nirgendwo hängen zu bleiben. Langsam stieg sie auch die drei Stufen zur freundlichen naturholzfarbenen Haustür empor, in die zwei Fenster aus getrübtem Glas eingelassen worden waren. So, als ob der Nebel sichtbar würde, der hier alles konservierte und einfror. Jennifer atmete aus und drückte den Klingelknopf.

Ihre Mutter öffnete, als hätte sie hinter der Tür gewartet. Das wäre sogar möglich, denn vom Küchenfenster aus besaß sie einen guten Blick auf die Straße.

»Hallo, Mutter.«

»Schön, dass du da bist, Jennifer.«

Sie nahm sie nicht in den Arm, aber ihre Hand berührte ihren Oberarm.

Jennifer betrat den Flur und hielt inne, um dem grauen Nebel Zeit zu lassen, sich auf sie herabzusenken und die Erinnerung an die Welt draußen, voller Neonlicht und Kerzenwachs und Lügen, auszulöschen. Rechts, diese Treppe mit den hässlichen, halbrunden

Teppichaufsätzen, führte nach oben zu den Schlafzimmern. Früher hatte die Hässlichkeit sie nie gestört. Links ging es in die Küche, in das Reich ihrer Mutter. Geradeaus ging es zum Gästebad, zur Kammer mit den Lebensmitteln und den aufeinandergestapelten Wasserkisten und schließlich in das helle, eiskalte Wohnzimmer mit dem staubfreien, verstimmten Flügel, auf dem mit Sicherheit ein Spitzendeckchen lag. Seit ihrem letzten Besuch war ein Jahr vergangen, aber sie hätte das Innere des Hauses einem Fremden blind bis in jede Einzelheit beschreiben können. Nichts hatte sich verändert.

»Wo ist Vater?«, fragte Jennifer und blieb stehen, ohne die Tasche abzusetzen oder den Mantel auszuziehen.

»Er ist im Keller. Er … bastelt an etwas, da hat er die Zeit vergessen. Stell die Tasche einfach ab, dein Vater bringt sie dir nachher nach oben ins Zimmer.«

»Ich kann die Tasche allein tragen«, wehrte sie ab und sah Mutters verletzte Augen. »Ist gut. Ich stell sie hier ab. Kann ich dir in der Küche helfen, wenn ich meinen Mantel aufgehängt habe?«

»Wenn du möchtest. Das Abendessen ist fast fertig.«

»Ja, ich möchte«, sagte Jennifer hilflos und kämpfte gegen den Drang an, Mutter zu packen und zu schütteln. Sie hatten sich länger als ein halbes Jahr nicht gesehen. Wäre es zu viel verlangt, dass eine Mutter ihre Tochter zur Begrüßung in den Arm nahm, statt das Abendessen fertig zu haben? Konnte ihre Mutter ihr nicht durch die Haare streicheln, sie auf die Stirn küssen und ihr sagen, dass sie sie vermisst hatte?

Jennifer stellte die Tasche auf die Treppenstufen, zog ihren Großstadtmantel aus und hängte ihn an die Wand. Sie streifte ihre Damenstiefel ab und stellte sie in das saubere Schuhregal, ersetzte sie durch die dunkelgrünen Filzschlappen, die seit Menschengedenken im Flur für Besucher bereitlagen. Wenigstens hatte sie keine eigenen Hausschuhe mehr, nachdem sie sie beim letzten Besuch mit nach Hause genommen hatte.

Sie sehnte sich danach zu weinen, doch sie richtete den Rücken auf und folgte ihrer Mutter in die Küche. Sie wusch sich die Hände und setzte sich an den Tisch, um Kartoffeln zu schälen. Der Apfelentkerner lag bereit und wärmte ihr Herz. Die eigentliche Arbeit beim Kochen verrichtete ihre Mutter, so war es immer gewesen. Jennifer saß bei ihr, leistete ihr schweigend Gesellschaft und sehnte sich nach einem Gesprächsthema zum Töten des ewig gleichen Schweigens. Mit ihrem Apfelentkerner kratzte sie an den Kartoffeln herum und zog die Schalen in schmalen Streifen ab.

Natürlich besaß ihre Mutter einen Kartoffelschäler und scharfe Messer, doch aus einem längst vergessenen Grund hatte Jennifer als Mädchen immer nach dem Apfelentkerner gegriffen. Die konkave Schneide des Messers schien ihr geeigneter für die runde Oberfläche der Kartoffeln. Zwischendrin stand sie auf und zog sich eine der Küchenschürzen ihrer Mutter an. Dann stand sie erneut auf, holte eine Tasse aus dem Schrank und schärfte die Messerklinge an der rauen Unterseite. Darin hatte sie als Mädchen zu große Geschicklichkeit erworben.

Beim Arbeiten schwiegen sie. Als Mädchen war ihr das normal erschienen. Ihre Mutter war, wie sie war. Inzwischen kannte Jennifer eine andere Küche und spürte den Schmerz, der in dieser in jeder Sekunde präsent war und blieb. Selbst, wenn Mica herumwerkelte und Jennifer lernte oder schwieg, erschien das Schweigen weniger kalt und einsam. In jeder Sekunde bestand die Möglichkeit, dass die eine oder die andere etwas Ernstes oder Lustiges erzählte oder dass Jennifer von einer neuen Stylingidee berichtete und Mica mit einem zustimmenden Nicken kommentierte. Oder sie tranken Jasmin-Tee.

Hier war es anders. Ihre Mutter schwieg eisern, wenn Jennifer bei ihr in der Küche saß.

Zum ersten Mal in ihrem Leben spürte sie, wie wütend sie das machte. Sollte sie für immer den Makel tragen, dass sie nicht geboren worden wäre, wenn Marianna nicht gestorben wäre? Würde sie für immer diejenige bleiben, die nicht gut genug gewesen war, um ihrer Mutter die Lebensfreude zurückzuschenken; die erwachsen geworden war und rebellierte, statt im weißen Kleid durch einen Fantasiegarten zu tanzen und ihre Mutter davon träumen zu lassen, dass Marianna noch lebte? Es war unfair! Sie hatte das gleiche Recht auf Leben und Lachen wie jeder Mensch.

Ihre Mutter schickte sie in den Keller, um ihren Vater zum Essen zu holen. Natürlich lag ihre Reisetasche noch immer neben der Treppe. Natürlich würde sie sie nachher selbst nach oben tragen. Die Reisetasche besaß kein Gewicht, es wäre kein Problem, trotzdem machte der Anblick Jennifer aggressiv. Zwei Nächte trennten sie von der Rückkehr in ihr wahres Leben. Zwei Nächte, in denen sie sich überdeutlich bewusst sein würde, dass ihr Bruder sie hasste und ihr jeden Atemzug missgönnte.

»Wolltest du nicht erst morgen kommen?«, war die einzige Begrüßung, als sie an die Tür zum Hobbykeller klopfte und ihrem Vater sagte, dass das Essen in zehn Minuten fertig sei.

Am liebsten hätte sie ihm gesagt, dass sie kein Verlangen danach verspürte, ihn zu sehen, und ernsthaft darüber nachdachte, im kommenden Jahr pünktlich zu Weihnachten eine Reise nach Kanada oder Sri Lanka anzutreten, und wenn sie sich für das Flugticket prostituieren müsste. Vielleicht würde sie mit Kilian fliegen oder mit Saskia. Als Sexsklavin von beiden. Das wäre immer noch besser als das verfluchte Schweigen in diesem Haus, das sie wahnsinnig machte. Wie schockiert er blicken würde!

Stattdessen hielt sie den Rücken aufrecht und sagte, dass es Schnitzel mit Spinat und Pellkartoffeln gab. Nichts Großartiges, weil ihre Mutter nicht wollte, dass sie sich den Appetit für das Weihnachtsessen am nächsten Tag verdarben.

Vater brummte und nickte. »Sag deiner Mutter, dass ich in einer Minute da bin. Ich muss nur noch diese Stelle fertig löten.«

Jennifer nickte wortlos und ging nach oben. Sie achtete darauf, so stark wie möglich auf den Treppenstufen zu stampfen. Ihr Vater hasste Lärm, wenn er herumwerkelte. Irgendwie und irgendwann würde sie ihn dazu bringen, wahrzunehmen, dass sie existierte. Sie war mehr als die überflüssige Nummer zwei, nachdem das erste Mädchen gestorben war. Eines Tages würde sie es ihnen beweisen. Sie würden schon sehen.

Sie schnaubte und schüttelte den Kopf. Wie schnell man in alte Verhaltensmuster zurückfiel! Ihre Pubertät war lange vergangen. Sie sollte über den Dingen stehen, aber es tat immer noch weh. Wann war man alt genug, dass man seine Kindheit hinter sich lassen konnte? Wann wurde man zur Frau und war nicht länger ein Mädchen, sodass die Eltern einen ernst nahmen und liebten?

Beim Abendessen grübelte sie darüber, ob ihre Eltern immer kühl und lieblos miteinander umgegangen waren. Früher war es ihr nicht aufgefallen. Wie hatten sie es geschafft, Felix, Marianna und als verspäteten, oft bereuten Einfall Jennifer in die Welt zu setzen, wenn sie sich beim Essen nicht berührten? Wie hatten sie es fertiggebracht, einen gemeinsamen Hauskauf zu planen, wenn sie sich nicht mal gegenseitig am Tisch nach dem Salz fragen konnten?

Die Großstadt hatte sie verdorben. Früher hätte sie solche Fragen nicht gestellt. Damals hatte sie hingenommen, dass sie nicht mehr als das verdiente, und war dankbar für jedes Lächeln und jede zufällige Berührung gewesen. Das Einzige, was ihr Kraft gegeben hatte, war das Ballett gewesen.

Und selbst das hatten sie ihr verboten.

Nach dem Abendessen hatte sie im Bett das Gefühl, dass die seltsame Leere ihres Elternhauses sich erneut wie eine graue Decke um sie legte. Wie früher quoll dichter grauer Nebel zwischen den Möbeln ihres halb leer geräumten Mädchenzimmers hervor und nahm ihr den Atem.

Müde und traurig zog sie die Decke hoch, atmete den Geruch des bekannten Waschmittels ein und schloss die Augen. Sie wollte nicht länger sehen, was fehlte und vielleicht auch früher nie da gewesen war. Dieses Haus war unendlich einsam. War sie hier tatsächlich aufgewachsen? Wie hatte sie es geschafft, diese Kindheit zu ertragen?

*

»Ist dein Hintern immer noch zu dick für eine Ballerina?«, fragte Felix.

Es war Heiligabend. Sie saßen am ausgezogenen Esstisch im Wohnzimmer. Ihre Mutter hatte drei Sorten Kuchen gebacken. Jennifer hatte den Großteil des Vormittags und des frühen Nachmittags damit verbracht, ihr dabei und bei den Vorbereitungen für den Braten später am Abend zu helfen.

»Auf jeden Fall nicht so dick wie deiner«, gab sie zurück und lächelte süß. Felix hatte in den vergangenen Jahren zugenommen. Er wurde faul und bequem. »Kann ich bitte noch Schlagsahne, Mutter? Ich muss Felix davor bewahren, dass sein Hintern irgendwann nicht mehr auf den Stuhl passt.«

Felix' Lächeln fror ein. »Stimmt, du hast mit dem albernen Herumgezappel aufgehört«, bemühte sich Felix um eine Retourkutsche. »Das sah lächerlich aus, ich könnte heute noch drüber lachen. Weißt du noch, wie du im Wohnzimmer getanzt und so getan hast, als wärst du der sterbende Schwan? Kranke Ente war das, habe ich immer gesagt.«

Jennifer biss die Lippen aufeinander und versuchte, weiterzulächeln.

Felix' Frau legte die Hand auf seinen Unterarm und schüttelte den Kopf. Anscheinend fand sie den Witz nicht so lustig wie er.

»Sie hat sich früher immer eingebildet, dass aus ihr mal eine Primaballerina wird«, erklärte Felix ihr. »Ich habe immer dafür gesorgt, dass sie auf dem Teppich bleibt und nicht überschnappt. Träume sind Schäume, nicht wahr? Die kleine Jennifer hat sich eh immer zu viel eingebildet.«

Seine Frau wirkte betreten.

»Familientraditionen sind doch was Feines«, stichelte Jennifer. »Seit fünf Jahren erzählst du das deiner Frau an jedem Heiligabend. Es ist völlig egal, was ich sage oder tu, du findest einen Weg zur ›kranken Ente‹ und dazu, dass ich es nicht auf die Ballettakademie geschafft habe. So, als ob du es völlig vergessen hättest und es dir wie eine geniale Eingebung einfiele. Was für ein Held du doch bist, großer Bruder. Voller Todesverachtung hast du meinen Hintern beleidigt, bis ich es nicht mehr hören konnte, damit ich mit meinen Träumen realistisch bleibe.«

»Hüpf nicht peinlich herum, davon kriegt man Augenkrebs«, hatte er gesagt. »Steh nicht so komisch auf den Zehenspitzen, davon kriegst du eine Wirbelsäulenverkrümmung. Reck die Arme nicht nach oben, da denkt man, du willst zur Deckenlampe beten.«

O ja, Felix hatte es verstanden, ihr wehzutun. Er war mehr als fünf Jahre älter als sie, da war es leicht, eine kleine Schwester mit Worten auszustechen und an die Wand zu drücken. Wie oft hatte sie als kleines Mädchen im Wohnzimmer für den Ballettunterricht üben wollen, weil hier am meisten Platz war. Außerdem hatte ihre Mutter, als sie noch ganz klein war, am Flügel gespielt und sich gefreut, wenn Jennifer getanzt hatte.

Er hatte es ihr jedes Mal verdorben. Sie hatte erst viel später herausgefunden, dass er sich vermutlich die ganzen Jahre schuldig an Mariannas Tod gefühlt hatte. Es hatte nichts geändert.

»Ich kann mir vorstellen, dass Jennifer sehr gut tanzt«, versuchte Felix' Frau seine Worte abzuschwächen. »Du musst sie heute nicht mehr ärgern, Schatz. Ihr seid doch erwachsen.«

»Aber es macht, äh, ist doch nur Spaß.« Felix grinste und legte den Arm um Jennifers Schultern.

Ihr Lächeln fühlte sich an, als würde es an ihrem Gesicht festkleben. Sie wünschte, Weihnachten wäre endlich vorbei und sie hätte es hinter sich gebracht. Das ständige Lächeln machte ihr Kopfschmerzen.

Was Saskia wohl gerade tat? Vorgestern … Der Abend war schöner gewesen als alles, was sie bisher erlebt hatte. Noch nie hatte sie eine solche Nähe zu einem anderen Menschen empfunden. SM bedeutete Fliegen, das hatte sie immer gewusst, aber offenbar konnte es auch Nähe bedeuten. Und Zärtlichkeit. Harmonie und Hingabe. Den Wunsch, einen anderen vollständig glücklich zu machen.

Manchmal war sie wirklich dumm. Mit ihrem Getue hinterher hatte sie alles zerstört. Saskia hatte nicht gesagt, dass es für sie ein One-Night-Stand gewesen sei. Die Idee hatte sie sich selbst eingepflanzt. Saskia war voller Zärtlichkeit gewesen. Sanft und liebevoll. Sie hatte die Arme um sie gelegt und ihre Schläfe geküsst. Mitten in der Nacht hatte sie sich trotz der Kälte auf ihren Fahrradsattel geschwungen, hatte unterwegs Latte macchiato gekauft und war so schnell gefahren, dass sie die Bordsteinkante übersehen hatte. War das nicht romantisch?

An diesem Abend würde Saskia mit Kilian bei seinen Eltern sein. Oder bei ihren. Sie hatte nicht gefragt, weil sie es nicht wissen wollte. Der Gedanke schmerzte zu sehr. Saskias Augen hatten geleuchtet, als sie vor Ewigkeiten im Café von ihrer Familie erzählt hatte. Bestimmt war sie heute Abend glücklich. Wahrscheinlich saß sie neben Kilian, genau wie Felix an diesem Abend neben seiner Frau saß, und sie spielten aller Welt das glückliche Pärchen vor. Vielleicht waren sie das sogar. Die Tatsache, dass Jennifer außen vor war, würde niemanden stören. Das war nichts Neues. Es ging ihr in ihrer eigenen Familie nicht besser.

Saskia hatte ihr keine SMS geschickt und auf ihre Weihnachtsnachricht nicht geantwortet. Das war eindeutig. Sie wollte nichts mehr von Jennifer wissen und schämte sich für das, was sie getan hatten. Es würde kein zweites Mal geben. Vielleicht war das besser so. Die Momente mit Saskia hatten sie tiefer berührt als die kühlen Zärtlichkeiten von Kilian. Bei ihm war es leichter, zwischen Spiel und Realität, Alltag und Höhenflug zu unterscheiden. Saskia mit ihrem scheuen Lächeln, den blitzenden Augen und dem Honigduft ihrer Haut machte es ihr schwerer, ihr Herz außen vor zu halten.

In einer glücklichen Familie könnte man möglicherweise erzählen, wenn man Liebeskummer hatte und verwirrt war. Vielleicht breitete man beim Heiligabend-Essen nicht detailliert aus, dass einen gleichzeitig mit einer Frau und mit dem festen Freund der Frau eine SM-Affäre verband, aber man könnte zumindest erzählen, dass man befürchtete, sich in eine vergebene Frau verliebt zu haben und nicht wusste, wie man damit umgehen sollte. Lesbisch: ja/nein? und der ganze Kram. Ein anderer Bruder würde vielleicht die Hand auf ihre Hand legen, lächeln und ihr sagen, dass das Leben verdammt kompliziert sein konnte. Eine andere Mutter würde sie vielleicht in den Arm nehmen, sie auf den Scheitel küssen und sagen, dass Jennifer immer ihre Tochter sein und sie sie immer lieben würde und dass sie die Freundin bitte zum Kaffeetrinken mitbringen sollte.

Das Leben war kompliziert.

»Du träumst schon wieder. Bist du immer noch Grufti?«, fragte Felix und riss sie zurück in die Gegenwart.

Jennifer richtete ihren Rücken würdevoll auf. »Ich bin kein Grufti, Felix, das habe ich dir bereits mehrfach erklärt. Ich weiß nicht, wie du darauf kommst.«

»Na, dann eben *gothic*. Bist du immer noch *gothic*? Du trägst ständig dieses Leichenbitter-Schwarz. Meinst du nicht, dass du dafür langsam zu alt bist?«

»Ich bin auch nicht *gothic*«, sagte Jennifer und schenkte ihm ihr schönstes kühles Lächeln. Es hatte keinen Sinn, ihn über die einzelnen Untergruppierungen der Schwarzen Szene aufzuklären. Es interessierte ihn nicht, er suchte nur nach einem Grund, um sie zu ärgern, als ob er immer noch ein pubertärer Junge wäre. »Wirklich nicht, Felix. Und keine Sorge, ich bin nicht alt. Jedenfalls nicht so alt, dass meine biologische Uhr so laut tickt wie deine.«

»Also hast du bald deinen Studienabschluss, ja? Oder wie lange willst du auf Kosten unserer Eltern noch weiterstudieren?«

Langsam reichte es ihr. »Danke, mein Studium läuft sehr gut. Ich habe mit dem Professor geschlafen, damit er mir eine Eins gibt«, sagte sie giftig.

Am Tisch herrschte schockierte Stille und Jennifer triumphierte innerlich. Hah! Das hatten sie davon. Es konnte sie auf keinen Fall schlimmer schockieren als die Realität. Sie ertrug dieses Gespräch keine Sekunde länger. Es wurde höchste Zeit, nach Hause zu fahren. Vielleicht würde Saskia ihr die kühle Verabschiedung vor zwei Tagen verzeihen und sich erneut mit ihr treffen. Sie brauchten nicht miteinander zu schlafen. Es wäre genauso schön, in die Disco zu gehen und miteinander zu tanzen.

Das Schweigen zog sich in die Länge.

»Das war ein Scherz, kapiert?«, ruderte sie schließlich zurück, als sie den kühlen Blick ihrer Mutter nicht länger aushielt. »Felix macht die ganze Zeit Scherze, da dachte ich, ich sage auch was Lustiges.«

Immer noch schwiegen die anderen. Jennifer wäre am liebsten im Boden versunken.

»Felix, wie läuft deine Arbeit?«, fragte sie, um die Stille endlich zu durchbrechen. »Wollt ihr bald eine größere Wohnung suchen, falls das mit dem Baby endlich klappt?«

Small Talk. Sie würde nie verstehen, warum manche Leute ihn als zu oberflächlich ablehnten. Manchmal war er das Einzige, was eine Situation davor bewahren konnte, sich in eine totale Katastrophe zu verwandeln.

HEIMLICHES TELEFONAT

Das Abendessen zog sich in die Länge. Es gelang Jennifer, ihrer Mutter zuliebe zu lächeln und ihren Vater und Felix so weit wie möglich zu ignorieren. Felix' Frau bemühte sich aufrichtig um höfliche Gesprächsinhalte wie das ungewöhnliche Fehlen von Schnee um diese Jahreszeit und fragte Jennifer wie jedes Jahr, ob sie früher auf dem wunderhübschen, edlen Flügel im Wohnzimmer gespielt hatte. Wie jedes Jahr erzählte Jennifer, dass sie nur getanzt und keinen Musikunterricht erhalten hatte, und Felix' Frau lächelte verlegen.

Zum Nachtisch gab es mehlige Bratäpfel. Für den Weihnachtsfilm begleitete Jennifer ihre Mutter in die Küche, um das Schlachtfeld des Mehrgänge-Menüs wenigstens ein bisschen zu beseitigen. Um elf Uhr schützte sie Müdigkeit vor und ging ins Bett.

Jennifer mochte ihr Zimmer nicht mehr. Früher war es ihr Schutzraum und ihr privates Reich gewesen, aber in dieser Nacht erinnerte es sie nur daran, dass das hier nicht länger ihr Zuhause war. Als sie ein Kind gewesen war, hatte der Kleiderschrank bei Nacht komische Geräusche von sich gegeben. So, als ob jemand darin gefangen wäre und vergeblich versuchte, sich bemerkbar zu machen. Das Gerümpel, das sich seit ihrem Auszug angesammelt hatte, schien ebenfalls Geräusche von sich zu geben. Die Federn der Matratze waren ausgeleiert und ließen sie zu tief hineinsinken. Trotz des frisch gewaschenen Kopfkissenbezugs roch die Luft falsch. Nach Staub und Einsamkeit.

Es hatte keinen Sinn. Sie konnte nicht einschlafen. Morgen und die Rückkehr zu Mica in die Freiheit schienen noch unendlich weit entfernt zu sein. Wieder und wieder spukten Felix' Worte durch ihren Kopf. Sein abfälliges Lächeln. *Ist dein Hintern immer noch zu dick für eine Ballerina?*

Ihr Handy hatte Empfang. Trotzdem war keine Antwort von Saskia gekommen. Das konnte nur eines bedeuten: Saskia schämte sich für den Besuch bei ihr und bereute all das, was sie miteinander angestellt hatten. Kein Wunder. Sie hatte direkt danach davon gesprochen, dass sie wegen Kilian ein schlechtes Gewissen hatte. Konnte man ja verstehen. Betrügen war scheiße. Wenn Saskia das ohne Gewissensbisse könnte, wäre sie nicht die Frau, für die Jennifer sie gehalten hatte.

Sie überlegte, ob sie einen Versuch unternehmen sollte, Saskia anzurufen. Nein. Das wäre sinnlos. Sie würde sich nicht aufdrängen, wenn sie unwillkommen war.

Stattdessen wählte sie Kilians Nummer. Er könnte ihr sicher sagen, ob es Saskia gut ging. Außerdem konnte sie ein bisschen männlichen Trost gebrauchen. Zu spät fiel ihr ein, dass es schon nach elf Uhr abends war und er und sie in keinem Verhältnis zueinander standen, das es ihr erlauben würde, ihn am Heiligen Abend um diese Zeit anzurufen. Er hob ab.

»Was willst du?«, fragte er leise.

Jennifer erschrak, weil er außerhalb einer Session nie so böse geklungen hatte. »Ich wollte nur hören, wie es dir geht«, sagte sie leise und biss sich auf die Lippen.

Verdammt. Er hatte es am Anfang erklärt und sie hatte zugestimmt, sich daran zu halten. Es stand ihr nicht zu, ihn anzurufen, wenn sie über Frauendinge und Gefühlskram quatschen wollte. Wenn es etwas zu regeln gab, sollte sie ihm eine SMS schreiben und warten, bis er sich meldete. Ansonsten lebte er sein Leben und sie ihres.

So lautete die Vereinbarung und sie hatte soeben dagegen verstoßen.

»Es tut mir leid, Kilian«, sagte sie daher schnell. »Ich wollte dir nur frohe Weihnachten wünschen.«

»Ich rufe gleich zurück«, sagte er und klang genauso leise und böse wie bei der Begrüßung. Dann war nichts mehr zu hören. Jennifer blickte auf das Display. Tatsächlich. Er hatte aufgelegt.

Ob er mit Saskia zusammen war? Besuchten sie gerade seine oder ihre Eltern und er musste ihren Anruf geheim halten? Dabei hatte sie gehofft, etwas von Saskia zu hören, wie sie sich eingestand. Wenigstens ein kleiner Gruß. Eine Message, dass sie sie nicht vergessen hatte und die Nacht genauso wenig vergesse hatte wie Jennifer. Aber offensichtlich wollte Saskia es vergessen.

Jennifer zählte ihre Atemzüge. Die Zeit schien nicht zu vergehen. Bei 22 vertat sie sich, zählte aber weiter, bis Kilian bei 54 endlich anrief. Jennifer schluckte, bevor sie das Gespräch annahm. Schade, dass es nicht Saskia war.

»Was gibt es?«, fragte Kilian mit normaler Stimme. Wahrscheinlich hatte sie sich die vorherige Abneigung nur eingebildet und alles war gut.

Was sollte sie sagen? *Ich liege allein in meinem Zimmer, mein großer Bruder hat versucht, mich vor der Familie zu provozieren, bis ich ausraste, und ich fürchte mich im Dunkeln, weil die Möbel komische Geräusche machen* war mit Sicherheit nicht das, was er von seiner unverbindlichen Affäre hören wollte. Andererseits hatte sie die Schnauze voll davon, eine unverbindliche Affäre zu sein. »Ich wollte hören, ob du schöne Weihnachten hast«, sagte sie lahm.

»Wir sind bei Saskias Eltern«, sagte er kurz. »Ist wirklich sehr schön hier.« Der zweite Satz klang ironisch.

Jennifer ahnte, dass er lieber an jedem anderen Ort in Deutschland gewesen wäre. Wahrscheinlich hätte er sie sonst nicht zurückgerufen. Sie musste daran denken, was Saskia über seine Fluchten aus dem Alltag in die Arme einer Affäre gesagt hatte. »Ich bin bei meinen Eltern«, erzählte sie. »Mein Bruder ist hier und nervt unerträglich. Ich habe keine Ahnung, wie ich ihn morgen beim Frühstück ertragen soll.«

Schweigen. »Und warum erzählst du mir das?«

Jennifer merkte, wie sie wütend wurde. »Ich wollte bloß mit dir quatschen, nachdem ich den ganzen Abend meine Familie ertragen habe. Die kotzen mich nämlich an, klar?«

Kilian seufzte. »Davon kann ich ein Lied singen. Saskia sitzt mit ihren Schwestern und Eltern im Wohnzimmer und amüsiert sich. Ich wünschte, wir hätten es endlich hinter uns gebracht. Aber morgen sind noch meine Eltern dran. Weihnachten ist wirklich die schlimmste Zeit des Jahres.« *Und dann ruft auch noch die Spielbeziehung an und will über Kinder reden*, hörte sie die unausgesprochene Fortführung seines Satzes.

Sie seufzte. Es war wirklich kompliziert. Wenn sie Saskia erreicht hätte … Das Leben war nutzlos und einsam. Niemand interessierte sich wirklich dafür, was mit ihr passierte. »Lass uns bald was Schönes unternehmen, hm?«, fragte sie und versuchte, lockend zu klingen. »Gib mir ein paar heiße Gedanken, damit ich mich gleich im Bett nicht allein fühle, wäre das was?«

Wahrscheinlich hätte sie Saskia vorgestern nicht anrufen dürfen. Dann wäre zwischen ihnen nichts passiert und sie wären nach wie vor befreundet. Vielleicht würde sie ein weiteres Mal in ihrer Tanzschule trainieren. Sie könnten Kaffee trinken gehen und beim nächsten Mal würde sie Latte macchiato im Fahrradkorb transportieren, um Saskia eine Freude zu machen. Was für ein missglückter Abend das gewesen war! Warum hatte sie sich so gehen lassen?

»Was hältst du davon, wenn wir im Frühling eine Tour auf dem Motorrad machen?«, fragte Kilian. Es wirkte, als ob er tatsächlich versuchte, sie aufzumuntern. Das rührte sie. Vielleicht hatte Saskia gelogen, als sie behauptete, er würde seine Affären benutzen, um sich frei zu fühlen. Immerhin hatte er zurückgerufen, während Saskia nicht reagiert hatte. »Wir leihen dir irgendwo Schutzkleidung und einen Helm aus und machen eine lange Fahrt ins Grüne. Weit weg von allem. Nur du und ich. Was meinst du dazu?«

Eigentlich fand sie Motorradfahren affig und Lederkleidung stieß sie eher ab, aber Kilian schien ernsthaft zu versuchen, sie in ihrem weihnachtlichen Stimmungstief aufzuheitern. »Das wäre nett«, sagte sie daher. »Ich bin noch nie Motorrad gefahren. Lass uns ruhig mal was unternehmen. Also, einfach so und ohne SM. Wenn das für Saskia in Ordnung geht, natürlich nur.« Saskia. Sie hatte den verbotenen Namen ausgesprochen. Merkte Kilian nicht, wie ihre Stimme zitterte?

»Hast du eigentlich Lust, mal zu dritt etwas auszuprobieren? Also eine Session?«

»Zu dritt?« Hatte er ihre Gedanken gelesen? Manchmal war es unheimlich, wie gut er auf der Klaviatur ihrer Gefühle spielen konnte.

»Ja, ich, du und Saskia. Saskia hat mir gestern auf der Fahrt zu ihren Eltern ein Geständnis gemacht. Sie ist neugierig auf SM und möchte es gern ausprobieren. Allerdings auf der aktiven Seite. Ich will natürlich nicht, dass sie allein mit fremden Männern oder Frauen rummacht, also dachte ich, ich könnte ihr anbieten, meine Sub mit ihr zu teilen.«

Jennifer schwieg. Am liebsten hätte sie ausgespuckt, das Licht eingeschaltet und zugesehen, wie ihr Speichel im Teppich versickerte. Sie hatte das Gefühl, dass der Schmutz um sie herum immer höher wuchs und sie einhüllte, bis sie keine Luft mehr bekam. War es die ganze Zeit nur darum gegangen? Hatte Saskia Fürsorge vorgetäuscht, Kaffee in Pappbechern gekauft und im Fahrradkorb transportiert, um sich ein williges Spielzeug zu erkaufen, an dem sie ausprobieren konnte, wie sie sich mit einer Gerte in der Hand fühlte?

»Natürlich nur, wenn du es möchtest«, schob er nach, als das Schweigen zu lange dauerte.

Jennifer ermahnte sich, klar zu denken, aber es war schwierig. »Hat Saskia gesagt, dass sie die Session mit mir als Sub haben möchte?«, fragte sie, bevor sie sich komplett in diese Vorstellung verrannte und zu heulen begann.

»Nicht direkt.«

»Was heißt das?«

»Ich würde sie gern damit überraschen. Ihr die Chance geben, diese Seite von sich auszuleben, ohne fremdgehen zu müssen. Ich hatte den Eindruck, dass du dich mit ihr gut verstanden hast.« Was für eine Untertreibung. »Hättest du Lust?«

Das Bild von Saskia, gekleidet in schwarzem Leder und mit einer mehrschwänzigen Peitsche in der Hand, erschien vor ihrem inneren Auge. Sie schluckte. Was für eine Vorstellung ... Hatte sie jemals behauptet, dass sie Lederkleidung affig fand? Was für eine paradoxe Idee. An Saskias geschmeidigem, sinnlichem Körper würde es attraktiver aussehen als alles, was sie sich vorstellen konnte. Wie gerne würde sie wieder vor ihr knien und von ihr beherrscht werden ...

»Vielleicht solltest du erst mit ihr besprechen, ob sie das überhaupt will«, sagte Jennifer schließlich. »Vielleicht will sie nicht mit dir zusammen herrschen. Oder sie hat keine Lust darauf, mich wiederzusehen. Ist alles möglich.«

»Da sagst du was.« Er schien zu überlegen. »Mal sehen. Bestimmt finden wir einen Weg. Erst mal wollte ich nachfragen, ob du überhaupt Lust hast.«

»Das schon.« Saskia würde ablehnen. Sie musste ablehnen, eine andere Möglichkeit gab es nicht. Also gab es keinen Grund, sich Kilian gegenüber als prüde und hausmütterlich aufzuspielen. Eine solche Zusage kostete sie nichts.

»Ich glaube, ich muss zurück zu den anderen. Man kann nicht ewig vor dem Haus stehen und sich auf eine Zigarettenpause rausreden, verstehst du?«

»Dann geh besser.« Jennifer zog die Decke zurecht und suchte nach einer besseren Liegeposition. Sie fühlte sich immer noch traurig, aber es war besser als zuvor. »Grüß Saskia schön von mir, ja?

Wir können nach Weihnachten noch mal telefonieren und Einzelheiten besprechen.«

Er lachte. »Nach Weihnachten sehen wir uns ohnehin wieder. Wir haben noch was vor, wofür du vorher in den Secondhandshop musst, erinnerst du dich?«

Jennifer lachte ebenfalls und erinnerte sich daran, dass das Leben aus mehr bestand als aus Felix' Sprüchen und Saskias Zurückweisung. »Ich freu mich schon.«

»Und ich grüß Saskia von dir, in Ordnung. Tschau!« Er legte auf.

Saskia. In dieser Nacht würde Kilian neben ihr schlafen. Keiner der beiden müsste allein in der gespenstischen Atmosphäre von übrig gebliebener Kindheit wach liegen, die Elternhäusern anhaftete und sich wie eine staubige Decke über die Erinnerungen an die wirkliche Welt legte. Weder Saskia noch Kilian müssten allein den Kopf auf das von der Mutter aufgeschüttelte Kopfkissen legen, das zu viele Jahre allein darauf gewartet hatte, dass jemand bei ihm Trost und Geborgenheit suchte.

Sie wünschte, jemand läge neben ihr. Jemand, dessen Schweiß auf ihrer Haut die Erinnerung an die Sprachlosigkeit fortwusch, an die sie sich aus ihrer Kindheit erinnerte und die nicht verschwinden würde, selbst wenn sie Felix hundert schnippische Bemerkungen an den Kopf warf. Abgesehen davon, dass ihr wahrscheinlich keine hundert schnippischen Bemerkungen einfallen würden.

Ob Saskia und Kilian in dieser Nacht miteinander schliefen?

Fast wünschte Jennifer es sich. Es wäre gut, wenn wenigstens zwei von dreien in dieser Nacht nicht allein sein mussten. Es würde ihr Trost bringen, wenn Saskia heute Nacht jemanden hatte, der sie küsste, ihren schönen Körper streichelte und ihre warmen Brüste in die Hand nahm, um ihr Vergnügen zu bereiten. Jemand, dessen Finger sanft über ihr Gesicht glitten, bis es sich entspannte und sie mit ihren Lippen nach seinen Fingern suchte, um sie in ihren Mund zu saugen.

Es wäre auch schön für Kilian, wenn er in dieser Nacht jemanden hätte, an den er sich kuscheln konnte. Eine Frau, die in seinen

Hals biss und in seinen Boxershorts nach dem Teil seines Körpers griff, den Jennifer niemals berühren durfte. Bestimmt würde es ihm gefallen, wenn Saskia ihn dort anfasste und sanft massierte und umschloss, während sie sich küssten.

Tränen liefen über Jennifers Wangen. Sie stellte sich die Szene vor und wanderte mit der Hand in die Unterhose. Es tat weh, dass die beiden es tun durften und sie nicht, und es schmerzte, dass sie trotz all ihrer Eifersucht nicht wusste, wen von ihnen sie mehr beneidete. In ihrer Vorstellung schob sich Saskias nackter und vollkommener Körper über Kilian und nahm ihn tief in sich auf. Bis auf das Kondom war er so nackt wie sie.

Benutzten sie überhaupt Kondome?

Masochistinnen mochten Schmerzen. Manchmal jedenfalls. Dann, wenn sie sie genau so dosieren konnten, wie es ihnen gefiel und sie es für ihren persönlichen Flug zu den Sternen brauchten. Auch wenn dieser hier eher ein Flug in die Hölle würde. Trotzdem konnte sie die Gedanken nicht verbannen.

Vielleicht war es ihr Masochismus, der sie daran denken ließ, wie Kilian mit seinen starken Händen Saskias durchtrainierten Hintern umfasste und sie langsam auf und ab dirigierte, um sein Glied immer wieder neu hungrig in sie zu schieben. Saskia streichelte seinen Bauch und seine Brust, liebkoste seine Nippel und warf den Kopf vor Erregung nach hinten, als er sie heftiger fickte. Er streichelte und massierte ihre Brüste und verbarg sein Gesicht zwischen ihnen. Saskia stöhnte auf und kreiste mit ihrem Becken, bewegte sich gierig, erzählte Kilian, wie sehr sie ihn liebte und wie gleichgültig alle anderen ihr wären. Sie umschlang ihn mit den Beinen, um ihn tiefer in sich hineinzuziehen, und lehnte sich nach hinten, damit Kilian ihre Brüste und ihren vollendet geformten, nach hinten geworfenen Hals bewundern konnte.

Es tat weh, dass Jennifer nie dabei sein dürfte, höchstens, um ihnen als Saskias Sexspielzeug das Vorspiel zu versüßen. Ein grausamer Schmerz. Sie massierte schneller. In ihrer Vorstellung stieß er langsam, bedächtig und zärtlich in Saskia hinein. Saskia verzog das Gesicht, presste die Hände an ihre Brüste und keuchte vor Verlangen nach seinem Glied. Kilian lachte, als sie sich immer heftiger bewegte, das Gesicht in Ekstase verzerrte, mit einer Hand zwischen ihre Beine fuhr und dort rieb, bis sie stoßweise atmend zum Höhepunkt kam. Anschließend sackte sie zusammen und legte ihren Kopf auf Kilians Brust. Er lächelte und hielt sie umfangen, streichelte ihren Rücken, während sie sich an ihn schmiegte, und küsste sie auf die Schläfen.

Als Saskia langsam zurück zu sich fand, bewegte er sein Becken langsam, um ihr zu signalisieren, dass es noch nicht vorbei war. Natürlich nicht. Ein Mann wie Kilian war potent genug, um einer Frau mehr als einen Höhepunkt zu verschaffen. Er streichelte Saskias Rücken, ihre Flanken, umfasste ihren Hintern und zog ihn auseinander. Als sie sich rekelte, zufrieden lächelte und seine Bewegung aufnahm, drehte er sie auf den Rücken und machte in dieser Stellung weiter.

Saskia seufzte auf und ließ zu, dass Kilian ihre Beine an seine Schultern legte, um tiefer in sie stoßen zu können. »Fick mich«, flüsterte sie. »Fick mich richtig tief. Lass mich alle vergessen, die es außer dir gibt. Ich liebe nur dich. Außer dir gibt es niemanden, der mich erregen kann. Sie sind alle nur Spielzeug, mit dem ich mich amüsiere und das ich wegwerfe, wenn ich es benutzt habe.« Fast schien es, als könnte sie Jennifer sehen und ihr einen höhnischen Blick zuwerfen.

Anders als sie schien Kilian die heimliche Zuschauerin nicht wahrnehmen zu können. Er gehorchte Saskia, presste ihre schlanken Beine über ihre Schultern und genoss sichtbar, dass sie wimmerte und den Kopf in den Nacken warf. Langsam und tief stieß er in sie, verharrte mit der Spitze an ihrem Eingang und senkte sich langsam in sie, glitt langsam wieder heraus und hinein und heraus, bis Saskia ihr Becken unkontrolliert hin und her warf und ihr Verlangen herausstöhnte. »Tiefer!«, rief sie und presste die Luft stoßartig aus ihren Lungen. »Härter! Ich will dich. Besorg es mir. Hart und tief!«

Kilians Rhythmus wurde schneller und schneller, er stieß so heftig in sie, dass es wehtun musste, doch er nahm keine Rücksicht. Saskia wimmerte und es ließ sich nicht sagen, ob es vor Schmerz oder vor Erregung war. Schließlich stieß er noch tiefer in sie als zuvor und erschauderte. Der Schweiß auf seinem nackten, muskulösen Rücken schimmerte im Dämmerlicht und er sackte zusammen.

Jennifer sackte ebenfalls zusammen. Der Schmerz und die Bilder in ihrem Kopf ließen nach und ein Gefühl von Frieden und Entspannung breitete sich in ihr aus.

Vielleicht sollte sie ein schlechtes Gewissen haben, weil sie sich Kilian und Saskia in dieser Weise für ihre Befriedigung ausgemalt hatte, doch sie verspürte nichts Derartiges. Es kam ihr vor wie ein heimlicher Sieg über alle, die ihr wehgetan hatten. Ein Sieg über ihre Familie, die sie jedes Jahr spüren ließ, dass sie nicht gut genug war. Ein Sieg über Kilian, der ihr die Nähe verweigerte, nach der sie sich seit dem vergangenen Sommer sehnte. Und irgendwie, auch wenn sie den Grund nicht in Worte fassen konnte, war es auch ein Sieg über Saskia.

Sie war Jennifer. Nicht Saskias Spielzeug, nicht Kilians Affäre, nicht Felix' wertlose kleine Schwester, die behauptete, mit ihrem Professor geschlafen zu haben. Einfach nur Jennifer. Sie spielte nach ihren eigenen Regeln, und es war egal, wie skurril diese Regeln anderen Leuten erscheinen mochten.

Mit diesem Gedanken rollte sie sich auf die Seite, zog die Bettdecke bis zum Kinn und schlief endlich ein.

16

ZURÜCK IN DIE WIRKLICHKEIT

»Wollen wir am Samstag weggehen?«, fragte Jennifer. Sie stand mit Mica in der Küche, um gemeinsam zu kochen. Das bedeutete, Jennifer saß auf ihrem Stuhl, während Mica herumlief und schwer an der Verantwortung trug. Jennifer versuchte, gekochte Kartoffeln zu schälen und in mehr oder minder große Scheiben zu schneiden, die sie sorgfältig in der großen Auflaufform ausbreitete. Mica hatte ganze Möhren mitgekocht, die sie ebenfalls schneiden sollte, während sie die Blumenkohl- und Brokkoliröschen nur in der Mikrowelle aufgetaut hatte.

»Ich weiß noch nicht, ob ich mitkomme«, sagte Mica. »Eigentlich wollte ich mir am Samstag einen ruhigen Abend machen.«

Jennifer griff nach einer neuen Kartoffel und zog die Schale ab. Micas Ton legte nah, dass sie sich überreden lassen wollte und nicht in die Disco traute, weil ihr Pflichtbewusstsein mal wieder ihr Denken regierte. Jennifer lächelte. Am klügsten war es, nichts zu erwidern. In spätestens zwei Stunden käme Mica von selbst auf die Idee, dass es höchste Zeit war, am Samstag im Black Mirror eine Pause vom Lernen zu finden und zwischendurch unter Leute zu kommen.

Heute sollte es ein sehr kompliziertes Essen mit mehreren Gängen geben, um für ein paar Freunde das Weihnachtsgefühl noch einmal in vertrauter Runde aufleben zu lassen. Mica hatte einen Teig aus Mehl, Wasser und verschiedensten Gewürzen bereitet und backte in einer Bratpfanne ohne Öl eine Art Chapati. Dazu hantierte sie auf der Ablage mit drei Schüsseln, in denen sie die verschiedenen Dressings anmischte. Das einzige, dessen Rezept Jennifer behalten hatte, enthielt Joghurt, klein gehackte frische Minze, einen Teelöffel Orangensaft, Salz, Kümmel, Zucker, Pfeffer und einen Tropfen Menthol-Öl, weil die importierte Minze laut Mica nicht so viel taugte wie das Original.

Während der Obstsalat von Mica hergerichtet worden war, hatte Jennifer in ihrem Zimmer so gut wie möglich aufgeräumt und Micas Staubsauger fast 20 Minuten auf ihrem Teppich hin und her und vor und zurück geschoben. Vermutlich war er immer noch nicht sauber genug, aber das Weinrot leuchtete endlich wieder. Alle Teppichhaare zeigten in die gleiche Richtung und bildeten nicht länger das chaotische Muster ihrer alltäglichen Wanderungen zum Kleiderschrank, zum Schminkspiegel und ihrer Versuche ab, zu tanzen. Sie würden fünf Gäste bekommen, auch wenn leider weder Saskia noch Kilian zu ihnen zählten. Das bedeutete, dass es eng werden würde. Eng war gemütlich. Es war lange her, dass sie das letzte Mal Gäste in der WG bewirtet hatten. Bestimmt zwei Monate. Das nächste Mal sollten sie nicht so lange damit warten.

Das letzte Mal hatte sie Kartoffeln geschält, als sie mit ihrer Mutter in der Küche gesessen hatte.

»Hattest du schon mal einen Dreier?«, fragte sie Mica und griff nach zwei Karotten, um sie parallel in Scheiben zu schneiden.

»Das wüsstest du. Ich hätte es hinter dem Katzenkalender eingetragen«, sagte Mica und grinste.

»Das ist keine Antwort.«

Mica zuckte mit den Schultern.

Daher legte Jennifer die Karotte auf das Schneidebrett, stand auf und ging zum Katzenkalender. Der Kalender zeigte die Monate des vergangenen Jahrs. Sie hatten ihn noch nicht durch einen für das Folgejahr ersetzt. Hinter den niedlichen Bildern von spielenden Kätzchen versteckte der Kalender ein Geheimnis. Eine Liste von

Männernamen und Symbolen dahinter, die sie vor einem Jahr im Januar angefertigt hatten, als sie sich angeheitert amüsiert hatten. Am nächsten Tag hatten sie bei den meisten Symbolen nicht mehr gewusst, was sie bedeuteten, aber sie hatten sie trotzdem aufgehängt. Eine moderne, emanzipierte Version von Kerben im Bettpfosten.

Bei Jennifer war seit dem vergangen Januar nur ein Name dazugekommen, obwohl Micas Liste schon damals länger als ihre gewesen war. Gut, sie hatte vergessen, die Schmuserei mit Saskia einzutragen, aber die gehörte nicht hierhin. Der Katzenkalender drehte sich um Männer.

»Kilian möchte vielleicht einen Dreier machen«, sagte Jennifer und setzte sich zurück an ihren Platz. Möhren schneiden, damit das Essen rechtzeitig für die Besucher fertig wurde. »Zusammen mit seiner Freundin.«

»Aha.« Mica rührte schnell und routiniert in einer ihrer kleinen Schüsseln, während sich das Chapati in der Pfanne nach oben wölbte und sie es kritisch beäugte. »Und was sagt die Freundin dazu?«

»Laut Kilian kommt die Idee von ihr.« Vielleicht war es wirklich so, wurde ihr klar. Vielleicht hatte Saskia Kilian auf diesem Umweg dazu bringen wollen, Jennifer erneut treffen zu können, ohne in Zukunft lügen zu müssen. Die Tatsache, dass sie Kilian betrogen hatte, musste ihr mehr zu schaffen gemacht haben, als Jennifer gedacht hatte. Immerhin hatten sie eine offene Beziehung. Wie konnte etwas, was Kilian für sich als gutes Recht ansah, bei Saskia auf der anderen Seite solche Gewissensbisse verursachen?

Mica wirkte skeptisch. »Hat Kilian nicht auch bei der SM-Party gesagt, dass die Idee von ihr käme?«

Micas Realismus schwächte Jennifers Begeisterung ab. »Du meinst, er hat das erfunden?«

»Könnte sein, oder? Meiner Meinung nach hat er die Begegnung bei der Party inszeniert, damit ihr eifersüchtig aufeinander werdet und euch die Augen auskratzt. Er wollte sich als Hahn im Korbe aufspielen und auf beiden Seiten trösten. Das hat leider nicht ganz geklappt, weil ihr beide tanzt und euch untereinander besser verstanden habt als mit ihm. Daher versucht er es jetzt zum zweiten Mal. Spätestens, wenn er mit beiden von euch rummacht, müsste die andere doch eifersüchtig werden, oder nicht?«

»Keine Ahnung.« Jennifer verteilte die Möhren in der Auflaufform und nahm sich die nächste Kartoffel.

»Ich vermute, dass er zumindest so denkt. Meiner Meinung nach hat der Gute einen klaren Fall von Paschasyndrom. Wahrscheinlich kickt ihn die Vorstellung, dass zwei Frauen miteinander um seine Gunst wetteifern. Bei euch sieht er die Chance, diese Fantasie zu verwirklichen. Und weil ihr nicht gut genug mitspielt, manipuliert er euch in die jeweilige Richtung.«

Jennifer verzog das Gesicht. »Das klingt nicht danach, als ob Saskia Sehnsucht nach mir hätte.«

»Wahrscheinlich nicht.« Mica hantierte weiter am Herd herum.

»Also meinst du, ich sollte sein Angebot ablehnen? Keinen Dreier, weil die Idee ohnehin in die Hose geht?«

Mica wendete das Chapati mit bloßen Fingerspitzen und sah zu Jennifer. »Viel wichtiger als das, was Kilian oder die Freundin wollen, ist mir das, was du willst, ehrlich gesagt. Die beiden anderen kenne ich kaum, sie sind mir egal. Wenn Kilian dir real wehtut, kriegt er Ärger mit mir, das habe ich dir schon gesagt. Aber wenn es dir Spaß macht und du Lust hast, es auszuprobieren, warum nicht?«

Jennifer nickte nachdenklich. Es tat gut, so eine Freundin zu haben. Womit hatte sie es verdient, dass Mica sie so bedingungslos akzeptierte und wollte, dass es ihr gut ging?

Es klingelte.

»Sind sie das schon?«, fragte Jennifer erstaunt. »Es ist viel zu früh!«

»Geh bitte zur Tür«, forderte Mica. »Ich kann hier nicht weg, sonst brennt alles an. Los, mach schon!«

Jennifer ließ die Kartoffeln auf den Tisch fallen, wischte die Hände an der Schürze ab und ging zur Sprechanlage im Flur. »Wer ist da bitte?«

»Der Heilige Geist und sein Callgirl!«, klang Maries fröhliche Stimme durch den Hörer.

»Seid willkommen, edle Gäste. Aber lasst den *Wachturm* und die Gratisbibel unten, ja?«

»Ist gebongt.« Das war Patrick.

»Habt ihr Marcel dabei? Ihr seid viel zu früh«, sagte Jennifer und drückte den Summer.

»Wir dachten, wir helfen euch bei den Vorbereitungen.« Marie kicherte und war gleichzeitig durch die Sprechanlage und das Treppenhaus zu hören. Sie klang beschwipst. Bei einer anderen Frau hätte Jennifer auf Alkohol getippt, bei Marie dagegen befürchtete sie, dass das ihr natürlicher Zustand war.

Zusammen mit Marie und Patrick wurde es eng in der Küche, aber gemütlich. Patrick half beim Kartoffelschneiden, während Marie einen Teil von Micas Arbeitsplatz okkupierte und ohne Aufforderung mit dem Mixen von Cocktails begann.

Mica lächelte gequält, weil Fremde ihr Reich durcheinanderbrachten, aber sie machte gute Miene zum bösen Spiel. Es gefiel ihr, wenn sie für Besuch kochen konnte, sie mochte bloß keine Unordnung.

»Soll ich die Gläser in Jennifers Zimmer bringen?«, fragte Patrick.

»O nein, seht nur, ich habe etwas auf die Arbeitsfläche verschüttet«, rief Marie. »Wo habt ihr einen Lappen?« Sie griff nach dem Tuch, das für das Abtrocknen von Geschirr gedacht war.

Micas Gesicht wurde noch ein wenig steinerner und sie nahm Marie das Tuch weg. »Hier hast du einen Lappen. Nimm den und spül ihn danach aus, ja?«

»Soll ich schon mal den Film einlegen, Jennifer?« Patrick stand in der Tür und hielt sich betont fern von dem Malheur mit dem verschütteten Alkohol.

Jennifer blickte sich Hilfe suchend um. »Wollen wir den Film gleich sehen, oder machen wir das erst nach dem Abendessen, Mica?«

Mica fasste sich an die Schläfen und schüttelte den Kopf. »Bereitet einfach alles vor, ja? Wir überlegen gleich. Ich kann nicht kochen, wenn ihr so ein Chaos um mich herum veranstaltet!«

Patrick lachte, deutete eine scherzhafte Verbeugung vor ihr an und verließ die Küche mit den ersten fertig gemixten Cocktails. Jennifer schnipselte das letzte fertige Gemüse in die Auflaufform und drehte sich zu Mica. »Ich bin fertig.«

»Gut. Gut«, sagte sie. »Alles wird gut. Marie, brauchst du noch ein bisschen Rotwein, damit die verschütteten Flecken ein Muster ergeben?«

Jennifer blickte besorgt zu ihr. War sie tatsächlich sauer über das Chaos? Sie lächelte. Alles war gut.

»Was für eine geniale Idee! Hast du noch Rotwein für mich?«, fragte Marie daher. »Jennifer hat bestimmt nichts gegen ein schönes Tropfmuster auf der Schürze.«

»Bitte nicht!«, quietschte Jennifer und hob die gefüllte Auflaufschüssel als Barriere zwischen sich und Marie. Marie ignorierte es, schwenkte die Pitú-Flasche bedrohlich und kam auf sie zu.

»Es hat geklingelt«, mahnte Mica.

»Wirklich?«

»Ja. Das ist wahrscheinlich Marcel. Los, Jennifer, nimm unsere Gäste und die Getränke und bring ab jetzt alle Besucher direkt in dein Zimmer. Ich koche in Ruhe fertig und ihr bringt mir nicht alles durcheinander.«

»Zu Befehl, verehrte Meisterköchin.« Marie salutierte übertrieben zackig. »Komm, Jennifer, wir sind hier unerwünscht.«

Mica schnaubte, schob sie hinaus in den Flur und schloss mit einem gut hörbaren Ausatmen die Küchentür hinter ihnen. Da Jennifer die Flaschen und Gläser hielt, drückte Marie auf den Summer und nahm dem ankommenden Marcel seine Jacke ab.

Patrick saß bereits in ihrem Zimmer, hatte den Fernseher netterweise aber noch nicht eingeschaltet. »Hilfst du mir, ein paar Kerzen aufzustellen, damit es gemütlicher wird?«, fragte sie ihn. Zum ersten

Mal hatte sie das Gefühl, Kilian und sein SM nicht länger zu brauchen. Sie konnte sich auch so lebendig fühlen. Das Leben musste nicht wehtun, sondern durfte voller Gelächter sein.

Auch, wenn erotische Schmerzen sie manchmal tatsächlich erregten.

»Kerzen? Wir werden in diesem Raum zu siebt sitzen, und du willst Kerzen anzünden? Wir sind nicht in Sibirien!«

»Ich mag Kerzen aber«, bestimmte Jennifer und drückte ihm die Schachtel mit den Teelichtern und ein Feuerzeug in die Hand. Natürlich half er ihr. Für eine Sekunde genoss sie das verruchte Gefühl, dass niemand außer ihr wusste, was diese Lichter noch für sie bedeuteten.

Dieser Moment ist vollkommen, dachte sie, als Marie und Marcel in ihr Zimmer kamen und Marie in der Tür über ihre abstehende Teppichkante stolperte, das Glas fallen ließ und Patrick versehentlich eines der brennenden Teelichter aus der Hand riss. Alle rannten, um etwas zu retten. Leben musste nicht perfekt sein oder aus einsamen Höhenflügen bestehen. Leben fand da statt, wo Dinge schiefgingen und man miteinander lachte. Warum hatte sie so lange gebraucht, um das zu verstehen? Warum hatte sie bei Kilian eine Perfektion gesucht, die er niemals besitzen oder ihr schenken würde, statt das Lächeln in Saskias Gesicht als das zu sehen, was es war? Schief und vollkommen. Ganz egal, ob sie miteinander tanzten oder schwiegen. Irgendwie musste sie es schaffen, den Kontakt zu Saskia wiederherzustellen.

Nein. Saskia wollte nicht, das hatte sie mehr als deutlich gezeigt. Sie würde sich niemals dort aufdrängen, wo sie unwillkommen war, das verbat ihr Stolz. Wenn Saskia nichts mehr mit ihr zu tun haben wollte, hatte sie genug andere Freunde, um einen kuschelig gemütlichen Abend zu verbringen.

»Seid ihr sicher, dass ihr Kerzen anzünden wollt?«, fragte Marcel grinsend, als die gröbste Schweinerei beseitigt war. »Was ist, wenn Marie zwischendurch auf die Toilette muss und sich weigert, den ganzen Abend brav auf ihrem Platz in der Ecke zu sitzen? Ist das nicht zu gefährlich?«

Marie lachte und schlug nach ihm.

»Stell die Teelichter auf die Fensterbank«, sagte Jennifer zu Patrick. »Marie, du hast strengstes Verbot, in die Nähe des Fensters zu kommen, ja?«

Sie salutierte erneut. »Zu Befehl, Ma'am!«

»Wegtreten!« Jennifer lachte. Es fühlte sich gut an. Endlich war sie zu Hause.

17

MOMENTE ZU ZWEIT

Ein paar Tage nach dem Videoabend, Jennifer hatte inzwischen ihr Zimmer wieder aufgeräumt, rief Kilian an und fragte nach einem Treffen. Jennifer merkte erstaunt, dass sie ihn bis zu diesem Moment nicht vermisst hatte. Sonst war sie es gewesen, die ihm eine SMS oder eine kurze Facebook-Nachricht schrieb und fragte, wann man sich wiedersehen würde, wenn sie nicht bereits beim Abschied einen Termin für die nächste Session ausgemacht hatten.

Sie freute sich aufrichtig über seinen Anruf. Der Januar war kalt und grau, und sie vermisste es, jemanden zum Reden zu haben. Seit der Videoabendbesuch verschwunden war, kam ihr die Wohnung oft wieder zu leer und kühl vor. Deswegen stimmte sie zu, ihn wiederzutreffen und vorher in den Secondhandladen zu gehen, um ein paar billige Kleidungsstücke zu holen, die man leicht verschleißen konnte. Sie kaufte eine hauteng sitzende Jeans für drei Euro, die zu tief auf der Hüfte saß, um sie für ein normales Ausgehen anzuziehen, und eine enge, transparente Bluse mit einem großen Fleck auf dem Rücken. Genau das Richtige für diesen Anlass.

Kilian kam in Micas Abwesenheit. Wie so oft zündete sie Räucherstäbchen an, die zwischen den Teelichtern auf dem Schreibtisch brannten, die sie extra für das Treffen gekauft hatte. Auf dem kleinen Tisch unter ihrem Hochbett standen Weingläser und sie tranken bedächtig. Inzwischen fühlte es sich nicht mehr wild und verrucht an, sondern nach einem vertrauten Ritual, das Sicherheit und Beständigkeit vermittelte. Langsam leerten sie ihre Gläser.

Beinah kam es ihr vor, als wären sie tatsächlich ein Pärchen, das seit vielen Jahren vertraut miteinander war. Er hatte Weihnachten fern von ihr verbracht, aber das kam auch in richtigen Beziehungen vor. Wichtig war, dass er in diesem Moment neben ihr saß. Ein Mann, der sich nicht wie gewisse andere Personen in mysteriöses Schweigen hüllte, sondern sie angerufen hatte, weil er Sehnsucht nach ihr verspürte. Ein Mann aus Fleisch und Blut. Sie ergriff seine Hand und lehnte den Kopf an seine Schulter. Es würde guttun, sich bei ihm anzukuscheln, wenn sie abends einschlief. Bei ihm fühlte sie sich sicher. Vielleicht wurde es langsam Zeit, dass sie all die liebevollen, zärtlichen und normalen Dinge miteinander taten, die auch andere Pärchen miteinander verbanden. Der Bastelcutter auf dem kleinen Tisch war eine Einladung, genau wie die transparente Bluse. An dem Abend mit den Teelichtern hatte Kilian sich gewünscht, ihr einmal die Kleider mit dem Messer vom Leib zu fetzen. Seitdem waren nicht einmal zwei Monate vergangen, aber es kam ihr vor wie eine halbe Ewigkeit. Natürlich würde sich fürchten, aber gleichzeitig würde die Berührung sinnlich sein und gerade wegen der Gefahr sanfter als sonst. Sie sehnte sich nach Zärtlichkeit. Musste es immer SM sein, höher, grausamer, brutaler?

Natürlich hatten ihre masochistischen Fantasien nicht aufgehört, aber im Verlauf des vergangenen halben Jahrs waren sie weniger heftig geworden. Sie hatte diese Veranlagung, das hatte sie längst akzeptiert, und die Veranlagung würde auch in vielen Jahren noch ein Teil von ihr sein, aber sie wollte … mehr. Genau, das war es. SM allein reichte nicht mehr aus. Es musste etwas anderes geben, was tiefer ging. Zärtlichkeiten, die nicht nur dazu dienten, die Haut für die kommenden Schläge empfindlicher zu machen. Küsse. Tiefe Blicke in die Augen und Freude darüber, dass es den anderen gab. All die Dinge, von denen die Liebeslieder erzählten. Es musste möglich sein, das auch in einer SM-Beziehung zu erleben. Vielleicht wünschte sich Kilian etwas Ähnliches?

»Manchmal denke ich, dass ich … mehr will«, begann sie und versuchte, ihre Gedanken durch das Aussprechen zu sortieren. »Also, das, was wir haben, gefällt mir. Es ist besser als das, was ich mit jedem Typen davor hatte. Du weißt, was du tust, du erregst mich und du machst mich damit glücklich. Alles wäre super, aber in jüngster Zeit zweifele ich manchmal, ob mir das ausreicht.«

Kilian rückte ein Stück von ihr ab. »Also bist du jetzt so weit, ja? Ich habe es schon an Weihnachten geahnt.«

Ihr gefiel nicht, wie er das *du* betonte. »Wie meinst du das?«

Er lachte freudlos. »Dieser Moment kommt in jeder Spielbeziehung. Irgendwann kommt die Sub zu dem Schluss, dass ihr das, was ich geben kann, nicht ausreicht. Und dann muss ich Schluss machen. Du hast von Anfang an gewusst, dass es zwischen dir und mir nicht mehr geben wird. Wir treffen uns, wir haben unseren Spaß und danach kehren wir in unser eigenes Leben zurück.«

Es war eine kalte Dusche. Hatte sie sich nicht eben noch ausgemalt, wie er ihr die Kleider vom Leib fetzte und sie voller Leidenschaft zu seiner Geliebten machte, die dieses Wort wirklich verdiente? Verdiente sie nicht, dass jemand sie liebte und begehrte, mit Haut und Haar und Spitzentanzschuhen? Für eine halbe Sekunde glaubte sie, aus einer Nachbarwohnung die verstimmten Töne eines schwarzen Flügels zu hören, der von außen frei von Staubkörnern blitzte und mit Spitzendeckchen und weihnachtlichem Strauß bedeckt war. Der Raum wurde kälter.

Jetzt musste sie blitzschnell reagieren, wenn sie nicht alles zerstören wollte. Auf keinen Fall durfte sie erwähnen, dass er Weihnachten noch davon geredet hatte, dass er im Frühling mit ihr Motorrad fahren wollte. Das war kein bindendes Versprechen gewesen, würde er sagen, und er würde es hassen, wenn sie ihn auf etwas festlegen wollte. Dann würde sie ihn nach heute vielleicht nie wiedersehen. Es reichte aus, dass sie vor zwei Wochen die Freundschaft mit Saskia ruiniert hatte, weil sie sich von einer momentanen Anwandlung hatte hinreißen lassen …

Nicht daran denken.

Oder doch? War Saskia genau die Eingebung, die sie brauchte, um Kilian wieder zu versöhnen?

»Das meine ich nicht, Kilian«, sagte sie und ließ ihre Stimme genervt klingen. »Glaub mir, ich mag meine Freiheit. Ich würde dir deine gar nicht wegnehmen wollen, weil ich mich ungebunden ebenfalls wohler fühle. Mir geht es um was anderes.«

»Aha?« Er entspannte sich genug, um einen Schluck Rotwein zu trinken. Ihre Worte schienen ihn nicht sonderlich zu interessieren.

Jennifer kam der Gedanke, dass er sie genauso manipulierte wie in den Sessions. Sie schob ihn beiseite. »An Weihnachten hast du gesagt, dass du einen Dreier mit deiner Freundin und mir erleben möchtest. Also, einen SM-Dreier, damit sie bei sich die dominante Seite ausprobieren kann. An solche Sachen dachte ich. Ich habe Lust, mehr zu erleben. Vielleicht können wir mal wieder auf eine SM-Party gehen, aber nicht nur rumstehen, sondern tatsächlich spielen. Ich möchte frischen Wind in meinem Schlafzimmer, verstehst du?«

Erfand sie das oder meinte sie es ernst? Würde es ihr tatsächlich gefallen – oder wollte sie *ihm* gefallen?

Kilian setzte das Glas ab. »Das ist etwas anderes. Darüber können wir tatsächlich nachdenken.« Wieder dieser prüfende Blick.

Manipulierte er sie oder manipulierte sie ihn? Langsam fühlte sie sich schmutzig. Sie wünschte, jemand würde kommen und ihr einen Weg aus diesem Labyrinth zeigen.

Jennifer lächelte und nickte. Rotwein schmeckte immer leicht bitter, besonders, wenn er trocken war. Die Süße und das Besondere kamen erst, wenn man ihn hinuntergeschluckt hatte. Ein bisschen wie beim SM. Den eigentlichen Schmerz würde sie nie mögen, nur den Moment danach, wenn er nachließ und auf der Haut das süße, pochende Gefühl von Lebendigkeit schenkte, das sie daran erinnerte, wie sie sich früher beim Tanzen gefühlt hatte. Etwas, was einzigartig schien. Nur dass man sich manchmal sowohl beim Wein wie auch beim SM eingestehen musste, dass die Blume nicht die Vollkommenheit besaß, die man sich erhofft hatte.

»Hätte denn Saskia Lust auf eine Session zu dritt?«, tastete Jennifer sich weiter.

Kilian sah missmutig in sein Glas. Es wirkte, als ob es ihn störte, dass der Vorschlag von ihr kam und nicht von ihm. Hatte er wirklich ein Problem damit, wenn er nicht immer alles unter Kontrolle hatte und sie nach seiner Pfeife tanzen ließ?

Jennifer spürte Trotz in sich aufsteigen. Um ein Haar hätte sie ihn gefragt, ob sie Saskia fragen sollte, ob sie Lust auf eine Session zu zweit hätte. Ohne ihn. Ganz offiziell.

Vermutlich war es gut, dass sie die Klappe hielt. »Lass uns ein anderes Mal in Ruhe darüber reden«, sagte sie stattdessen. »Du kannst es ja in aller Ruhe mit Saskia besprechen. Wollen wir anfangen?« Sie stand auf und drehte sich im Kreis, präsentierte ihre Brüste, den Hintern und den Fleck auf der Rückseite der transparenten Bluse. Natürlich entsprach das nicht den Regeln, Kilian war der Dom und nicht sie. Aber sie hatte Lust, sich trotzig zu verhalten. Vielleicht wirkten die Weihnachtstage und die ständige Aggression auf Felix noch nach.

Kilian widersprach nicht, als sie den alten Cutter vom Tisch nahm, auf die Knie sank und ihm das Werkzeug präsentierte. Immer noch auf Knien packte sie den Halsausschnitt der Bluse und riss mit einer scharfen, schnellen Bewegung daran, bis der erste Knopf abflog. Das hatte er sich vor einigen Monaten gewünscht, war es nicht so?

Und doch war es verboten. Es erinnerte an Sex, nicht an SM. An wilde Leidenschaft, die der Vereinigung von Mann und Frau vorausging, nicht an die unschuldige, mädchenhafte Hingabe an Kerzen und Seile, die sie bisher mit ihm verbunden hatte. Schmerzen waren ein Weg, zu spüren, dass man noch nicht gestorben war, aber mit Sex feierte man das Leben und zelebrierte, dass es eine Zukunft geben würde.

Kilian legte das Werkzeug ab und griff nach dem Ausschnitt der Bluse. Ratsch! Der Stoff riss und der Knopf blieb an Ort und Stelle. Es war egal. Unter der Bluse trug sie keinen BH. Kilian berührte ihre nackte Haut und sie erschauderte. So musste es sich anfühlen, geliebt und begehrt zu werden.

Vorsichtig schubste er sie, bis sie auf dem Rücken lag, und zerschnitt den Stoff, um ihre Schultern zu befreien. Das Metall glitt kühl und gefährlich an ihrer Haut vorbei. Ihr Schnurren ermutigte ihn wohl, denn er befreite auch die andere Schulter mit der Klinge von ihrer störenden Verpackung.

Genießerisch schloss sie die Augen und spürte die Gefahr, die von der scharfen Klinge ausging. Ihr Unterarm erinnerte sich von früher an ihren Kuss, doch das hier war anders. Sie spürte ihren ganzen Körper, statt gegen das Gefühl von innerer Leere anzukämpfen. Ihre Beine rutschten über den Teppich und ihre Nippel zogen sich unter Kilians Blicken zusammen. Ihr Hals war entblößt und verletzlich. Gefahr und Begehren. Heiß.

»Also gut, wir machen es.« Kilians abrupte Aussage verwirrte sie für einen Moment. »Ich rede mit Saskia. Aber dann machen wir daraus eine richtig große Sache. Nicht nur ein Abend in einem Zimmer, und danach geht jeder wieder nach Hause. Wir mieten uns eine SM-Ferienwohnung und fahren ein ganzes Wochenende dahin. Du als Sub und Sklavin, Saskia als Zofe und ich als Dom. Das halten wir durchgehend aufrecht. Bei Tag, bei Nacht und auch beim Frühstück.«

Damit hatte Jennifer nicht gerechnet. Die Idee war ungewöhnlich, aber sie gefiel ihr. Sie lächelte und hob die Hände über den Kopf, als ob sie zu einer unhörbaren Musik tanzen würde oder ihre Hände von unsichtbaren Ketten an die andere Seite des Zimmers gezogen würden, bis ihr Körper von den Fußnägeln bis zu den Fingerspitzen aus Erwartung bestand. »Das klingt gut«, sagte sie, bog ihren Rücken durch und ersehnte seine Hände auf ihren Brüsten. »Ja, das klingt wirklich gut.«

Sie würde Saskia wiedersehen. Natürlich wäre es … seltsam und obskur, sich auf diese Weise zu dritt zu treffen. Aber … Was war normal? Jennifer war ohnehin das Enfant terrible in ihrer Familie. Niemand musste davon erfahren, außer vielleicht Mica.

Tatsächlich berührte er sie endlich, liebevoll und voller Begehren, wie ein Mann die Frau berührte, die er liebte. »Du bist wunderschön«, sagte er leise, nahm ihre Nippel zwischen die Finger und zwirbelte sie sanft.

Das hatte er schon oft getan, aber dieses Mal war es zärtlich, und die Lustwoge, die durch sie floss, fühlte sich anders an. Es tat nicht weh und gefiel ihr trotzdem. Sie stöhnte leise auf und biss sich auf die Lippen, um es zu unterdrücken. Nichts sollte diesen Moment zerstören.

Eine kalte Berührung zwischen ihren Brüsten ließ sie zusammenzucken und die Augen öffnen. Kilian ließ den metallenen Griff des Cutters über die empfindliche Haut wandern, über ihre linke Brust, ihr Schlüsselbein, den Halsansatz und langsam nach unten.

Jennifer schauderte, aber es war ein gutes Schaudern. Jetzt gehörte sie ihm, wie sie es sich immer gewünscht hatte. Er erhob Anspruch auf sie. Was für ein erregendes Gefühl!

Seine freie Hand glitt über ihren Bauch, ihre Hüftknochen und zwischen ihre Beine. Dort verweilte er. Warm. Verlässlich. Erregend. Vorsichtig massierte er durch den Hosenstoff hindurch, bis Jennifer die gefährliche, kühle Berührung an ihrem Hals fast vergessen hatte und die leise Angst ihre Erregung erhöhte. Sie wölbte das Becken nach oben, um mehr zu spüren.

»Ts, ts.« Er entfernte die Hand. »Du bist gierig, Sklavin.«

Durch die Kühle des Klingengriffs an ihrem Hals bekamen die Worte eine neue Bedeutung. Sie ängstigten und erregten sie zugleich. Jennifer schloss die Augen und schwieg. Es gab keinen

Grund, sich zu fürchten. Das hier war ihr Spiel. Sie hatte ihn dazu eingeladen, also war sie in Sicherheit.

Die Kühle verschwand. Kilians Hand glitt unter den Bund ihrer Hose und hob ihn nach oben. Sie spürte, wie achtsam und vorsichtig er war, trotzdem berührten der Griff der Klinge oder ihre Rückseite ihren Bauch. Jennifer hielt die Augen geschlossen.

Ratsch! Das erste Stück Stoff war durch.

Kilian setzte die Klinge ein zweites Mal an. Stück für Stück durchschnitt er den Stoff des linken Hosenbeins, befreite die Haut und liebkoste jeden frei gewordenen Zentimeter. Das war mehr als Gänsehaut. Eiswürfel hätten gutgetan, die hätten die ängstliche Erregung gekühlt oder weiter angefacht. Seine Hand war warm und beruhigend. Sanft kniff er in die Innenseite ihrer Oberschenkel, doch es tat nicht weh.

Das andere Bein befreite er auf die gleiche Weise, bis sie nackt bis auf den Slip vor ihm lag. »Darf ich den auch zerschneiden?«

Nein, wollte sie sagen. Sie war so erregt, dass sie zerfloss. Sie wollte, dass er sie genau dort streichelte, den Finger in sie steckte, den besonderen Punkt fand und sie kommen ließ. Sie wollte seine Hose ausziehen und ihn in sich ziehen, ihn lieben, wie eine Frau einen Mann liebte, wollte ihn blasen und von ihm geleckt werden. All diese Dinge, die er ihr nie geben würde, wollte sie haben. Der Slip war die letzte Barriere zwischen ihren Wünschen und der Wirklichkeit, in der ihr das alles für immer vorenthalten würde.

»Natürlich darfst du«, sagte sie.

Vorsichtig streichelte sie mit dem Zeigefinger ihre Perle durch den dünnen Baumwollstoff, liebkoste sie und lockte sie hervor.

Sie presste die Lippen aufeinander, um nicht zu seufzen oder zu stöhnen, nichts zu tun, was ihn zum Aufhören verleiten könnte. Kein Höhepunkt für Jennifer, sie kannte die Regeln, bis kurz vor dem Schluss. Trotzdem wünschte sie ihn sich. Sie hielt so still, wie sie konnte, um ihn glauben zu lassen, dass es sie kaltließ und sie sich unter Kontrolle hatte. Irgendwann entwich ihr der zurückgehaltene

Seufzer und sie hob das Becken, verlangte nach dem Höhepunkt, den er ihr wieder und wieder vorenthalten würde. Sie war so dumm.

Natürlich verschwand seine Hand sofort.

»Bitte …!«

Er hob den Rand des Slips und fuhr mit der Klinge unter den Spitzenrand. Es war ein billiges Modell von H&M. Die schwarze Spitze konnte der Cutterklinge nicht widerstehen. Schnitt für Schnitt nahm er ihr ihren letzten verbliebenen Schutz.

Jennifer kam auf die Knie, beugte sich zu ihm und griff in seinen Schritt. Dann brach sie halt die Regeln. Was war SM anderes als ein Brechen der Regeln der Normalität? Warum sollte sie sich an die neuen Regeln halten, wenn sie ihr nicht mehr gefielen? Sollte sie ihr Leben lang auf Zärtlichkeit und Liebe verzichten, nur weil sie als Ballerina gescheitert war und ihr Bruder ihr das prophezeit hatte?

Kilian war hart vor Begehren. Er leistete keinen Widerstand, als sie seinen Hosenknopf öffnete. »Wir sollten das nicht …«, sagte er ohne Überzeugungskraft.

»Dann lass es.« Jennifer öffnete seinen Reißverschluss. Sein erigierter Penis sprang ihr förmlich in die Hand. Kilian seufzte auf, als sie zupackte und die Hand auf und ab bewegte.

»Wir werden das morgen bereuen.«

»Ich bereue in meinem Leben bereits so viel, dass es darauf nicht mehr ankommt.« Sie glitt nach unten, nahm ihn in den Mund und liebkoste ihn mit Zunge und Lippen. Danach hatte sie sich schon lange gesehnt. Wie hatte er glauben können, dass man SM von Sex und Liebe dauerhaft trennen konnte? Wie hatte sie glauben können, dass es funktionieren würde? Wahrscheinlich liebte sie ihn nicht, aber sie begehrte ihn. Jetzt, in diesem Augenblick, wollte sie ihn spüren und sich mit ihm vereinen, seine harten Stöße in ihrem Innern fühlen. Vielleicht waren die Schmerzen ein Teil ihres Lebens, aber Lust sollte ebenfalls dazugehören.

Kilian legte seine Hand auf ihren Hinterkopf, dirigierte ihre Bewegungen und nahm ihr den Atem. »Du sollst das nicht tun, du kleines Miststück«, sagte er und stieß ihr gleichzeitig so tief in den Hals, dass sie den Würgreflex kaum unterdrücken konnte. Obwohl sie zappelte und den Kopf zu entreißen versuchte, war sein Griff zu fest für ein Entkommen. Er benutzte sie für seine Lust, statt sie wie in den vergangenen Monaten kundig und distanziert um den Verstand zu bringen.

Es dauerte nicht lange, nur ein paar Jahrzehnte oder so. Zu viele Monate hatte sie darauf gewartet, dass er sich bei ihr auf diese Weise gehen ließ. Jeder Stoß dauerte lange genug, um sie fürchten zu lassen, dass er ihr erneut wie beim letzten Treffen die Luft rauben würde. Sie wusste nicht, ob sie es herbeisehnen oder fürchten sollte. So oder so würde sie nicht freiwillig mitmachen. Er würde sie zwingen müssen. Der Gedanke kribbelte.

»Hast du Kondome?«, fragte er, als er sich schließlich zurückzog und ihr eine Atempause erlaubte.

»In der Schublade da.« Sie zeigte darauf.

Er zog die Schublade auf und zog eines heraus. Vor dem Überstreifen zögerte er und musterte sie kritisch.

Sie konnte ihn verstehen. Bis hierhin waren sie weit gegangen, vielleicht zu weit, aber es könnte noch als SM ausgelegt werden. Wenn sie jedoch miteinander schliefen, brach er seine Verabredung mit Saskia und betrog sie.

Wollte sie das wirklich zulassen?

»Vielleicht sollten wir besser aufhören«, sagte sie zaghaft. »Du weißt, weswegen.«

Er hielt inne und nickte. »Danke, dass du es so siehst.« Er schien nachzudenken.

Die Stille dehnte sich. »Und was machen wir jetzt?« Von einem Vanilla-Vorspiel auf Hardcore-SM umzusteigen war mehr, als sie sich vorstellen konnte.

»Was schon? Knie dich hin, du bist schließlich meine Sklavin«, sagte er und schien zu einem Entschluss zu kommen. Er stand auf und bewegte seine Vorhaut vor und zurück.

Jennifer kniete vor ihm, immer noch nackt und mit den Händen auf den Oberschenkeln, wie es sich für eine gehorsame Sklavin gehörte. »Was hast du vor?«

»Siehst du das nicht? Lass den Mund lieber zu, sonst gibt es die ganze Ladung dort hinein.«

»Du kannst doch nicht …«

Er griff mit der freien Hand in ihre Haare und riss ihren Kopf nach hinten. »Das hier ist kein Sex, klar, Sklavin? Ich benutze dich, mehr nicht. Wenn es bisher jedes Mal so verlief, dass dir dabei einer abgegangen ist, ist das schön und gut, aber keine Selbstverständlichkeit. Ich bin dein Herr, also bestimme ich die Regeln, ist das klar?«

Jennifer nickte und presste die Lippen zusammen. Wie konnte er sie so lieblos anblaffen? Er hatte sie Sklavin genannt, also war klar, dass es nur Teil des Spiels war, aber trotzdem … Befand sie sich im Spiel oder nur er? Hatte sie sich nicht Zärtlichkeit und Nähe gewünscht? Eine Umarmung wäre ihr wichtiger gewesen als Sex. Und verstieß das, was er gerade tat, nicht ebenfalls gegen seine Abmachung mit Saskia?

Ihn schien es nicht zu kümmern. Er presste seine Erektion an ihren Mund, bis sie nachgab und ihn öffnete, und bewegte ihren Kopf an den Haaren vor und zurück. Sie schluckte und versuchte, ihn so weit aufzunehmen, wie sie konnte. Jedes Mal zwang er sich ein bisschen weiter in ihren Hals hinein, als sie abkonnte, und hörte erst auf, als sie sich vorkrümmte und beinah würgte. Tränen liefen über ihre Wangen und sie musste schniefen.

Er riss ihren Kopf in den Nacken und masturbierte schneller, als er sie zuvor benutzt hatte. Jennifers Tränen liefen weiter, und sie konnte nicht sagen, ob es ein körperlicher Reflex wegen des Würgreizes war oder die Scham und Demütigung wegen dem, was er ihr antat. Sie war ihm vollständig ausgeliefert. Immer schneller bewegte er die Hand vor und zurück und hielt schließlich inne. Warme, klebrige Tropfen regneten auf ihr Gesicht herab. Sie presste

Lippen und Augenlider aufeinander und spürte, wie der Griff in ihre Haare härter wurde.

Hinterher saßen sie nebeneinander auf dem Sofa. Jennifer sehnte sich danach, ihren Kopf an seine Schulter zu legen, doch sie wagte es nicht. Nach einer Session hätte er sie in den Arm genommen, doch das hier war keine Session gewesen. Nicht so wie sonst. Das war gefährlich, verstieß gegen die Regeln und hätte niemals passieren dürfen, auch wenn er sie mit seiner Behandlung auf eine ganz neue Art gedemütigt hatte. Das Nachglühen erregte sie, auch wenn sie nicht selbst zum Höhepunkt gekommen war und das gemeinsame Spiel längst nicht so lang wie sonst gedauert hatte.

Kilian stand auf und griff nach ihren Kleidungsstücken, damit sie sich anziehen konnte. Der Moment, in dem er sie in den Arm hätte nehmen können, war vorbei.

Jetzt hatte er Saskia genauso mit Jennifer betrogen wie Saskia ihn. Es spielte keine Rolle, dass er sie währenddessen Sklavin genannt hatte, um so zu tun, als ob es weiterhin SM gewesen wäre. Beides war in diesem Zimmer geschehen. Sie würde es ihm nie verraten können.

»Das hatte ich nicht gemeint, als ich von frischem Wind in meinem Schlafzimmer sprach«, sagte sie trocken. Die Kleidungsstücke, die Kilian ihr hinhalten wollte, waren nichts weiter als zerschnittene Fetzen. Er merkte es ebenfalls. »Ich habe dir gesagt, dass es ungesund ist, wenn man Affären zu lange dauern lässt.« Seine Worte waren ein Nagel in ihrem Herzen, das die Hoffnung auf eine liebevolle Umarmung im Nachhinein noch nicht aufgegeben hatte.

»Bist du irgendwie beziehungsunfähig oder so?«, fragte sie schärfer, als sie wollte. »Betrügst du Saskia deswegen?«

»Ich betrüge sie nicht.« Er stopfte sein Hemd an den Seiten in die Hose und richtete seine Krawatte. »Du hast die Regeln gebrochen, nicht ich.«

Jennifer stand auf, ignorierte ihre Nacktheit und ging zum Kleiderschrank. Sollte er ihr doch auf die Brüste und den nackten Hintern sehen. Es wäre nicht das erste Mal. »Was soll das heißen?«

Wütend sah er sie an. »Es heißt, dass du dir so eine Aktion besser kein zweites Mal rausnimmst. Ich betrüge meine Freundin nicht, und ich liebe dich nicht. Wir hatten eine Vereinbarung und du hast sie gebrochen. Glaubst du wirklich, dass ich mir das gefallen lasse?«

Kalte Dusche. Langsam sollte sie das kennen. Sie wollte sich zusammenkauern. Stattdessen drehte sie sich zu ihm und streckte die nackten Brüste stolz nach vorn. »Allzu sehr hast du nicht gelitten, wenn ich mich richtig erinnere.«

Er schüttelte den Kopf und zog die Schuhe an. Wollte er tatsächlich ohne ein Wort gehen und sie nackt, mit den Resten seines Spermas im Gesicht, zwischen ihren zerschnittenen und zerrissenen Kleidern stehen lassen?

»Ich dachte, wir wollten bald einen Dreier mit Saskia machen.« Jennifer merkte, dass ihre Stimme süffisant und ein bisschen verächtlich klang. War seine Stärke, die sie bewundert hatte, die ganze Zeit nur Machogehabe gewesen, das sich durch ein wenig körperliche Nähe wie Löwenzahnsamen im Wind verteilte und verschwand?

»Das machen wir auch.« Sein Blick war eiskalt. »Aber nach meinen Regeln, nicht nach deinen. Und wehe, du erwähnst jemals, was heute vorgefallen ist.«

Jennifer widerstand mit aller Kraft dem Impuls, die Arme über der Brust zu verschränken. Dann war sie halt nackt und er bekleidet. Trotz allem war sie immer noch sie selbst. »Keine Sorge.« Und dann, weil es schade wäre, wenn alles sich in böse Blicke und Eiseskälte auflöste: »Komm, nimm mich zum Abschied in den Arm wie sonst auch. Wir sehen uns wieder.«

Sein Blick wurde sanfter. Fragender. Er war kein Übermensch, begriff sie. Sie hatte ihm viel zu viel Macht über ihr Leben gegeben. Warum? Er war ein ganz normaler Mann. Er nickte und streckte die Arme nach ihr aus.

Jennifer presste sich an den feinen Wollstoff seines Anzuges, hielt ihn für eine Sekunde fest und ließ los. »Hast du schon eine Wohnung für den Dreier ausgesucht?«

»Hey, wir haben die Idee heute erst gehabt.« Er lächelte weniger perfekt als sonst. Menschlich und fast ein wenig unsicher.

Jennifer ließ ihre Hand über seinen Unterarm gleiten und machte einen Schritt nach hinten. »Komm gut nach Hause. Bis nächste Woche oder übernächste.«

Er schüttelte den Kopf. »Du bist unmöglich, Jennifer.«

Vorfreude stieg in ihr auf. Sie stemmte den Arm in die Seite und legte den Kopf schief, wie sie es bei Saskia gesehen hatte. »Ich weiß.«

18

Tanzen oder Kämpfen?

Man sollte niemals behaupten, dass es einem gut ging, dachte Jennifer. Solche Arroganz strafte das Schicksal sofort.

An diesem Dienstag stand Denise vor der Aulatür, als Jennifer zur wöchentlichen Probe fuhr. Ausgerechnet. Die Exfreundin von Tom, dem Gruppenleiter. Die Frau mit dem Lippenstift von der Farbe geschmolzener Haare. Drei Monate, und sie hatte keinen Geschmack gelernt. Sie presste sich so eng an ihn, als ob sie aller Welt mitteilen wollte, dass sie wieder mit ihm schlief. Das bedeutete Ärger. Jennifer spürte es in jeder Faser ihres Körpers.

Seit dem Tag mit dem gestohlenen Kuss war sie Tom aus dem Weg gegangen, so gut man das konnte, wenn man ein elfisches Liebespaar spielte, das mit seinen Zankereien Chaos über die Jahreszeiten brachte.

Angela und Wiebke erteilten allen mit gereizten Stimmen Anweisungen für ihre Rollen, als ob sie Denise beweisen müssten, wer die Regie führte und zu bestimmen hatte. Dabei fielen sie sich gegenseitig ins Wort und widersprachen dem, was die andere gesagt hatte. Alle schienen missgelaunt. Heute waren 16 Leute da. Immerhin. Lysander fehlte schon zum zweiten Mal.

»Könnt ihr bitte leise sein, damit wir anfangen können?«, rief Tom ungeduldig.

»Natürlich.« Wiebke verzog die Oberlippe. Es sah hässlich aus. In letzter Zeit blickte sie ständig, als hielte ihr jemand einen Eimer unter die Nase, aus dem Putzwasser auf ihre Kleidung schwappte.

»Wie ihr seht, ist Denise heute wieder dabei. Da wir immer noch nicht alle Rollen besetzt haben, konnte ich sie überreden, wieder mitzumachen«, sagte Tom. Jennifer hatte den Eindruck, dass er ihren Blick sorgfältig mied. »Außerdem wird sie bei der Regie helfen, weil das ursprünglich sowieso ihre Aufgabe war.«

»Ich dachte, Angela und ich haben die Regie.« Wiebke blickte, als ob sie entdeckt hätte, dass man mit dem Wischwasser bereits das halbe Gebäude geputzt hätte und von ihr verlangte, es zu trinken.

»Ihr könnt ja weiter mitmachen. Ich habe aber mehr Erfahrung damit, weil ich als Regieassistentin beim Film gearbeitet habe.« Denise klang, als wäre damit alles gesagt.

»Davon hast du beim ersten Treffen nichts gesagt«, meinte Angela in einem freundlichen Ton, der die Atmosphäre wohl entschärfen sollte.

»Glaubst du, ich hätte mir so ein großes Projekt ans Bein gebunden, wenn ich nichts davon verstehen würde?« Ihr Blick machte deutlich, dass sie das Versöhnungsangebot nicht annehmen wollte. »Außerdem habe ich das Praktikum erst während der vergangenen Monate gemacht.«

Wiebke setzte sich auf. »Da du so direkt fragst, sollst du eine Antwort bekommen. Ja, ehrlich gesagt glaube ich, dass du nichts davon verstehst. Jemand, der Ahnung von der Verantwortung hat, die man mit der Leitung eines Theaterprojekts auf sich lädt, haut nicht mittendrin ab und kommt drei Monate später zurück und tut, als ob nichts gewesen wäre.«

Denise richtete sich ebenfalls auf und sah Wiebke böse an. »Das hatte private Gründe. Außerdem brauche ich das Stück für meinen Lebenslauf.«

Wiebke pustete in die Luft. »Wegen deiner privaten Gründe riskierst du, dass das ganze Stück scheitert, und jetzt willst du die

Leitung an dich reißen, um gut dazustehen? Machst du das beim Film auch so?«

Denise stemmte die Hände in die Hüften und sah sich Beifall heischend um. »Ich wäre nicht zurückgekommen, wenn Tom mich nicht darum gebeten hätte, weil ihr es ohne mich nicht hinbekommt.«

»Pft.« Wiebke suchte mit den Augen in der Runde nach Unterstützung. Es waren keine eindeutigen Sympathien zu erkennen, die meisten blickten zu Boden. Es war zu oft passiert, dass am Anfang ewig über organisatorische Dinge geredet wurde und der Probenbeginn sich auf unbestimmte Zeit nach hinten verschob. Zwei Frauen sahen auf die Uhr, tuschelten und blickten zur Aulatür, doch vorerst blieben sie sitzen.

Langsam fragte Jennifer sich, ob der ganze Stress es wert war. Sie räusperte sich. »Könnt ihr das vielleicht zu einem anderen Zeitpunkt klären?« Alle sahen zu ihr.

O nein. Sie durfte kein Lampenfieber bekommen.

»Dieses ständige Kompetenzgerangel stört mich. Ich meine, wir sind hier, weil wir ein Theaterstück auf die Beine stellen wollen. Nicht, weil wir die ganze Zeit darüber reden wollen, wer an welcher Stelle wen falsch angeguckt hat. Ich habe seit Wochen eine Choreografie für Titania fertig. Ich würde sie euch gern endlich zeigen und von euch Feedback dafür bekommen. Eigentlich bin ich zu diesem Projekt gestoßen, weil ich mal wieder auf der Bühne tanzen wollte. Inzwischen kann ich kaum noch daran glauben, dass das jemals gelingt, und ich frage mich ernsthaft, wie lange ich mir das noch antun soll.«

Denise warf ihr einen giftigen Blick zu. »Wir können uns heute natürlich noch nicht um Einzelheiten kümmern, weil wir erst mal zusehen müssen, wie wir alles organisieren. Deine Choreografie können wir uns nächste Woche oder ein anderes Mal ansehen. Die kannst du als Elfe in meinem Gefolge tanzen, das passt ohnehin besser. Da ich wieder da bin, mache ich natürlich auch die Titania.«

»Wieso das?«, fragte Wiebke aggressiv. »Jennifer ist eine gute Titania und dich habe ich bisher nicht auf der Bühne gesehen. Wenn du unbedingt Regie machen willst, warum willst du außerdem auf der Bühne stehen? Das ist beim Film bestimmt nicht üblich.«

»Bitte beruhigt euch«, sagte Tom. »Es muss doch bestimmt nicht alles in Streit ausarten. Wir finden eine Lösung für das Titania-Problem.«

Die anderen diskutierten weiter, doch Jennifer schaltete ab und zählte die Anwesenden. Täuschte sie sich, oder wurden es von Treffen zu Treffen weniger? Wie wahrscheinlich war es, dass dieses Projekt am Ende zu einer bühnenreifen Aufführung gelangte?

Nicht sehr wahrscheinlich, gestand sie sich ein. Schon vor Denise' Rückkehr hatten die Zeichen eher auf Scheitern denn auf Erfolg hingedeutet. Die ständigen Diskussionen hatten es wie ein unorganisiertes Trainingscamp in Basisdemokratie wirken lassen, in dem bei der Voranmeldung die Kategorie Selbstdisziplin unter den Tisch gefallen war.

Jennifer wusste, dass sie kein ordentlicher und auch kein sehr strukturierter Mensch war, aber wenn es um ihr Balletttraining ging, hatte sie schon als junges Mädchen ein Übermaß an Selbstdisziplin besessen. Frau Werning hatte sie darin bestärkt. Ohne diese Fähigkeit war Ballett kein Tanz voller Schönheit, sondern ein mehr oder minder amüsantes Herumgehampel.

Was für eine treffende Beschreibung dieser Versammlung. War es das, was sie wollte? Diskussionen, gegenseitige Abwertungen und divenhafte Machtkämpfe? Sie hatte sich für das Projekt angemeldet, weil sie sich danach sehnte, wie früher ernsthaft zu tanzen, hart zu arbeiten und Entbehrungen zu ertragen, um am Ende die Scheinwerfer auf ihrem Gesicht zu spüren. Wenn sie ehrlich war, musste sie sich eingestehen, dass sie das hier nicht finden würde.

Die Chance mit der Ballettakademie hatte sie damals vertan. Sie musste sich eingestehen, dass es zu spät war. Selbst, wenn sie den Mut aufbringen würde, sich trotz des Verbotes ihrer Mutter für die Akademie zu bewerben, war sie inzwischen nicht mehr im Training und zu dick geworden. Sie würde scheitern. Aber wollte sie sich wirklich für diesen einen Fehler den Rest ihres Lebens lang bestrafen? Das hier konnte kein Ersatz werden, das sah sie mit jeder Sekunde deutlicher.

Vielleicht, und der Gedanke ließ sie schwindelig werden, hing ihr Lebensglück nicht vom Tanzen ab. Es war egal, ob ihre Mutter damals etwas Ähnliches gesagt hatte, darum ging es nicht. Sie hatte sich viele Jahre dafür bestraft, dass sie gescheitert war. Was war die Affäre mit Kilian anderes gewesen als der Versuch, sich dafür zu bestrafen, dass sie es nicht geschafft hatte? Gut, in seinen Armen hatte sie nach dem Gefühl von Selbstdisziplin und Hingabe gesucht, das sie früher für das Ballett empfunden hatte – aber war das wirklich alles, was man brauchte, um glücklich zu werden? Musste sie dem Ballett wie einer goldenen Kuh für immer hinterherlaufen, weil sie es einmal mehr als alles andere geliebt hatte? Musste sie dafür diese immer chaotischeren Treffen über sich ergehen lassen, bei denen die Stimmung jede Woche gereizter wurde?

Einmal, vor vielen Jahren, war Tanzen etwas gewesen, was sie glücklich gemacht hatte. Es war nicht um Erfolg oder Anerkennung gegangen, sondern darum, dass es Spaß machte. Darum, dass die Musik sie durchfloss und sie mit ihr spielte, sie neckte und verführte, und dass sie glücklich war.

Hier wurde sie nicht glücklich. Drei Monate lang war sie jeden Dienstag hierhergefahren, mit Ausnahme der Weihnachtspause, und hatte noch keinen Schritt getanzt. Selbst wenn sie es irgendwann täte, würde es unter Wiebkes und Denise' gallensauren Blicken keinen Spaß machen. Was also wollte sie hier noch?

»Wisst ihr was?« Es kümmerte Jennifer nicht, ob sie laut genug sprach, dass jeder sie hörte. »Denise kann die Rolle haben. Ich habe dienstags ohnehin keine Zeit mehr. Ich will mit Bauchtanz anfangen, oder mit Tribal. Vielleicht auch Flamenco oder Südamerikanisch. Auf jeden Fall habe ich keine Zeit mehr für diese ewigen Diskussionen. Ich will tanzen und keine Komiteesitzungen mitgestalten. Das hier ist Freizeit und soll Spaß machen.« Sie atmete tief aus und konnte nicht glauben, dass sie es wirklich gesagt hatte. Tanzen sollte Spaß machen. War es wirklich so einfach? Das Gleiche galt für die Liebe. Beides sollte Spaß machen und dazu führen, dass man sich gut fühlte, statt einen zu beschweren und traurig zu machen. Sie griff nach ihrem Rucksack und ihrer Tasche, achtete darauf, anmutige Körperspannung zu halten, und stand auf.

»Warte doch!«, rief Angela.

Jennifer drehte sich um. »Ich gehe nicht, weil ich schmolle, und ich wünsche euch viel Erfolg. Wirklich. Aber ich glaube, dieses Projekt ist nicht das, wonach ich gesucht habe. Nehmt es mir nicht übel! Wenn ihr es bis zu einer Aufführung schafft, komme ich gern und sitze in der ersten Reihe. Ich werde lauter klatschen als alle anderen. Versprochen.« Sie winkte noch einmal und verließ die Aula.

Der Abschied stimmte sie traurig. Andererseits war ein Ende mit Schrecken besser als ein Schrecken ohne Ende. Das Sprichwort war nicht ohne Grund entstanden, es beschrieb die Wahrheit.

Außerdem war es nicht so, als ob sie nie wieder tanzen würde. Sie konnte im Internet nach Tribal- und Bauchtanzkursen suchen. Am Wochenende wollte Mica mit ins Black Mirror kommen, das hatte sie versprochen. Die Musik da war besser als alles, was die Chorleute sangen, und besser als das, was Tom sich vermutlich auf seiner Gitarre zusammenspielte.

Kilian hatte erzählt, dass er die Überweisung für die SM-Ferienwohnung bereits vorgenommen hatte. Bald würde sie mit ihm und Saskia dorthin fahren. Es war nicht so, dass ihr Leben seinen Sinn verlor, nur weil sie ihre Chance auf den Ballettauftritt auf der Bühne weggeworfen hatte wie ein zu klein gewordenes weißes Mädchenkleid. Sie dachte an die zwei Flügel, die in der Aula standen und voller Staub waren, obwohl sie glasklar erklangen und regelmäßig gestimmt wurden. Ein Rest von Traurigkeit blieb. Abschiede taten weh, auch wenn es nur der Abschied von einem Traum war.

Die Foyertür fiel hinter ihr ins Schloss und der kühle Januarwind berührte ihr Gesicht und kühlte die Tränen in ihren Augenwinkeln.

19

SESSION ZU DRITT

Der ursprüngliche Plan hatte vorgesehen, zu dritt in Kilians Auto zu dem Dorf zu fahren, in dem die SM-Wohnung lag. Zwei Tage vor der Abfahrt gab seine Autokupplung jedoch den Geist auf. Kilian fluchte über die zu erwartende Rechnung.

Das Treffen schien unter keinem guten Stern zu stehen. Sie mussten sich in kürzester Zeit eine andere Möglichkeit überlegen, um ans Ziel zu kommen. Öffentliche Verkehrsmittel hätten sie statt der zweieinhalb Stunden Fahrtzeit mehr als fünf Stunden gekostet. Das war zu lang für eine Fahrt, auf der Kilian neben den normalen Reisetaschen auch das eine oder andere Schlaginstrument transportieren wollte.

Nach einigen Telefonaten konnte Saskia für das Wochenende das Auto ihrer Mitbewohnerin ausleihen unter der Bedingung, dass sie den verbrauchten Sprit ersetzte und ihr hoch und heilig schwor, das Steuer nicht aus der Hand zu geben und keinen Kratzer in den Lack zu machen. Jennifer stellte sich auf zwei sehr unbequeme Stunden auf der Rückbank ein, denn die Mitbewohnerin fuhr einen Smart, der eigentlich nur für zwei Fahrer gedacht war.

Kilian missfiel diese Lösung. Er sagte, es würde nicht passen, wenn er an dem Wochenende über sie herrschen sollte und unterwegs nicht die Erlaubnis hatte, das Auto zu lenken. Nach einigen Stunden rief er Jennifer erneut an und erzählte ihr, dass er stattdessen allein mit dem Motorrad fahren würde. Es wurde draußen langsam wärmer. Wenn Saskia und Jennifer mit dem Smart über die Autobahnen schleichen würden, könnte er sich auf den Landstraßen mental auf die Fiesheiten vorbereiten, die er mit ihnen vorhatte, sagte er. Außerdem konnten Saskia und Jennifer sich unterwegs aneinander gewöhnen, dabei wäre er als Mann ohnehin nur im Weg.

Jennifer schluckte, als er das sagte. Waren Saskia und sie sich in der Vergangenheit nicht bereits nah genug gekommen? Nur, dass Kilian davon niemals erfahren durfte.

»Wenn ihr euch unterwegs um mich prügeln wollt, fahrt vorher bitte an den Straßenrand«, sagte er und lachte.

Jennifer pustete Luft durch die Nase. Langsam wurde ihr klar, dass dieses Treffen komplizierter werden würde als erwartet. Offenbar hatte Kilian eine völlig andere Vorstellung vom Verlauf als sie.

Am ersten Samstag im März klingelte Saskia pünktlich um halb zehn. Jennifer ergriff ihre fertig gepackte Tasche, rief Mica einen Abschiedsgruß zu und eilte nach unten.

Als sie Saskia sah, hielt sie inne. Saskia stand neben dem Auto und wirkte schmaler und zierlicher als beim letzten Mal. In Jennifers Erinnerung hatte sie blitzende Augen, die Herrschaft und Sinnlichkeit ausstrahlten, doch ihr Stufenschnitt fiel ihr halb ins Gesicht und sie sah scheu und zurückhaltend aus. Wie sollte sie sie begrüßen? Die Erinnerung an das vergangene Treffen stand nach wie vor zwischen ihnen. Saskias Hand zwischen ihren Beinen. Ihre Zunge an … Das Schweigen danach. Die SMS, auf die Saskia nie geantwortet hatte.

Warum hatte Saskia der Dreiersession zugestimmt? Wie passte das zusammen?

»Schön, dich zu sehen«, sagte Jennifer schließlich. »Wie geht es dir?«

Saskia zuckte mit den Schultern und lächelte scheu. »Ich bin nervös. Was dachtest du denn?«

Jennifer nickte verständnisvoll und zögerte. »Wo kann ich die Tasche hinräumen?«

Saskia klappte den Beifahrersitz nach vorn. »Du musst sie auf die Rückwand quetschen. Anders passt es leider nicht.«

»Kein Problem.« Beim Einladen der Tasche berührte sie Saskia unabsichtlich. Der Geruch nach Honig und Zimt stieg in ihre Nase und brachte die Erinnerung an den gemeinsamen Tanz im Old Fashioned mit sich. Saskia wich zurück. Natürlich. Im Grunde wollte sie Jennifer nicht. Es ging ihr darum, ihre dominante SM-Ader auszuprobieren und mit Kilian ein erotisches Abenteuer auf Jennifers Kosten zu erleben. Um Jennifer war es nie gegangen.

Es hätte ihr von Anfang an klar sein müssen. Warum hatte sie gehofft, dass es mehr sein würde? Weil Saskia in ihrer Erinnerung eine Göttin mit leuchtenden Augen war und keine scheue, durchschnittliche Frau mit aschblonden Haaren, die ihre Nägel nicht lackierte und praktisch kurz hielt? Es tat weh, auch wenn sie das Gefühl zu unterdrücken versuchte. »Wollen wir losfahren?«

Saskias Fahrweise war so unauffällig wie ihre Frisur. Sie hielt an Ampeln, sobald sie von Grün auf Orange wechselten. Im Radio dudelte Mainstreammusik. Jennifer versuchte, Schönheit darin zu finden, doch die weich gespülten Melodien reizten sie nicht. Sie besaßen weder die subtile Schönheit der wirklich guten klassischen Musikstücke noch die harte Aggressivität der von ihr geliebten Metal- und Industrial-Songs.

»Hast du vielleicht einen Klassiksender?«, fragte sie, als auch der dritte Song keine Erleichterung brachte und sie die Großstadt langsam hinter sich ließen.

Saskia lachte auf und die scheue Fassade auf ihrem Gesicht bröckelte. »Klar, wir müssen ihn nur finden. Du bist herzlich eingeladen, auf alle Knöpfe zu drücken, die du finden kannst.« Im gleichen Moment errötete sie.

Jennifer tat, als hätte sie die Zweideutigkeit nicht mitbekommen, und suchte nach dem Radiosender. Ihre Gedanken rasten. Das war die Gelegenheit, sich mit Saskia auszusprechen, auf die sie lange gewartet hatte. Wie sollte sie es anfangen?

Am besten so direkt wie möglich. »Warum hast du mir auf meine Weihnachts-SMS eigentlich nicht geantwortet?«, fragte sie und lächelte unwillkürlich, als der nächste Radiosender tatsächlich klassische Musik spielte.

Die letzte Ampel vor der Autobahnauffahrt wechselte zu Orange. Saskia bremste wie jedes Mal und stand, bevor sich das rote Ampellicht einschaltete. »Ich weiß es nicht«, sagte sie, während sie auf die freie Straße vor ihnen sah. »Erst habe ich überlegt, was ich antworten soll. Irgendwas Schönes, aber nicht nullachtfünfzehn, verstehst du?« Sie blickte so konzentriert auf die leere Straße, als ob jede Sekunde ein wild gewordener Motorradfahrer aus einem der Büsche am Straßenrand brechen könnte, um sie anzugreifen.

Jennifer nickte nachdenklich.

»Dann sind Kilian und ich ins Bett. Wir haben … Also … Du weißt schon. Miteinander. Und hinterher, als ich mich bei ihm ankuschelte und überlegte, ob ich noch mal ins Bad gehe, weil ich jetzt wusste, was ich dir schreiben wollte, da erzählt er mir, dass er eine Stunde vorher mit dir telefoniert hatte, um Fantasien auszutauschen, und dass du mich extra lieb grüßen lassen würdest.« Die letzten Worte klangen höhnisch.

»Scheiße.«

»Genau, auch wenn ich es anders ausdrücken würde.« Die Ampel wechselte und sie fuhr an. Es ruckte. »Fremdes Auto. Bin ich nicht gewohnt«, sagte sie entschuldigend.

»Ich habe oft an dich gedacht«, sagte Jennifer. »Ich weiß nicht richtig, wie ich es sagen soll. Aber das mit dir … Ich habe immer gedacht, ich wäre hetero. Das Problem ist nur, dass ich mich bei keinem Mann je gefühlt habe wie bei dir. Das war immer nur körperlich. Ich wollte es nie anders.« Verdammt. Das klang viel zu kalt. Wie konnte man das in Worte fassen, was sie sagen wollte? Es war kompliziert. Ein zartes Pflänzchen, das in ihrem Herzen wuchs, unsichtbar wie Löwenzahnsamen im Wind, wenn sie sich entfernten und Wurzeln schlagen wollten.

Saskia schwieg und konzentrierte sich auf die Straße. Die Autobahn war frei. Eigentlich hätte sie antworten können. Wollte sie nicht? Hatte Jennifer sich geirrt und der Abend mit ihr hatte Saskia nichts weiter bedeutet als ein wenig Spaß?

»Vielleicht liegt es daran, dass wir miteinander getanzt haben«, schob Jennifer verlegen nach. »Das muss man sicher nicht überbewerten. Wenn man so ein Hobby hat wie wir, dann ist es klar, dass man gern darüber …« Sie verstummte. Für Saskia war es kein Hobby, sondern der Beruf. »Ich rede heute nur Unsinn, kann das sein?«

Saskia zuckte mit den Schultern und lächelte. »Ich freue mich auf jeden Fall auf das Wochenende. So was habe ich noch nie erlebt. Lass es uns genießen, statt es zu analysieren. Man muss nicht immer alles zerreden, oder?« Sie klang wie Kilian.

»Okay.« Sie sah aus dem Fenster.

Saskia legte ihr die Hand auf das Bein. »Das wird schon.« Sie lächelte.

Kilians Landstraßentour ging über eine längere Strecke als ihre Autobahnfahrt. Außerdem hatte er unterwegs eine SMS geschrieben, dass er erst mit Verspätung losgekommen war. Deswegen erreichten Jennifer und Saskia das Ziel vor ihm. Saskia hatte die Buchungsmail ausgedruckt und klingelte wie dort angegeben.

Jennifer blickt sich unsicher um. Zwei Kübel mit Blumen standen rechts und links von der Einfahrt zum Haus. Die Veranda der unteren Wohnung war hinter hohen Sichtschutzmatten verborgen. Das zweigeschossige Haus war mit altmodischen roten Backsteinen verklinkert. Es wirkte nicht wie ein SM-Domizil, sondern spießig. Dieses Haus hätte genauso in ihrem alten Dorf stehen können.

Die Vermieterin öffnete. Sie war bestimmt bereits 40, aber sie war schlanker als manch eine 20-Jährige. Ihre Haut verdankte ihre Farbe dem Solarium und ihre Haare schimmerten in einem so dunklen Braun, dass es bestimmt gefärbt war. Sie wirkte, als ob sie

Kettenraucherin war, auch wenn Jennifer den Eindruck nicht an etwas Bestimmtem festmachen konnte. Vielleicht lag es an der Art, wie sie ihre Hände hielt. So, als ob sie auf der Suche nach einer in der Luft schwebenden Zigarette war oder den Drang unterdrückte, in den Taschen nach einer zu kramen.

Saskia begrüßte sie. »Wir haben die obere Wohnung für eine Nacht gebucht«, sagte sie und blickte unsicher in das geschminkte Gesicht der Frau. Die Zartheit ihrer hellen, ungeschminkten Haut wirkte durch den Kontrast noch faszinierender.

»Kommt hoch, dann zeige ich euch alles«, sagte die Vermieterin. »Ich dachte, ihr seid zu dritt?«

»Mein Freund kommt gleich nach«, sagte Saskia. »Er fährt mit dem Motorrad, verstehen Sie?«

»Natürlich.« Die Vermieterin lächelte, als ob sie schon eine Menge gesehen hätte und sich nicht daran störte. War dieses Haus nur eine teure Version eines Stundenhotels?

Saskia schien am liebsten im Boden versinken zu wollen.

Sie wurden durch die Wohnung geführt. Die Räume blitzten sauberer, als Jennifer sich ein Stundenhotel vorstellte. Nirgendwo lag Staub. Selbst hinter dem im Wohnzimmer bereitstehenden DVD-Player blitzte die Kommode, als wäre sie heute frisch poliert worden. Was für eine angenehme Überraschung.

»Wir haben hier einige DVDs liegen, die könnt ihr euch natürlich ansehen. Ansonsten sind alle normalen Fernsehkanäle eingestellt«, sagte die Vermieterin.

»Ich glaube nicht, dass wir heute Abend viel Zeit mit Fernsehen verbringen werden«, sagte Jennifer und lächelte sie an. Immerhin gehörten sie zur gleichen Subkultur. Es war albern, sich der älteren Frau gegenüber unterlegen zu fühlen, nur weil sie schon mehr gesehen hatte als sie.

Die Vermieterin lächelte. »Wir haben übrigens die Regel, dass Besucher sich gern eine der DVDs mitnehmen können, wenn sie dafür eine von ihren hierlassen. Wir haben Stammgäste, die regelmäßig für ein langes Wochenende kommen, und wir bieten unseren Gästen gern ein wenig Abwechslung.« Wie treffend sie das gesagt hatte. Was war dieses Appartement anderes als der Versucht, allen Gästen ein Maximum an erotischer Abwechslung zu verschaffen?

Jennifer blickte sich um. Neben dem DVD-Player enthielt das Wohnzimmer ein luxuriös gepolstertes Andreaskreuz und ein kompliziert aussehendes Gestell, auf dem man eine Frau in einer für den Mann bequemen Position fesseln konnte, sodass er nur seine Hose aufknöpfen musste, um …

»Wofür ist dieses Loch?«, fragte Saskia und wies auf eine Öffnung in Schritthöhe, als die Vermieterin ihr die Handhabung des Verschlusses für die Fußschellen am Gerät erklärte.

Die Vermieterin zwinkerte Saskia zu. »Es sind nicht immer nur Frauen, die auf den Bock gefesselt werden.«

Jennifer musterte den Ring mit dem Anhänger an ihrer linken Hand und nickte, auch wenn sie es sich nicht genau vorstellen konnte. Sie wollte nicht unwissend erscheinen. Letztlich war es ihr auch nicht wichtig. Mica würde vielleicht gern einen Mann auf dieses Gerät fesseln, aber sie stieß die Vorstellung ab. Ihre Gänsehaut entstand durch den Gedanken, selbst darauf gefesselt zu werden und von Saskia …

»In der Küche steht eine Kaffeemaschine. Die Pads sind oben im Schrank. Wisst ihr, wie man sie bedient?«

Jennifer ließ es sich erklären. Zum Abschluss sahen sie sich das mit viel Liebe zum Detail dekorierte Schlafzimmer mit dem Sklavenverschlag unter dem breiten Bett an.

»Der Wäschekorb ist für die Schlaginstrumente aus der Wohnung, die ihr benutzt habt«, sagte sie abschließend. »Ich desinfiziere sie gründlich. Alles, was an den Haken hängt, dürft ihr also benutzen, es ist gereinigt.«

»Wir haben eigene Dinge dabei, aber trotzdem danke«, sagte Saskia. »Jennifer, würdest du bitte nach unten gehen und das Gepäck holen? Dann regele ich das mit der Mietkaution.«

»Natürlich.« Jennifer ließ sich den Autoschlüssel geben. Während sie nach unten ging, atmete sie tief aus. So prosaisch hatte sie sich das nicht vorgestellt. In ihren Augen war eine Session zu dritt etwas Magisches, voller Dunkelheit, und fand am besten im fackelbeleuchteten Keller eines alten Schlosses statt, in dem die Werkzeuge der Inquisition noch an den Wänden hingen. SM sollt nicht so sauber sein, nicht so routiniert und abgepolstert. Im Badezimmer sollte kein Gesteck aus Plastikblüten auf der Fensterbank stehen, das farblich mit den Dekosteinen und den Badekugeln harmonierte. Das war doch kein SM! Oder?

Nachdem sie die Wohnung für sich hatten, legte Saskia ein Kaffee-Pad ein. Während die Maschine lief, räumten sie ihre Kulturbeutel ins Badezimmer und deckten den Tisch im Wohnzimmer mit dem zuvor im Dorf gekauften Kuchen. Jennifer spürte ängstliche Erwartung. Bald wäre es so weit. Sie und Saskia würden Liebe miteinander machen. Oder SM. Oder irgendwas dazwischen. Zum ersten Mal wäre es nicht mehr heimlich und verboten, sondern ganz offiziell. Zu dritt. Wie viele Frauen, die sie kannte, hatten schon mal einen Dreier erlebt? Bestimmt nicht viele. Und dann noch mit SM.

Als Kilian klingelte, lief Saskia nach unten und Jennifer ließ für ihn eine weitere Tasse Kaffee durch die Maschine laufen. Endlich! Der Kuchen lachte sie seit fast einer halben Stunde an und sie hatte Hunger.

»Du bist falsch angezogen«, sagte Kilian statt einer Begrüßung. »Wie läufst du herum, Sklavin?«

Die Worte *ganz normal* erstarben auf ihren Lippen. Stattdessen lächelte sie und versuchte, in das richtige Gefühl für die Session hineinzugleiten. »Möchtest du Kuchen essen, Herr? Dein Kaffee ist fast fertig.«

»Bring mir den Kaffee, wenn du richtig angezogen bist«, sagte Kilian und gab ihr einen Klaps auf den Hintern. »Saskia, bitte zeig mir das Wohnzimmer und kümmere dich dann darum, dass Jennifer nicht trödelt.«

Jennifer nickte und ging ins Schlafzimmer. Sobald sie das Blickfeld von Kilian verlassen hatte, verzog sie das Gesicht. Es war komisch, von einer Sekunde auf die andere ins Spiel zu wechseln. Der Rotwein fehlte. Schade, dass sie nicht vorher auf die Idee gekommen war, eine Flasche zu kaufen, die sie zu dritt leeren konnten. Das Ritual half wirklich, den Alltag hinter sich zu lassen.

Egal, ermahnte sie sich. Kilian hatte von Anfang an gesagt, wie es laufen würde. Durchgehendes Spiel, durchgehende Unterwerfung. Sie hatte es gewollt, also würde sie mitspielen. Gehorchen, wenn er befahl, und fliegen, wenn er sie schlug. Oder wenn Saskia es tat.

Zwischen ihren Beinen kribbelte es. Endlich ging es los. Sie war fest entschlossen, es zu genießen. Saskia als ihre Domse. Ganz offiziell. Was für ein Erlebnis!

Sie zog sich aus bis auf die Unterwäsche und legte die Kleidung besonders sorgfältig zusammen. Jede Verzögerung würde helfen, auch ohne Rotwein vom Alltag in den besonderen Zustand zu wechseln, den sie ersehnte und liebte. In der Reisetasche suchte sie nach dem ultrakurzen Rock, den Kilian befohlen hatte, und entledigte sich ihres Slips.

Diesen Moment wählte Saskia, um das Schlafzimmer zu betreten.

Jennifer hatte sich am frühen Morgen ordentlich rasiert und wusste, dass es nichts zu beanstanden gab. Trotzdem war es peinlich, nackt bis auf den BH über ihre Reisetasche gebeugt zu stehen.

Natürlich wanderte Saskias Blick für mindestens eine Sekunde genau dorthin, bevor sie sich berappelte und nach ihrer Tasche griff. »Ich, äh, wollte mir auch was anderes anziehen«, sagte sie.

»Kein Problem.« Jennifer zog den kurzen Rock über die nackten Beine nach oben, so schnell sie konnte. Damit war sie kaum weniger nackt als vorher. Das Gefühl von Luft an ihren intimen Regionen erinnerte sie daran, wie verletzlich und ausgeliefert sie in dieser Kleidung war.

Saskia zog ihre Jeans aus und ersetzte sie durch einen schwarzen Jerseyrock, der weich bis zu ihren Knien fiel. Dazu holte sie schwarze Stiefel aus ihrer Tasche, die für ihre Beine zu weit waren und normalerweise wohl über einer Jeans getragen wurden. Ihre hellblaue Strickjacke ersetzte sie durch ein schwarzes Oberteil mit glitzernden Nieten und einem tiefen Ausschnitt. »Und, wie sehe ich aus?« Sie drehte sich im Kreis.

»Viel selbstbewusster«, sagte Jennifer anerkennend. Sie sah nicht aus wie eine käufliche Domina, aber das musste sie nicht. Ihre Schönheit kam von innen.

»Willst du den BH anbehalten?«, fragte Saskia.

In dem kurzen Rock und barfuß fühlte Jennifer sich im Vergleich zu ihr ohnehin nackt, doch ihr gefiel die Art, wie Saskia die Frage stellte. Ein wenig Freude an der Gemeinheit klang darin mit. Ungeübt, aber aufrichtig. »Soll ich das?«, fragte Jennifer und legte die Hände scheu vor der Brust zusammen. Hiernach hatte sie sich die ganze Autofahrt gesehnt. Saskia hatte recht behalten. Manchmal war es besser, die Dinge nicht zu zerreden, sondern sie geschehen zu lassen. Was zusammengehörte, würde zusammenfinden. Irgendwie und irgendwo. Vielleicht gehörten sie sogar zu dritt zueinander, wer konnte das sagen?

»Ich finde, du solltest ihn ausziehen.« Saskia legte den Kopf schief und grinste spitzbübisch.

Jennifer schüttelte den Kopf. »Kilian hat doch gesagt, dass ich anständig angezogen sein soll.«

Saskia zuckte zusammen und holte tief Luft. Offenbar wollte sie zurückrudern.

»Hey, du machst das super!« Jennifer nickte und hoffte, dass es aufmunternd wirkte. »Du hast es voll drauf, ehrlich. Die Art, wie du guckst … voll dominant.«

Saskia richtete den Kopf auf und warf Jennifer einen strafenden Blick zu. »Sei nicht so vertraulich, Sklavin. Und zieh endlich den BH aus!« Ihr anschließendes Lachen ruinierte den Effekt. Ihr Gesicht wurde blutrot. Trotzdem spürte Jennifer den Moment, in dem ihr Blick zu Stahl geworden war, wie einen Vibrator aus dem

Eiswürfelfach zwischen den Beinen. Der Ausdruck hatte ihr unglaublich gut gestanden. Jennifer nahm die Hände auf den Rücken und hakte den BH auf.

Saskia sah in eine andere Richtung.

»Wollen wir ins Wohnzimmer zu Kilian gehen?« Jennifer genoss die paradoxe Scham und Erregung darüber, nahezu nackt vor ihr zu stehen, während Saskia trotz leuchtend roter Wangen und fehlendem Make-up perfekt gekleidet neben ihr stand. Ihre Knie wurden weich und sie sehnte sich danach, sich hinzuknien. Das durfte sie nicht tun. Es war ein Treffen zu dritt. So war es geplant und abgesprochen. An Regeln musste man sich halten. Besonders, wenn man Sub war.

Saskia nickte. »Du gehst vor.«

Jennifer begriff, dass Doms von ihren Subs manchmal vielleicht nur deshalb verlangten, auf den Boden zu blicken, damit die Subs die Unsicherheit der Doms nicht bemerkten. Schade. Saskias Nervosität machte sie menschlicher und attraktiver. Es zeigte, dass Jennifer für sie etwas Besonderes war.

»Knie dich hin«, sagte Kilian, sobald Jennifer die Wohnzimmertür durchschritt, und nahm das nächste Stück vom Kuchen.

Jennifer blickte sehnsüchtig auf die Papierverpackung. Aß er schon das zweite Stück von den dreien, die sie geholt hatten? Wie unfair! Sie war vielleicht Sub, aber sie hatte ebenfalls seit dem Frühstück vor mehreren Stunden noch nichts gegessen. Damit hatte sie sich nicht einverstanden erklärt.

»Los, hinknien!« Saskia gab ihr einen Klaps auf den Hintern.

»Was wird das denn? Wollt ihr euch zu zweit gegen mich verbünden und mir den Kuchen wegessen?« Jennifer grinste, kniete sich aber schnell hin, bevor sie Ärger für den Spruch bekam.

Kilian lud Saskia ein, sich neben ihn zu setzen, und beförderte das letzte Stück Kuchen auf ihren Teller. Saskia nahm einen Bissen und lobte den locker gebackenen Teigboden.

Jennifer warf ihnen böse Blicke zu. Das eine Stück war Käsekuchen mit Streuseln und Mandarinen. Ihre Lieblingssorte!

»Sie sie dir an«, sagte Kilian. »Hockt faul und bequem auf dem Boden und streckt uns die nackten Titten entgegen, während ich immer noch keinen Kaffee habe.«

Scheiße. Den Kaffee hatte sie tatsächlich über der Tändelei mit Saskia vergessen. Er hatte gesagt, sie solle ihm auf dem Rückweg einen Kaffee mitbringen. Jetzt wurde der Becher unter der Maschine kalt.

»Ganz schön frech von ihr«, sagte Saskia.

Was sollte sie tun? Aufstehen und den Kaffee holen? Damit würde sie gegen eine andere Anweisung von Saskia verstoßen, Saskia hatte immerhin gesagt, sie müsste sich hinknien. Außerdem hatte Kilian gesagt, sie sollte den Kaffee auf dem Rückweg mitbringen. Dafür war es ohnehin zu spät. Jennifer blickte zu Boden und folgte den Fugen im sorgfältig verlegten Laminat mit ihren Blicken. Laminat ließ sich leichter reinigen als Teppich, aber es war schmerzhafter, wenn man darauf knien musste. »Soll ich denn Kaffee schnell holen?«

Kilian stand auf. »Nein. Ich glaube nicht, dass ich es dir so leicht machen werde. Wer meinen Kaffee vergisst, muss dafür schon eine kleine Wiedergutmachung leisten.«

Das böse Lächeln in seiner Stimme ließ Jennifer erschaudern. O ja, auch Kuchenessen konnte SM sein. Sie fürchtete sich vor dem, was noch auf sie warten würde. Die Furcht saß zwischen ihren Beinen und strahlte in ihren Körper aus. Wie verletzlich sie war! Sie wünschte, sie könnte die Hände vor die Brüste legen, um weniger nackt zu sein.

»Saskia, dieses freche Etwas auf dem Boden muss dringend Manieren lernen. Bist du meiner Ansicht?« Kilian trat neben Saskia.

Jennifer blickte weiter auf den Boden. Sie hörte einen Kuss, bekam aber nicht mit, wer wen küsste. Na klasse. Die amüsierten sich und sie bekam blaue Flecken an den Knien, weil sie den harten Boden nicht gewohnt war. Wenn sie es sagen würde, würde es als Konsequenz wahrscheinlich noch mehr Herumrutschen auf dem

Boden geben. Sie fühlte sich ausgeschlossen, und das Gefühl von Einsamkeit zog an ihrem Herzen. Vielleicht küsste Kilian Saskia gar nicht, um Jennifer zu demütigen, sondern um seiner Freundin die Nervosität zu nehmen. So oder so tat Eifersucht weh. Jennifer hatte er noch nie geküsst.

»Streck die Hände aus. Handflächen nach oben«, sagte Kilian.

Jennifer tat es.

»Schau her, Saskia. Nimm die Gerte und berühre die Hände damit, um ein Gefühl für den Abstand zu kriegen, damit du sie gleich triffst. Ich denke, fünf Schläge auf jede Handfläche sollten reichen, damit sie sich wieder daran erinnert, wie man Kaffeetassen trägt, oder?«

Schweigen. Vermutlich nickte Saskia, jedenfalls kam sie näher.

Jennifer konnte nur ihre Stiefel sehen. Sie spürte oder ahnte, wie Kilian die Gerte in Saskias Hand legte und sie für die Bewegung dirigierte. »Gut machst du das«, hörte sie seine Stimme. Sanft berührte Saskia mit der Gerte ihre Handflächen. Jennifer biss die Zähne zusammen, hielt die Luft an und wappnete sich für den Schmerz.

Der erste Schlag rutschte von ihrer Hand ab und traf den Boden.

»Du kannst ruhig fester zuschlagen. Sie kann das ab, und wenn nicht, spielt es bei einer Sklavin auch keine Rolle.« Kilians Stimme war kalt und erregend böse. »Die Haltung war aber nicht schlecht. Probiere es noch mal.«

Ruhig fester zuschlagen, na danke. Kilian konnte wirklich ein Gentleman sein. Musste er sie so abfällig behandeln? Nicht im privaten Rahmen in ihren vertrauten Zweiersessions, sondern jetzt, wenn eine Fremde dabei war? Eine Fremde, der Jennifer mindestens so sehr gefallen wollte wie ihm und vor der sie sich auf keinen Fall durch Jammern blamieren wollte?

Saskia schlug zu. Die Schläge fielen unregelmäßig und wenig geübt auf Jennifers Hände nieder. Dreimal, viermal, fünfmal. Es war deutlich zu erkennen, dass sie es zum ersten Mal tat. Es schmerzte nicht wirklich. Saskia hatte noch nicht herausgefunden, dass der hauptsächliche Schmerz der Gerte in ihrer leicht wippenden Spitze lag und nicht in ihrer Länge.

Trotzdem war es erregend, was sie tat. Vielleicht lag es nicht daran, wie sie es tat, sondern an der Wolke aus Pheromonen und Honig-Zimt-Duft, die sie umgab und Jennifer einhüllte wie ein laszives Versprechen künftiger Höhenflüge.

»Los, hol endlich den Kaffee«, sagte Saskia, als sie Jennifer die von Kilian angeordnete Strafe verabreicht hatte. Sie ließ die Gerte kurz auf Jennifers Hintern verweilen und Jennifer kämpfte gegen den Drang, die Augen zu schließen und sich mit dem Kopf an ihr Bein zu schmiegen, um von ihr gekrault zu werden.

Sie sprang auf und lief in die Küche. Der Kaffee in der Tasse war noch heiß, dampfte aber nicht mehr. Hoffentlich nahm Kilian das nicht zum Anlass für eine neue Strafe! Oder sollte sie hoffen, dass er es tun würde? Das Treffen verlief anders, als sie es sich vorgestellt hatte. Weniger sexuell und dafür gemeiner.

Auf dem Tisch lag eine vergessene Packung Kaugummi. Jennifer schob sich einen Streifen in den Mund, um gegen das Hungergefühl anzukämpfen. Es war wirklich gemein, dass Kilian den kompletten Kuchen für sich und Saskia genommen hatte! Mit leerem Magen machte SM keinen Spaß. Auf diese Weise gedemütigt zu werden erregte nicht, sondern ärgerte sie nur.

Oder?

Bei der Rückkehr ins Wohnzimmer saß Saskia auf dem Sofa und kuschelte sich eng an Kilian. Es war ein liebevolles, beinah romantisches Bild. Die Gerte in Saskias Hand und ihr erstauntes Lächeln, in dem unschuldige Freude an der vergangenen Grausamkeit mitschwang, störte den harmonischen Gesamteindruck nicht.

Jennifer kniete sich vor das Sofa und gab acht, nichts von dem Kaffee zu verschütten, als sie Kilian die Tasse reichte.

Er stellte sie auf dem Tisch ab, ohne einen Schluck zu trinken. »Soll ich dir zeigen, wie du sie fesseln kannst, Saskia?« Er küsste sie auf die Wange.

»Muss ich dafür die Gerte loslassen?« Ihre Stimme hatte einen heiseren Klang, den Jennifer noch nie zuvor darin wahrgenommen hatte.

»Vermutlich ja.« Kilian lachte. »Wenn du möchtest, kannst du sie danach zurücknehmen, und ich bringe dir bei, wie du sie besser benutzt. Die Sklavin ist bestimmt glücklich, wenn sie dein Übungsobjekt sein darf, stimmt's, Jennifer?«

»Ich kann es kaum erwarten«, knurrte sie den Boden an. Wenn die anderen Schläge ähnlich ungeschickt auf sie herunterfielen wie die ersten, stand ihr einiges bevor. Wahrscheinlich würde die Hälfte danebengehen. Diese scheinbare Erleichterung würde ihr kaum nützen. Wenn Saskia die Gerte noch nicht kontrollieren konnte, würden andere Schläge mit Sicherheit so hart sein, dass Jennifer aufschreien und jede Selbstbeherrschung verlieren würde. Da Saskia nicht wusste, was sie tat, hätte Jennifer außerdem keine Chance, die Art ihrer Schläge vorherzusehen und sich anhand ihrer Atemzüge und Körpersprache darauf einzustellen.

Ob das mit der Session zu dritt eine gute Idee gewesen war? Sie presste die Lippen aufeinander.

»Steig auf den Strafbock«, sagte Kilian sanft. »Saskia, hilf ihr dabei.«

Saskia streckte Jennifer die Hand entgegen und half ihr auf die Füße. Jennifer war sich ihrer nackten Brüste überdeutlich bewusst und auch der Tatsache, dass Saskia garantiert nicht wegsehen konnte. Wenn Kilian nicht dabei wäre, hätte sie sie jetzt in den Arm genommen, doch das würde zu viel verraten. Manche Geheimnisse sollten besser geheim bleiben.

Sie kletterte auf den Strafbock. Er war bequemer, als er aussah. Die Polsterung für die Knie bestand aus abwaschbarem Material, das nachgab. Ihre Hüfte konnte sie an ein gepolstertes Brett lehnen und auch für die Unterarme gab es Polster.

Jennifer rechnete damit, dass Kilian die metallenen Schellen benutzen würde. Stattdessen holte er Seile aus seinem Koffer.

Er wollte Saskia die Gelegenheit geben, einige Fesseltechniken kennenzulernen. Natürlich begannen sie an den Fußgelenken. Jennifer war sich ihres fehlenden Slips unter dem ultrakurzen Rock überdeutlich bewusst. Ob Saskia hinsah? Konnte man unter dem Rock überhaupt etwas sehen oder sorgte sie sich umsonst?

Mit Sicherheit konnte man alles sehen, wurde ihr klar. Die Gerätschaft war entworfen worden, um unter anderem Geschlechtsverkehr zu ermöglichen. Da wäre es merkwürdig, wenn die beiden hinter ihr Stehenden nicht sehen könnten, was sie normalerweise selbst in den Sessions mit Kilian unter ihrem Slip verbarg. Das Schweigen hinter ihr schien Bände zu sprechen. Immerhin hatte sie sich sauber rasiert. Hoffentlich war nichts stehen geblieben.

Jennifer verspürte den starken Impuls, aufzuspringen und sich gegen die demütigende Position zu wehren. Kilian konnte sie auch fesseln, wenn sie sich wehrte. Das hatten sie mehr als einmal ausprobiert. Sie war noch nicht so weit! Ihr fehlten der Rotwein und das langsame Ritual, um den Weg in die andere Welt zu finden. Wenn sie allein wären, würde sie es ihm sagen. Er könnte es mit Sicherheit verstehen. Oder? Doch sie waren nicht allein. Saskia war dabei. Die eine, die ihr Herzklopfen und Bauchkribbeln verursachte und von der sie in den vergangenen Nächten mehr als einmal geträumt hatte. Sie wollte sich nicht blamieren. Dass Saskia den Wunsch geäußert hatte, sie wiederzusehen und mit ihr harten SM zu praktizieren, war besser als alles, was sie sich vorher je zusammenfantasiert hätte.

Daher hielt Jennifer still, als Saskia ihr die Seile um die Fußgelenke legte und sich mehr als einmal verhedderte. Sie musste lernen, das war von Anfang an klar gewesen. Schließlich, versuchte Jennifer sich einzureden, lag auch eine besondere Form von Demütigung darin, als Übungsobjekt für Saskia instrumentalisiert zu werden. Wenn man es so betrachtete, lag darin ebenfalls SM.

Außerdem hatte der Ausdruck in Saskias Gesicht, als sie auf dem Sofa gesessen hatte und die Gerte nicht loslassen wollte, wahnsinnig sexy ausgesehen. Wenn Jennifer still hielt und sich um devotes Verhalten bemühte, leistete sie damit gewissermaßen eine Art Geburtshilfe. Wenn Saskia lernte, das sexy dominante Gefühl in ihr auch durch technisches Können richtig umzusetzen – was für eine Lady würde aus ihr werden!

Das war die kurzfristige Unbequemlichkeit mehr als wert.

Saskia ging um den Strafbock herum und streichelte Jennifer über die Haare. Jennifer schloss die Augen und genoss die Berührung. Der Duft von Saskias Haut hüllte sie ein.

»Sei nicht zu freundlich zu ihr, sonst kommt sie auf dumme Gedanken«, unterbrach Kilian die Berührung. »Du herrschst. Jedenfalls, solange ich es dir erlaube. Fessele jetzt ihre Handgelenke.«

Saskias Hand spannte sich an, als ob sie eine Faust ballen wollte. Bestimmt gefiel es ihr nicht, auf diese Weise herumkommandiert zu werden. Kilian hatte ihre Rolle für dieses Wochenende als Zofe festgelegt, aber Jennifer ahnte, dass ihr das nicht genügen würde. Saskias Augen waren die einer Herrscherin, nicht die einer Dienstleisterin.

Trotzdem gab sie zunächst nach und griff nach den Seilen. Sorgfältig umwickelte sie Jennifers Handgelenke und zog die Seile am Fesselgestell fest; selbstbewusster als die an den Fußgelenken. Sie streichelte fast unmerklich über Jennifers Handgelenk. Die Heimlichkeit hatte etwas Erregendes. Es war, als ob Kilian nicht wissen dürfte, was sie in Wahrheit miteinander spielten.

»Soll ich ihr den Metallreif um den Hals legen?«, fragte Saskia Kilian. Er musste genickt haben, denn Saskia legte die Hand zärtlich unter Jennifers Stirn und hob ihren Kopf. Das Fesselgestell bot die Möglichkeit, einen Metallring um den Hals der Sklavin zu legen, damit sie den Kopf nicht mehr nach hinten drehen konnte.

Das Metall kühlte Jennifers erhitzte Haut und verstärkte das Gefühl von Auslieferung und Hilflosigkeit. Saskia strich sanft über die empfindliche Haut ihres Halses und verweilte in ihrem Nacken, um dort zu kraulen. »Gefällt dir das?«, fragte sie leise.

Jennifer nickte und spürte, wie der Ring selbst kleine Bewegungen wie diese einschränkte. »Ich schäme mich tierisch«, gab sie zu. »Aber es ist auch verdammt heiß.«

»Das hört man gern.« Saskia lachte auf. Ihre Stimme war rauchig und tief. »Können wir weitermachen, ist das okay für dich? Ich kann mir kaum vorstellen, dass es dir wirklich gefallen würde, wenn ich dich schlage.«

Jennifer schloss die Augen und erschauderte. »O doch, das würde es.«

»Wie bitte?« In Saskias Stimme klang ein Lächeln mit.

»Meine Güte, sei nicht so zimperlich mit ihr.« Kilian klang ungeduldig. »Sie kann das ab, das habe ich dir gesagt.«

Saskia schnaubte fast unhörbar durch die Nase.

»Ich sagte, es würde mir gefallen«, sagte Jennifer nachdrücklicher, als ob Kilian nichts gesagt hätte. Es gefiel ihr, wie aufmerksam Saskia mit ihr umging. Ihre Art berührte sie sanfter und intensiver als die früheren Sessions mit Kilian.

»Dann sollte ich dich nicht länger warten lassen, was?« Saskias Lachen klang heiser und glücklich. »Kilian, gibst du mir bitte die Gerte?«

Jennifer atmete langsam aus und wappnete sich für den Schmerz.

Saskia nahm das Instrument und schlug zu. Sie traf Jennifer in der Mitte der linken Pobacke. Nicht zu stark und nicht zu sanft, sondern genau richtig. Der Schmerz strahlte angenehm zur Seite aus und ließ wieder nach. »Alles okay?«, hakte sie nach. Jennifer nickte.

Saskia schob den Rock hoch, um ihren Hintern völlig zu entblößen, und ließ die Hand auf der geschlagenen Stelle liegen. Sie fuhr mit den Fingern die Linie nach, die Jennifer immer noch spürte. Erregende Wärme breitete sich aus, obwohl die Finger kühl waren. Saskia ließ los und schlug erneut zu. Wieder. Und noch einmal. Die Schläge fielen gleichmäßiger als zuvor auf ihre Handflächen. Entweder, ihr Hintern befand sich in einer besseren Position für Saskias Schlaghand, oder Saskia lernte schnell.

»Du machst das gut, aber noch zu ungleichmäßig«, sagte Kilian hinter ihrem Rücken. Die Schläge setzten aus, als wenn er sich neben Saskia stellte und ihre Haltung korrigierte. Die nächsten Schläge landeten alle auf der gleichen Stelle von Jennifers Hintern und besaßen die gleiche Intensität, doch das besondere Gefühl, Saskia trotz der räumlichen Nähe fast physisch wahrnehmen zu können, ging verloren. »So ist es besser. Probiere weiter.«

Die nächsten Schläge fielen zaghafter als zuvor, als ob Saskia ihre natürliche Sicherheit und ihr Gespür verloren hätte.

»Du kannst ruhig heftiger zuschlagen«, sagte Jennifer. »Vertrau auf deinen Instinkt, nicht auf deinen Kopf. Du hast es drauf.«

»Ich will dir nicht wehtun!« Saskia kicherte nervös. Bestimmt wurde ihr Gesicht rot.

»Das ist es doch, worum es bei dieser Geschichte geht.« Jennifer lächelte. Wie seltsam. Auch ihre Stimme klang tief, rauchig und verdorben. Die Stimme einer erwachsenen Frau, die wusste, was ihr gefiel und wie sie es bekam. »Es soll mir wehtun. Durch und durch, bis ich kein vernünftiges Wort mehr rausbekomme und du und ich gemeinsam in einen Rausch verfallen. Gefällt es dir denn?«

Saskia schwieg.

»Ja«, sagte sie schließlich und klang erstaunt.

»Dann trau dich! Tu mir weh, du wunderschöne Frau!« Vorsicht, Vorsicht. Kilian sollte nicht zu viel mitbekommen.

Das Geräusch seiner Stiefel war zu hören. Er trat neben Saskia. »Soll ich dir zeigen, wie es geht?«, fragte er sanft.

Jennifer ahnte, dass er hinter ihrem Rücken die Gerte und Saskia in den Arm nahm. Schläge fielen auf ihren Hintern nieder und verursachten einen feinen, scharfen Schmerz, der ein Brennen zurückließ und sie wärmte. Die Gerte wanderte vom hochgeschobenen Rand über ihren Hintern nach unten und liebkoste ihre Oberschenkel mit ihrem grausamen Kuss und hielt schließlich inne. Jennifer ließ die Luft entweichen, die sie angehalten hatte, und genoss die Verschnaufpause und das Nachglühen.

»Hier darfst du niemals hinschlagen«, sagte Kilian und streichelte über die Stelle an ihrem Rücken, an der die Nieren lagen. »Sonst riskierst du innere Verletzungen. Aber hier, hier und hier« – Jennifer schrie bei jedem *hier* überrascht und zornig auf, weil die Schläge viel heftiger waren als die zuvor – »kannst du bedenkenlos Schwung holen und durchziehen. Willst du es noch mal versuchen?«

»Und sie kann das wirklich ab?« In Saskias Stimme stritten sich Zweifel und der rauchige Beiklang der Erregung.

»Ja, ich kann das ab«, quetschte Jennifer zwischen den zusammengebissenen Zähnen hervor. »Und vermutlich werde ich mich heute Abend dafür hassen, dass ich das gesagt habe.«

Saskia lachte auf. Ihre Erregung schien die Oberhand über ihre Zaghaftigkeit zu gewinnen. »Solange du nicht am Ende mich dafür hasst?« Sie schlug zu und traf. Jennifers unterdrückter Aufschrei schien ihr zu gefallen. »Und dafür! Und dafür.« Mit jedem *dafür* traf sie eine neue Stelle.

Wie Jennifer prophezeit hatte, hasste sie sich nach nicht einmal einer Minute für ihre leichtfertigen Worte. Saskia kam mit jedem Schlag mehr in Fahrt. Natürlich war Jennifer zu stolz, um sich von einer Anfängerin dazu bringen zu lassen, um Gnade zu bitten. Sie konnte nur aushalten, was Saskia ihr antat, und auf die seltenen Pausen hoffen, in denen Saskia innehielt und zärtlich über die misshandelte Haut streichelte. Es war seltsam, aber faszinierend, aus dieser Position heraus mitzuverfolgen, wie Saskia ihre Unsicherheit ablegte und das in ihr schlummernde Selbstbewusstsein einer Königin erwachte. Sie schlug sich mit der Gerte in eine Art Rausch und nahm Jennifer mit. Die Flügel auf ihrem Rücken verwandelten sich in einen Tornado aus Hilflosigkeit und Ekstase, der sie einhüllte und mit Saskia gemeinsam emporfliegen ließ.

Nach einer gefühlten Ewigkeit erlöste Kilian sie von dem Höhenflug. Er brachte eine Schüssel mit Eiswürfeln und forderte Saskia auf, Jennifers brennende Haut damit zu kühlen.

Saskia schien einen Moment zu brauchen, um zu verstehen, was er meinte. Sie atmete tief durch. Jennifer hatte das Gefühl, Saskias Atem über ihre Haut gleiten zu spüren, auch wenn sie weit über ihr stand. Langsam streichelte Saskia mit dem Eiswürfel über ihren Hintern und fuhr in gleichmäßigen Linien über die schmerzenden Stellen. Traten die Striemen so deutlich hervor, dass Saskia sie sehen, vielleicht sogar ertasten konnte? Saskia kühlte auch die Haut ihrer Oberschenkel, auf denen der Schmerz intensiver war als am Hintern.

Kilian streichelte über ihren Hintern und zog ihn auseinander. »Siehst du, wie es ihr gefällt?«, fragte er leise.

Jennifer schloss die Augen und wünschte sich ein Loch, in dem sie versinken könnte.

Saskia wanderte mit dem Eiswürfel an der Innenseite ihrer Beine nach oben und umfuhr die geheimen, jetzt schutzlos den Blicken preisgegebenen Regionen. »Gefällt dir das?« Als ob sie das nicht sehen könnte!

»Hm-hm.« Jennifer nickte mit erhitztem Gesicht und hoffte, dass die Tropfen, die an ihren Beinen hinabliefen, nur schmelzendes Eiswasser waren und nichts mit den verräterischen Empfindungen zu tun hatten, die ihren Unterleib zum Pochen brachten.

»Zieh den über, dann kannst du sie anfassen. Ich sehe doch, dass du das willst«, sagte Kilian. Die Eiswürfel verschwanden. Bestimmt nahm er Saskia in den Arm. »Du darfst sie streicheln und ich übernehme die Peitsche. Wenn du magst, habe ich für später auch noch einen Dildo eingepackt.« Seine Stimme klang böse und sexy.

Saskia lachte auf. Eine Packung wurde aufgerissen. Darauf folgte ein Geräusch wie von flitschendem Gummi. Zog sie einen Handschuh an? Oder rollte sie ein Kondom über den Dildo, den Kilian erwähnt hatte?

»Nein! Das könnt ihr nicht machen!«, beschwerte sich Jennifer, doch sie wurde ignoriert. Ein Schlag auf den Hintern war die einzige Antwort, die sie bekam. Stammte er von Kilian oder von Saskia?

Wie oft schon setzte die seltsame, traumhafte Unwirklichkeit ein, die bewirkte, dass Dinge sie nicht länger störten oder peinlich berührten, die sie unter normalen Umständen im Erdboden hätten versinken lassen. Vielleicht lag es an den Endorphinen, die die vorhergehenden Schläge ausgelöst hatten. Jennifer kümmerte sich nicht länger darum, dass sie wimmerte und in ihrer entwürdigenden Position aufschrie, als Saskia mit dem Eiswürfel direkt über die Perle glitt, ihn dort verharren ließ und ihn langsam nach hinten schob, bis er in ihrem Innern verschwand. Saskia schob den Eiswürfel tiefer hinein und massierte mit der anderen die Perle. Die Kälte breitete sich in ihrem Inneren aus und veränderte die Empfindungen. Es schien, als würde die Erregung wachsen und der Höhepunkt sich gleichzeitig weiter von ihr entfernen. Hölle! Warum tat sie ihr das an?

»Der Eiswürfel bleibt drin, Sklavin«, sagte Kilian. Saskias Hände verschwanden. »Sonst schläfst du heute Nacht nackt und gefesselt auf dem Parkettboden. Ohne Decke. Hast du verstanden?«

Jennifer nickte und spannte ihre Muskeln an, um ein Herausrutschen zu verhindern.

»So ist es brav. Saskia, gib mir die Peitsche. Die mit den harten Lederschnüren, die kennt sie noch nicht. Ich wette mit dir um das letzte Stück Kuchen, dass sie schreit, wenn ich das erste Mal zuschlage.«

Saskia lachte. »Deal.«

Jennifer biss die Zähne zusammen. Sie fürchtete sich, aber sie wollte, dass Saskia die Wette gewann. Die Geräusche in ihrem Rücken ließen sie zittern. Was, wenn es mehr war, als sie ertragen konnte?

Der Schlag sauste herab. Das Gefühl von Feuer und Verrat brannte auf ihrer Haut. Obwohl sie die Lippen aufeinanderpresste, entfuhr ihr ein Wimmern und sie zog die Nase hoch.

»War das ein Schrei?«, fragte Kilian und schlug ein zweites Mal zu.

Jennifer hatte nicht damit gerechnet und schrie auf.

»Ich finde, das Zweite war ein Schrei. Beim ersten hat sie sich beherrschen können, also kriege ich den Kuchen.« Saskias Stimme klang neutral wie die einer Forscherin, die auf eine Ameise hinabblickte und erklärte, was geschehen würde, wenn man einen Tropfen Honigwasser neben das Insekt fallen ließe.

»Das erste war ein leiser Schrei, finde ich.« Kilian schlug wieder auf ihren Hintern. »Wir müssten herausfinden, wie stark man schlagen muss, um die Grenze vom Wimmern zum Schreien zu überqueren, um einen eindeutigen Sieger unserer Wette zu bestimmen.« Wieder und wieder schlug er zu.

»Was hältst du von einem Kompromiss?«, fragte Saskia. »Wir teilen uns den Kuchen. Ich könnte jedenfalls eine kleine Stärkung vertragen.«

»Deal.« Kilian schlug weiter, während sie den Kuchen holte, und schien Jennifers Schmerzensäußerungen nicht länger wahrzunehmen. »Es sieht schön aus, wenn sich der Hintern so rötet, findest du nicht?«

»O ja.« Anscheinend stand Saskia wieder neben ihm. »Kuchen?«

Jennifer war dankbar für die Atempause.

»Ich würde das mit dem Dildo gern ausprobieren«, sagte Saskia. »Wohin hast du ihn gelegt?«

»Tu dir keinen Zwang an«, sagte Kilian. »Hier hast du ihn. In der Schale dort liegen Kondome, damit es hygienischer ist.«

»Bitte nicht! Das könnt ihr wirklich nicht machen!«, beschwerte Jennifer sich aus dem Subspace heraus.

»Können wir nicht?« Kilians schwere Schritte näherten sich. Er griff ihr in die Haare und zog ihren Kopf nach hinten, bis sie ihm in die Augen sehen konnte. »Du möchtest also nicht, dass Saskia dir ihren Dildo in deine gierige, enge Möse schiebt, solange es mir Spaß macht, euch dabei zuzusehen?«

»Aber der Eiswürfel …?« Es war zum Verzweifeln. Irgendetwas lag in seinen Augen, was jeden Widerspruch in ihr ersticken ließ.

Sie konnte sich nicht entziehen. Alles, was sie wollte, war, ihm zu gefallen. »Doch, ich will es«, sagte sie leise.

Kilian ließ seine Hand so heftig auf ihren Hintern fallen, dass es knallte. Es war ein einziges Mal, aber es reichte aus, um sie trotz des Subspace und ihrer Erregung aufschreien zu lassen. »Ich kann dich nicht hören.«

Spöttisch sah er auf sie herunter. Der Blick seiner blauen Augen bohrte sich in sie. Sein Griff in ihren Haaren bot ihr keine Chance, zu entkommen.

»Ich möchte, dass Saskia den Dildo nimmt und mich damit …«, sagte sie lauter.

»Ich kann dich immer noch nicht hören, kleine Schlampe!« Kilian schlug erneut zu. Woran lag es, dass er mit der Hand härter schlagen konnte als mit jedem gekauften Instrument?

»Ich möchte bitte, dass Saskia es mir mit dem Dildo besorgt!« Sie rief fast.

»Mit einem kleinen oder einem großen Dildo?« Kilian war unbarmherzig. Er drehte die Hand in ihren Haaren und machte damit wortlos klar, welche Antwort er erwartete.

»Einen … einen großen. Ja, einen großen Dildo.«

Drei Schläge fielen auf ihren Hintern, einer brutaler als der vorherige.

»Bitte, mein Herr, Ihre Sklavin möchte, dass Saskia einen großen Dildo nimmt und es ihr damit besorgt.« Das Gefühl von Demütigung war unerträglich.

»Was soll sie tun?« Kilians Griff wurde gemein.

Erste Tränen verließen Jennifers Augen. Tränen waren kein Safeword, dachte sie. »Sie soll mich ficken mit dem Dildo! Mit dem großen Dildo, meine ich. Bitte! Bitte, Kilian, ich schäme mich so, wenn ich das sagen muss, ich ertrage es nicht, zwinge mich nicht, es noch mal zu sagen! Sie soll es ja tun, ich bin ja einverstanden! Aber ich ertrage es nicht, das noch einmal zu sagen, sonst schäme ich mich zu sehr!«

Kilian streichelte sie und wischte die Tränen aus ihrem Gesicht. »Ist ja gut, ist ja gut«, tröstete er. »Wir haben es gehört. Das war tapfer von dir. Du hast es gut gemacht.«

Jennifer schmiegte den Kopf in seine Hand und versuchte, mit dem Schluchzen aufzuhören.

»Soll ich es wirklich tun?«, fragte Saskia hinter ihrem Rücken. »Nicht, dass es zu viel für sie wird.«

»Bestimmt, es ist okay.« Jennifer schniefte und versuchte, zu lächeln. »Ich kann das ab. Bestimmt.«

Kilian löste die Fesseln um ihre Beine und Hände und befahl ihr, stillzuhalten wie vorher.

Ein ängstliches Schaudern durchfuhr Jennifer, als sie das reißende Geräusch hinter sich hörte und das fast unhörbare Knistern, als die Kondompackung auf den Boden fiel. Dann war da ein glattes, kühles Gefühl zwischen ihren Beinen. Vor lauter Scham war sie inzwischen so feucht, dass es fast keinen Widerstand gab, als Saskia den Dildo vorsichtig in sie hineinführte. Sie begann, ihn langsam vor- und zurückzubewegen.

Kilian streichelte währenddessen beruhigend Jennifers Kopf.

»Bitte, mach … mach schneller«, bat Jennifer nach kurzer Zeit und schämte sich noch mehr.

»Schneller?«, fragte Saskia mit rauchiger, glücklicher Stimme. Mit der freien Hand streichelte und kniff sie Jennifers zuvor so geschundenen Hintern und rieb ihr Becken an ihr. »Gefällt dir das etwa, Sklavin?« Es war das erste Mal, dass sie das Wort benutzte.

»O ja!«

Saskia lachte und ließ den Dildo in Jennifer kreisen. Mit der anderen Hand massierte sie die Partie um ihre Perle herum, kreiste mit dem Zeigefinger, ohne sie zu berühren. Sie unterbrach und schlug mit der flachen Hand auf Jennifers Hintern.

Der liebevolle Schmerz bewirkte, dass Jennifer sich verkrampfte. Das Zusammenziehen der Muskeln um das Spielzeug in ihrem Innern erhöhte ihre Lust. Unwillkürlich streckte sie den Hintern nach hinten, um mehr zu finden. Was war mit dem Eiswürfel geschehen? War er geschmolzen? Schmerz und Lust mischten sich miteinander, trieben sie weiter und trugen sie davon.

Sanft und stetig liebkoste Saskia sie und führte Jennifer mit sicherer Hand immer näher zum ersehnten Höhepunkt. Sie wechselte Zärtlichkeiten mit Schmerz ab, als ob sie nie etwas anderes getan hätte. Es fühlte sich an wie süßes Gift, das in Jennifers Unterleib gegossen wurde. Saskia ließ ihr Spielzeug kreisen, umspielte den Eingang damit und zögerte das Eindringen hinaus, bis Jennifer glaubte, es nicht mehr auszuhalten. Obwohl sie die Augen geschlossen hielt, stand Saskias süßes Lächeln wie ein strahlendes Fanal vor ihrem inneren Auge. Das hier war mehr als Sex. Es ging durch und durch.

»Bitte, mach … mach schneller«, bat Jennifer und biss sich für ihre fehlende Selbstbeherrschung auf die Unterlippe.

»Schneller?« Saskias Stimme war leise und kehlig. Sie massierte Jennifers Perle mit sanften, kreisenden Bewegungen, ohne ihr Tempo zu steigern.

Jennifer wurde fast verrückt. »Bitte! Ja, ich habe gesagt, schneller. Wenn du magst. Härter und schneller. Bitte hör jetzt nicht auf!«

Saskia lachte und ließ los, schlug sie erneut auf den Hintern und liebkoste weiter. »Du bist gierig, Sklavin.«

»Ja, Herrin, das bin ich.« Jennifer schloss die Augen und genoss. »Das muss an Eurer Schönheit liegen. Ich kann Euch nicht widerstehen.«

Das Kompliment schien sie zu freuen, denn sie schlug nicht mehr zu. Stattdessen setzte sie ihr Spielzeug ein, um Jennifer mit einer Mischung aus harten und sanften Stößen, kreisenden Bewegungen und tiefem Eindringen um den Verstand zu bringen. Jennifers Seufzen und ihre abgehackten Atemzüge schienen sie anzuspornen.

Jennifer versuchte, still zu bleiben, und biss sich auf die Lippen. Als der Klimax sich ankündigte und sie spürte, dass es kein Zurück mehr gab, krallte sie die Finger in das Fesselgestell und hielt die Luft an. Trotz der zusammengepressten Lippen konnte sie den letzten Schrei nicht ganz unterdrücken. Die Explosion kam in Wellen, die durch ihren Unterleib rollten und durch ihren Körper flossen, um erst nach einer gefühlten Ewigkeit zu verebben.

Anschließend hob Kilian sie hoch, wickelte sie in eine Decke und legte sie sanft auf dem Sofa ab, von wo sie den Raum überblicken konnte. Jennifer erwartete, dass er sich mit Saskia neben sie setzen würde, um das Nachglühen der Session zu genießen.

Stattdessen forderte er Saskia auf, ihm die Seile zu bringen, und fesselte Jennifer um die Decke herum. Sie wollte fragen, was er damit bezweckte, doch sie war zu erschöpft. Es störte sie nicht. In ihrer momentanen Verfassung konnte nichts sie verwirren oder verunsichern. Sie war hoch bis in die Mitte des Universums geschwebt und sank langsam, langsam, langsam wie eine Schneeflocke bei Nacht zurück auf den Boden.

»Knie dich auf das Gestell«, sagte er zu Saskia, als Jennifer fertig verpackt war und in ihrer nebligen Wolke dahintrieb.

»Aber …« Saskia wollte widersprechen. In ihren Augen schimmerte das Licht des Erstaunens über das, was sie getan hatte. Sie hatte eine andere Frau geschlagen, gevögelt und mit ihren Händen zum Höhepunkt gebracht und sich zum ersten Mal in ihrem Leben als Herrin gefühlt. Jennifer hätte sie gern in den Arm genommen, doch die Fesseln und ihre Erschöpfung hinderten sie daran.

»Du bist meine Zofe, schon vergessen?«, sagte Kilian und betonte jedes Wort. »So lauteten die Regeln. Du assistierst mir, und dafür leihe ich dir meine Sub. Mit der sind wir fertig. Jetzt bist du dran.«

Saskia zögerte immer noch.

»Außerdem bist du meine Freundin, verdammt. Hast du etwa keine Lust nach der ganzen Aktion?« Er lachte, um der Situation ihre Schärfe zu nehmen.

Saskia warf ihm einen kurzen Blick unter den Augenwinkeln zu, bevor sie mitlachte. »Aber … auf den Strafbock knien? Muss das sein?«

»Dann stell dich hin und stütz dich ab.« Er nahm sie in den Arm, küsste sie aufs Ohr und schien etwas zu flüstern.

Saskia entspannte ihre ablehnende Haltung, ließ den Arm sinken und schmiegte sich an ihn. »Also gut, mein Schatz. Bitte schön!« Sie drehte sich um und stützte sich ab.

Kilian schob ihr den Rock hoch und zog an ihrem Slip, bis er zwischen ihren Kniekehlen hing. Er öffnete seinen Gürtel, ließ die Hose herunter und angelte nach einem Kondom. Das Glied zwischen seinen Beinen, das Jennifer vor einigen Wochen im Mund gehabt hatte, schien größer als beim letzten Mal. Logisch. Die vergangenen Stunden hatten ihn kaum gleichgültig gelassen.

Taten sie das wirklich? Jennifer presste die Augen zusammen und fragte sich, ob sie sich den Anblick nur einbildete. Hatten sie sie tatsächlich wie ein überflüssiges Gepäckstück auf dem Sofa abgeladen, um es miteinander zu treiben? Jennifer schüttelte den Kopf. Eine neue Art von Scham erfüllte sie. War sie nichts weiter als ein Spielzeug gewesen, um das Vorspiel der beiden zu bereichern?

Kilian fasste Saskia an der Hüfte, um seinen Rhythmus besser dirigieren und ihr aufzwingen zu können. Für einen Moment wünschte sich Jennifer, dass Saskia nackt wäre. Es wäre herrlich, ihren schlanken, muskulösen Körper im gedimmten Licht des Raumes voller Leidenschaft und Erregung beim Liebesspiel zu beobachten, mit dem Licht, das auf ihrer Haut spielte und dem Kopf, den sie nach hinten warf, während sie sich hingab. Eines Tages würde sie …

Dumme Gedanken.

Sie sah zu, wie Kilian Saskia langsam und stetig vögelte. Irgendwie konnte man es verstehen. Es reichte nicht, wenn die Sub zum Höhepunkt kam. Die Doms wurden durch eine Session ebenfalls erregt und hatten jedes Recht, sich hinterher auf diese Weise zu vergnügen. Auch wenn die Sub gefesselt auf dem Sofa lag, zusehen musste und ansonsten ignoriert wurde. Trotzdem fühlte Jennifer sich einsam.

Saskia warf den Kopf nach hinten und Kilian griff ihr in die Haare. Sie schüttelte ihn unwillig, doch Kilian ließ nicht los und hielt sie an Haaren und Hüften unbarmherzig fest und verlangsamte sein Tempo. Wahrscheinlich war er kurz vor dem Höhepunkt.

Saskia drehte den Kopf und sah Jennifer an. *Ich wünschte, du wärst es*, sagten ihre Augen. *Ich wünschte, ich könnte dich halten oder du mich, aber wir wären zusammen. Du und ich. Wir sind Tänzerinnen, und wenn wir es tun, tanzen und fliegen wir. Er versteht davon nichts, und ich habe die Hoffnung aufgegeben, dass er es je tun wird.*

Jennifer fragte sich, ob sie es sich nur einbildete. Saskias Blick hielt ihre Augen fest und hinderte sie daran, die Augen zu schließen oder sich wegzudrehen. *Ich wünsche mir auch, dass ich es wäre*, antwortete sie wortlos. *Du und ich, das ist etwas Besonderes. Bis heute habe ich mich davor gedrückt, aber ich glaube nicht, dass ich dich je wieder vergessen würde. Komm zu mir, Saskia. Komm zu mir und bleib für immer.*

Kilian stieß schneller und atmete heftiger. Sein Höhepunkt schien unmittelbar bevorzustehen. Er zog Saskias Kopf an den Haaren hin und her, doch Saskia hielt den Blick unverwandt auf Jennifer gerichtet. Ihr Blick zeigte, dass auch ihr Höhepunkt sich ankündigte. Zwischen ihren Augen und Jennifers floss eine Brücke aus Feuer, die Jennifer mit sich riss und eine Welle aus Licht durch ihren Körper fließen ließ, als Saskia gemeinsam mit Kilian kam und die Augen selbst im letzten Moment geöffnet ließ.

Nachdem sie geduscht und sich frisch gemacht hatten, saß Jennifer mit Saskia und Kilian in den Schlafanzügen im Wohnzimmer auf dem kuscheligen Leder-Ecksofa. Sie sahen einen Film an, in dem in einzelnen Clips weibliche Subs von männlichen Doms geschlagen und auf verschiedene Weisen gefesselt wurden. In einem Clip wurde die Sub von einer Domina geschlagen, doch sie gefiel Jennifer nicht. Ihre Augen blickten kalt und nicht wie Saskias voller Feuer und Lust und sie sprach abfällig und scharf statt rauchig und sinnlich. Ob sie sich davor fürchtete, dass Leidenschaft ihre Position untergraben könnte? Was für eine alberne Vorstellung. Saskia wirkte durch ihre Unsicherheit und Begeisterung um ein Vielfaches so sexy wie sie.

Nach dem vierten Clip ertappte Jennifer sich dabei, dass sie unwillkürlich immer wieder gähnte. Saskia und Kilian schien es ähnlich zu gehen. Offensichtlich wurde es Zeit, ins Bett zu gehen.

»Die Sklavin kriegt eine Decke und wird im Käfig unter dem Bett schlafen«, sagte Kilian und schien zu erwarten, dass Saskia seinen Vorschlag unterstützte.

»So ein Blödsinn«, sagte sie stattdessen. »Wir haben sie vorhin gedemütigt und gequält, Kilian, aber jetzt ist es vorbei. Wir können sie doch nicht wie einen Hund unter dem Bett schlafen lassen.«

»Sie hat zugestimmt, dass die Versklavung das ganze Wochenende geht. Auch über Nacht und beim Frühstück«, beharrte Kilian auf seiner Meinung.

Jennifer fing seinen Blick auf. Besser, sie vermittelte. Sonst würde das schöne Wochenende durch einen hässlichen Beziehungsstreit einen bitteren Beigeschmack bekommen. »Das ist schon in Ordnung, Saskia. Wir sitzen gemütlich beisammen und ich habe ein halbes Stück Kuchen zu meinen Kartoffelchips bekommen. Mehr könnte ich mir wirklich nicht wünschen. Der Boden unter dem Bett ist gepolstert, das ist extra dafür gedacht. Vielleicht ist es sogar cool?«

»Nein. Ich lasse es nicht zu.« Saskia drehte sich zu Kilian. »Du bist damit einverstanden, dass Jennifer bei uns im Bett schläft, nicht wahr? Das eben war bloß ein Scherz.«

Kilian zuckte mit den Schultern. »Zu dritt im Bett ist es zu eng«, sagte er ablehnend und schüttelte den Kopf.

»Das ist egal! Wir haben heute etwas wirklich Besonderes erlebt. Ich will nicht, dass Jennifer allein schlafen muss. Wir haben es zu dritt gemeistert, also beenden wir es auch zu dritt. Klar?«

Jennifer biss die Lippen zusammen, um nichts über Alltagsdevotion zu sagen oder darüber, warum Kilian sich eine Sub neben seiner normalen Beziehung gesucht hatte, die bereit war, sich ihm unterzuordnen. Sie durfte auf keinen Fall lachen oder auch nur lächeln.

Kilian schwieg.

»Komm schon! Gib zu, dir gefällt es, mit einer schönen Frau in jedem Arm einzuschlafen.«

Kilian gab es nicht zu, aber Saskia gab nicht nach. So kam es, dass Kilian an diesem Abend tatsächlich im Bett auf dem Rücken lag und mit einer Frau in jedem Arm einschlafen sollte.

Jennifers und Saskias Hand lagen auf seiner Brust und fanden sich. Saskia streichelte sanft über Jennifers Finger und Jennifer erwiderte die Zärtlichkeit. Wie seltsam das war! Wer hätte je geglaubt, dass das scheue und zurückhaltende Ballettmädchen Jennifer eines Tages so etwas erleben würde?

Bevor sie sich in den Gedanken darüber verheddern konnte, wie seltsam es tatsächlich war und wie erregt sie sich immer noch fühlte, flüchtete sie sich in die dunkle Geborgenheit des Schlafes. Bis zur letzten Sekunde, in der sie zu denken aufhörte, war sie sich überdeutlich der Berührung durch Saskias Fingerspitzen bewusst.

20

DER MORGEN DANACH

Langsam verabschiedete sich der Schlaf und ließ genüssliche Trägheit zurück. Das Bett roch behaglich, nach fremdem Weichspüler, Kilians Haut und ein wenig nach dem Honigduft von Saskia. Das Kissen drückte sich weich gegen Jennifers Wange und wölbte sich faul und schwer vor ihrem Gesicht auf. Zum Wegschieben fehlte ihr die Energie. Die Luft war ein zarter Windhauch in ihrem Gesicht, auch wenn sie sich nicht bewegte. Alles um sie herum schimmerte unsichtbar vor Glück.

Die Decke war von ihrem Bein gerutscht, aber Jennifer war eingesponnen in klebrige Fäden aus Zufriedenheit und mochte sich nicht bewegen, um sich wieder im Warmen zu verstecken. Die Kühle am Bein war nicht angenehm, aber sie verstärkte das süße und behagliche Gefühl, mit jeder Zelle ihres Körpers am Leben zu sein.

Langsam kehrte die Erinnerung zurück. Jennifer wurde bewusst, dass jemand die Hand auf ihrer Hüfte liegen hatte und sie festhielt. Es war nicht Kilian. Die Hand war zu schmal, zu klein, und der Bauch an ihrem Rücken passte nicht.

War es Saskia, die sie streichelte?

Müde und mit einer Art Schnurrgeräusch rutschte Jennifer nach hinten und spürte Saskias Brüste in ihrem Rücken. Weich. Warm. Erotisch, auch wenn sie für solche Gedanken noch zu müde war. Ihr Bein war immer noch kalt. Vielleicht könnte Saskia sie wärmen.

Sie griff nach Saskias Hand und schob sie von der Hüfte zu ihrem Bauch. Jennifer schob ihren Hintern nach hinten, bis er Saskias Schoß berührte. Saskia streichelte weiter.

Das Bewusstsein von Saskias Nähe machte Jennifer stückchenweise verrückt. Gleichzeitig fürchtete sie sich vor der Frage, wo Kilian gerade war. Im Badezimmer? Unterwegs zum Bäcker, um Brötchen zu holen? Oder lag er auf der anderen Seite von Saskia und streichelte sie auf die gleiche Weise, wie Saskia sie streichelte?

Jennifer versuchte, die Decke des Halbschlafes wieder über sich zu ziehen, doch nachdem der Gedanke einmal da war, drehte sie sich um und sah sich im Schlafzimmer um. Das geschweißte Metallgestänge des Himmelbettes schimmerte bläulich. Die weiße Gardine am Fenster leuchtete gelb im Morgenlicht. Kilian war nicht in Sicht.

Durch ihre Drehung war Jennifer noch näher zu Saskia gerutscht. Ihre Beine verhedderten sich miteinander. Saskias Gesicht lag dicht vor Jennifer. Es wäre leicht, ihr einen Kuss auf die Schläfe zu hauchen oder mit der Hand durch ihr schlafverwuscheltes Haar zu streicheln. Jennifer tat es nicht. Sie lag mit halb geschlossenen Augen neben Saskia und lauschte dem friedlichen Geräusch von Saskias Atem. Langsam glitt sie zurück in den Zustand zwischen Schlaf und Wachen.

Auch Saskia schien wieder einzuschlafen. Ihre streichelnde Hand blieb liegen und sank schließlich auf die Matratze.

Jennifer lächelte. Es war ein schönes Gefühl, neben ihr zu liegen und ihren Schlaf zu bewachen. Sie hatten alle Zeit der Welt, jedenfalls fühlte es sich so an. Sollte sie ruhig noch ein wenig schlafen, ihre Saskia. Wenn sie erwachte, würde der Zauber des Augenblicks verfliegen. So wie jetzt war es besser.

Saskia gab ein Schnarchgeräusch von sich und drehte den Kopf nach links. Sie war tatsächlich wieder eingeschlafen. Für einen Moment blieb sie so liegen, dann drehte sie sich auf die Seite und schmiegte sich mit dem Rücken an Jennifers Bauch.

Jennifer kuschelte sich an ihren Rücken und presste die Nase zwischen ihre Schulterblätter. Den freien Arm legte sie auf ihren Bauch und achtete darauf, nicht versehentlich Brüste oder Schoß zu streifen. Es war ein friedliches Gefühl, ihr auf diese Weise nah zu sein. Der Puls pochte langsam und behaglich unter ihrer Haut.

Doch plötzlich veränderte sich die Atmosphäre im Raum. Der Frieden verschwand und das Gefühl von Normalität kehrte zurück. Etwas passte nicht mehr, was soeben noch voller Harmonie gewesen war.

Kilian stand im Türrahmen und blickte zu Saskia und Jennifer. Die Einladung, sich zu ihnen zu legen, erstarb auf Jennifers Lippen, als sie seine Augen sah.

Kilian blickte nicht böse oder drohend, auch nicht dominant oder erregt. Er sah einsam aus. Und traurig. Viel zu traurig.

Jennifer schloss die Augen, weil die Traurigkeit alles zerstörte. Warum konnte die Welt nicht für immer so harmonisch sein wie in den vergangenen Minuten? Gestern hatten sie zu dritt miteinander gespielt. Beim Einschlafen hatten sie zu dritt Arm in Arm gelegen. Warum funktionierte das bei Tageslicht nicht mehr? Er wäre willkommen, wenn er sich zu ihnen legen würde. Es ging nicht darum, jemanden zu besitzen. Alles, worauf es ankam, war, dass man den anderen gern hatte.

Als sie die Augen öffnete, um Kilian das zu sagen und ihn doch noch zu bitten, sich zu ihnen zu legen, stand er nicht länger in der Tür.

Mist.

Leise stand Jennifer auf und stopfte die Decke um Saskia fest, damit sie nicht frieren musste. Im Halbschlaf machte sie ein missmutiges Geräusch und drehte sich um, um auf dem Laken nach Jennifer zu tasten.

»Schlaf weiter«, murmelte Jennifer. »Ich bin gleich wieder da.« Es war eine Lüge, aber sie wusste nicht, was sie sonst sagen sollte.

Durch die offene Wohnzimmertür sah Jennifer Kilian auf dem Sofa sitzen und böse vor sich hin starren. Sie war feige und ging zunächst in die Küche. Dort bereitete sie zwei Tassen Kaffee und ging in ihrem Schlafanzug ins Wohnzimmer. »Ist alles in Ordnung mit dir?«, fragte sie. Wahrscheinlich war er eifersüchtig. Es konnte nicht leicht sein für ihn, zusehen zu müssen, wie seine Freundin und seine Sub miteinander kuschelten. Vielleicht hatte er das Gefühl von Eifersucht unterschätzt.

Dabei hatte er selbst viele Male mit Jennifers Eifersucht gespielt, wenn er ihr von Saskia erzählte und davon, dass Jennifer nur die zweite Wahl war und sich daran nie etwas ändern würde …

»Halb so wild. Ich konnte nicht mehr schlafen, es war zu eng im Bett.« Er nahm den Kaffee kommentarlos an und trank einen Schluck.

»Ich fand es gemütlich«, sagte Jennifer leise. »Du hättest dich ruhig wieder zu uns legen können.«

»Wer sagt, dass ich das wollte?« Kilian blickte böse in seine Tasse. »Der Kaffee ist zu heiß.«

»Er ist frisch aus der Maschine«, sagte Jennifer und rollte mit den Augen. »Milch ist leider keine da.«

»Ich will keine Milch. Ich bin kein Baby.«

Jennifer schwieg und pustete auf ihr Getränk.

»Seid ihr gestern an einer Tankstelle vorbeigekommen? Habt ihr gesehen, wie teuer der Sprit geworden ist?« Kilian sah sie brummig an, als ob die Ölpreise durch sie verschuldet würden. »Es wäre schlimm genug, wenn man die Fahrt ein Mal zahlen müsste. Aber weil ich nachher mit dem Motorrad zurückfahre und ihr mit dem Auto, müssen wir sogar doppelt tanken. Wer soll das alles bezahlen?«

Jennifer nickte und schwieg. Es war klar, dass es nicht um den Sprit ging.

»Außerdem tickt meine Freundin falsch herum.«

Schuldbewusst dachte Jennifer daran, wie Saskia sich beim Aufwachen an sie geschmiegt hatte. Sie unterdrückte das heftige Pochen ihres Herzschlags und bemühte sich um ein neutrales Gesicht. »Wie meinst du das?«

»Sie ist eine gottverfluchte Domse, auch wenn sie es noch nicht weiß. Lange wird sie sich nicht mehr darauf einlassen, Zofe zu sein. Du hast ihr Gesicht gestern nicht gesehen, als sie dich geschlagen hat, aber ich. Warte ein halbes Jahr ab, dann kommt sie an und will neben unserer Beziehung ihren eigenen Sub haben.«

»Ist das so schlimm?«

»Das verstehst du nicht!« Er hob die Hand, als wollte er sie schlagen.

»Du meinst, weil deine Freundin sich in Zukunft weigern wird, sich dir unterzuordnen?« Jennifer zuckte mit den Schultern und sah in ihre Kaffeetasse. Sie war halb leer.

Natürlich konnte es sein, dass sie ihn nicht verstand, aber anschreien lassen würde sie sich nicht. Der finstere Verdacht in ihrem Hinterkopf besagte, dass sie die Situation inzwischen besser durchschaute als er. Es war, als hätte der friedliche Schlummer der vergangenen Nacht ihr die Augen geöffnet, damit sie verstehen konnte, was sie vorher nicht wahrhaben wollte. Die neue Erkenntnis missfiel ihr und bereitete Bauchschmerzen. Halb hoffte sie, dass sie sich irrte.

Kilian hatte nicht gewollt, dass Jennifer und Saskia sich verstanden, miteinander anfreundeten und sie zu dritt ein wie auch immer geartetes Beziehungsdreieck aufbauten. Alles, was er wollte, war herrschen. Saskia gegenüber hatte er seine BDSM-Neigung und die Zweitsub benutzt, damit sie sich seiner Liebe nie sicher war und ihn ständig voller Zuvorkommenheit behandelte, ihm Kaffee und Pralinen servierte und ihn nach Strich und Faden verwöhnte. Er hatte darauf gebaut, dass Saskia Vanilla war und niemals auf die Idee käme, für sich ein ähnliches Recht einzufordern, sondern ihn mit erhöhter Aufmerksamkeit behandelte, um ihn nicht zu verlieren.

Auch Jennifer gegenüber hatte er seine Überlegenheit zu ängstlich bewacht, als dass sie ihn noch als souveränen Dom und Herrn über ihr Herz ansehen konnte. Er hatte darauf bestanden, die Regeln auch jenseits der Sessions zu bestimmen, statt ihr BDSM als befriedigendes und erregendes Spiel zweier gleichwertiger Partner zu inszenieren. Sie durfte ihn nur anrufen, wenn er es erlaubte, und seine Wohnung lange Zeit niemals betreten. Sie durfte nur über die Gefühle reden, die ihn nicht bedrohten und ihm ermöglichten, sein Spiel voll Distanz und Übermacht weiterhin zu spielen.

War es das, wonach sie gesucht hatte, als sie fliegen wollte?

Vor einem halben Jahr hatte ein Mann wie Kilian perfekt zu ihr gepasst, der sich vor echter Nähe drückte, indem er sich auf jede Frau nur mit einem Teil seiner Persönlichkeit einließ. Sie hatte geglaubt, nicht mehr als das zu verdienen. Immerhin war sie beim Ballett gescheitert. Vielleicht ging die Erfahrung sogar noch länger zurück. Schon als Mädchen hatte sie sich auf niemanden einlassen dürfen, der bereit gewesen wäre, sie wirklich zu lieben. Es wäre unmöglich gewesen, jemanden in die grausige Stille und Leere ihres Elternhauses mitzubringen. Selbst ohne die zu erwartenden garstigen Bemerkungen von Felix hätte sie das niemandem antun wollen.

Es hätte ewig so weitergehen können, wenn Kilian nicht den Fehler gemacht hätte, sie und Saskia einander vorzustellen. Sonst hätte sie vielleicht nie erfahren, wie schön es sich anfühlte, beim Höhenflug nicht allein zu bleiben, sondern die Nähe eines Menschen zu fühlen, der es wert war, geliebt zu werden. Jemand, der sanft und schön wie Saskia war – und voller Feuer. Warum hatte er das getan? War die SM-Party der Versuch gewesen, Saskia von ihrer neu entdeckten Faszination für BDSM abzubringen, oder hatte er gehofft, dass die Frauen nach dem Treffen noch stärker um ihn konkurrieren und er sich als Hahn im Korb von beiden umschwärmen lassen könnte?

Wahrscheinlich würde Jennifer es nie erfahren.

Kilian blickte grollend in seinen Kaffee. Fast tat er ihr leid. Das hier konnte nicht leicht für ihn sein. Er sah nicht mehr besonders dominant aus.

Jennifer hätte ihn gern getröstet, doch sie ahnte, dass sie es damit nicht besser machen würde. Sie musste daran denken, wie er Saskia gestern gevögelt hatte. Im Stehen und von hinten, obwohl Saskia bis eben als dominante Göttin aus eigenem Recht an seiner

Seite geherrscht hatte. Wahrscheinlich würde sie Saskias Blick nie vergessen und die Erkenntnis, dass Saskia es aus Mitleid zugelassen hatte, nicht aus Verlangen. Sie hatte Kilian das Gefühl lassen wollen, dass er herrschte.

Von einer Sekunde auf die andere erkannte Jennifer, dass sie nie wieder vor ihm knien würde. Sie konnte den Grund nicht in Worte fassen und wusste, dass sie es ihm heute nicht sagen würde. Trotzdem war der Entschluss gefallen. Das, was sie an ihm geliebt und verehrt hatte, hatte sich verflüchtigt und aufgelöst wie der Duft von Zimt und Honig im Wind.

Als Jennifers Kaffeebecher leer war, ging sie in die Küche. Sie meinte sich zu erinnern, dass Saskia in ihrer Klappkiste Aufbackcroissants mitgebracht hatte. Bevor sie heimfuhren, sollten sie eine Kleinigkeit essen. Vielleicht würde das Kilians Laune verbessern. Dann musste er sich auf dem Heimweg nicht ganz so sehr über die Spritpreise ärgern.

Kilian blieb im Wohnzimmer sitzen und wartete darauf, dass Jennifer den Tisch deckte. Ziemlich alltagsdominant, aber nicht im positiven Sinn. Bei Licht besehen konnte man es Faulheit nennen. Sollte man nicht meinen, dass ein guter und fürsorglicher Dom am nächsten Morgen liebevoll ein Frühstück bereiten würde? Saskia würde es tun, erst recht, wenn der Hintern der Sub immer noch von Spielen des Vorabends brannte.

Da Kilian nichts mehr sagte, schwieg Jennifer, während sie den Wohnzimmertisch abwischte und das Geschirr und Besteck aus der Küche darauf verteilte. Als sie fertig war, ging sie ins Schlafzimmer und weckte Saskia mit einem Kuss auf die Wange. Saskia legte schlaftrunken die Arme um Jennifer. Jennifer erwiderte die Umarmung und genoss den warmen Honigduft von Saskias Haut. Für einen Moment spürte sie das fast unmerkliche Pochen des Pulses an Saskias Hals, der verriet, wie voller Leben sie war.

Dann scheuchte Jennifer Saskia aus dem Bett und ins Wohnzimmer, damit sie endlich frühstücken konnten.

PHÖNIX UND ELFE

Jennifer beendete das Verhältnis mit Kilian. Nicht, weil sie wütend auf ihn war oder weil er ihr am Anfang vorgelogen hatte, dass er Single sei. Sie war nicht wütend auf ihn, im Gegenteil, sie dachte freundlich an ihn zurück wie an jemanden, den sie vor langer Zeit gekannt hatte. Aber die Vorstellung, erneut vor ihm zu knien oder sich von ihm dominieren zu lassen, erschien ihr inzwischen unmöglich. Diese Phase ihres Lebens war vorbei. Sie wusste noch nicht, was auf sie wartete, aber er würde nicht länger ein Teil ihres Lebens sein.

Kilian reagierte kühl, äußerte Verständnis für ihre Entscheidung und löschte sie eine halbe Stunde später aus allen Freundschaftslisten, bei denen sie sich online kannten.

Außenstehende hätten vermutlich geglaubt, dass Kilian sie all die Zeit für die Befriedigung seiner Bedürfnisse benutzt hatte. Das war sicher nicht falsch, aber nicht die ganze Wahrheit. In den Tagen und Wochen der Einsamkeit nach der Trennung begriff Jennifer, dass sie ihn die ganze Zeit für ihre Höhenflüge benutzt hatte, um mehr über sich zu lernen und ihre devote Ader zu erforschen. Manche Spiele wären nie so intensiv geworden, wenn echte Sympathie und Liebe sie miteinander verbunden hätten. Rückblickend bedauerte sie, dass sie die Zeit nicht genutzt hatte, um manche Spielarten noch härter und extremer zu erforschen. Sie glaubte nicht, dass sie sich einem anderen Menschen noch einmal so absolut, tief und bedingungslos hingeben würde wie Kilian, um die Tiefen ihres lang unterdrückten Hungers nach Schmerz und Bestrafung zu erforschen.

Doch sie würde herausfinden, was das Leben stattdessen für sie bereithielt.

Jennifer hätte Saskia gern wiedergesehen, aber es erschien ihr nicht richtig, sie bei Facebook anzuschreiben und über das Wetter zu reden, nachdem Jennifer soeben mit Saskias Freund Schluss gemacht hatte. Das wäre unpassend.

Schließlich kaufte Jennifer eine schwarz-weiße Postkarte, die ein fünfjähriges Mädchen in einfachen Ballettschuhen und einem Tutu zeigte, das einsam vor einer Spiegelwand stand und den Betrachter anstarrte.

Hallo Saskia!
Wie geht es dir? Vielleicht sieht man sich bald mal auf einen Kaffee, würde mich freuen.
LG, J.

Sie steckte die Karte in einen Briefumschlag, schrieb Saskias Vornamen darauf und steckte ihn in den Briefkasten ihrer Tanzschule.

Nach einer Woche gab sie die Hoffnung auf eine Antwort auf.

Obwohl Jennifer sich über die Dummheit ärgerte, die sie bewogen hatte, die Karte zu schreiben, fing sie bei Facebook an, sich regelmäßig für die Wochenendpartys im Black Mirror einzutragen. Bisher war sie dorthin gegangen, ohne sich extra anzumelden. Jeden Freitag schickte sie Einladungen an eine Reihe von Bekannten, die ohnehin da sein würden, und an Saskia. Es waren nur zwei zusätzliche Klicks. Ups, da hatte sie wohl die falsche Person angeklickt. Reiner Zufall. Es hatte nichts zu bedeuten.

Saskia reagierte nicht.

*

An diesem Samstag war Jennifer wie jedes Wochenende im Black Mirror und genoss auch ohne Saskia, dass die Welt sich seit einiger Zeit besser anfühlte. Gesünder und richtiger. So, als ob sie tatsächlich ein Ort wäre, an dem zu leben ihr Spaß machte. Sie hatte es immer geliebt, zu tanzen, aber seit der Trennung von Kilian und vielleicht auch dem Abschied vom Theaterprojekt war es besser geworden. Dann würde sie halt nie Primaballerina werden. So wichtig war das nicht mehr. Die Hauptsache war, dass das Tanzen immer noch Spaß machte. Vielleicht machte es heute sogar mehr Spaß als damals, als es ihren einzigen Lebensinhalt dargestellt hatte.

Langsam hob Jennifer die Arme und ließ ihr Becken kreisen. Die Musik hatte Drive und war herrlich laut. Die Bässe klangen übersteuert, aber sie war nicht hier, um sich ein Konzert der Berliner Philharmoniker anzuhören. Die Bass Drum sollte in ihrem Becken vibrieren und die Vocals in ihren Brüsten. Jennifer bog den Kopf nach hinten, entblößte ihren Hals für die Musik und ließ die Haare mit der neuen Farbe nach hinten fliegen.

Endlich trug sie nicht mehr das Blond, das sie ihr ganzes Mädchenleben hindurch zu ihrem blassen Gesicht wie eine zerbrechliche Porzellanpuppe hatte wirken lassen. Ihre Haare strahlten hennarot und leuchteten wie eine Flamme. Die Augenbrauen hatte sie ebenfalls gefärbt und sogar wie damals Denise einen Lippenstift gekauft, der Ton in Ton mit der Haarfarbe leuchtete. Aber während Denise damit gewirkt hatte, als ob ihre Haare zu einer honigklebrigen Flüssigkeit geschmolzen waren, mit denen sie ihre Lippen anpinselte, lenkte Jennifers Lippenstift die Blicke nicht auf ihren Mund, sondern auf ihre Augen. Daheim hatte ihr Gesicht warm und lebendig im Spiegel geschimmert. Ihre Augen blickten tief und voller Leben.

Jennifer drehte sich auf der Tanzfläche und sah eine Frau, die sich an die Säule am Rand lehnte. Sie musste zweimal hinsehen, weil sie Saskia mit der neuen Frisur erst nicht erkannte. Doch sie war es wirklich.

Saskia gehörte nicht zur schwarzen Szene, das wusste Jennifer. Die Musik war ihr fremd und sie trug im Alltag lieber blasses Blau oder Beige. Unauffällige Farben, die sie mit dem Hintergrund verschmelzen ließen und allen Leuten klarmachten, dass sie eine ganz normale Frau von nebenan war. Bis vor Kurzem hatte sie die Botschaft durch ihre Nullachtfünfzehn-Frisur weiter unterstrichen.

In den vergangenen Wochen musste sie sich die Haare abgeschnitten haben. Sie waren nur noch streichholzlang, dunkelbraun oder schwarz gefärbt und mit Gel stachelig hochfrisiert. Es sah frech aus und betonte ihr stolzes Kinn und den schlanken Hals. Ihre Augen verschwanden nicht mehr hinter den ins Gesicht fallenden Strähnen.

Saskia sah sich suchend um und wirkte mit jeder Faser ihres Körpers wie eine Frau, die zum ersten Mal hier war und befürchtete, sich falsch angezogen zu haben. Deswegen brauchte sie sich keine Sorgen zu machen, dachte Jennifer. Sie sah einfach nur *wow!* aus. Zu ihrem schwarzen Bleistiftrock mit den Pumps trug sie eine Rüschenbluse aus transparentem Stoff, die mit einem Glitzermuster aus Pailletten verziert war. Man konnte ihren schwarzen BH erahnen, aber nicht überdeutlich sehen. Auf den ersten Blick sah es überhaupt nicht *gothic* aus. Sie war einfach eine Frau, die schwarze Kleidung angezogen hatte, die gut an ihr aussah und ihr stand. Das war authentisch. Nur so wirkte man stilvoll und individuell. Anscheinend hatte Saskia das instinktiv begriffen. Verglichen mit manchen Frauen hier trug sie viel Stoff am Leib, es hätte konservativ wirken können, aber Jennifer konnte den Blick nicht abwenden.

Saskia drehte sich zu ihr, als ob sie ihren Blick spürte. Jennifer ging zu ihr und merkte, dass ihre Hände schweißfeucht wurden. Saskia entspannte sich, als sie Jennifer erkannte. Ihr Lächeln schien direkt aus dem Bauch zu kommen und sprang auf Jennifer über.

»Schön, dass du da bist.« Jennifer umarmte Saskia zur Begrüßung. »Deine neue Frisur sieht toll aus.«

»Wie bitte?«

Jennifer zog sie hinter die große Box, wo eine kleine Zone akustischer Mäßigung herrschte. »Deine Frisur steht dir gut«, rief sie erneut in Saskias Ohr. Sie spürte ihre Nähe überdeutlich. Der Honig- und Zimtduft ihrer Haut war süß und betäubend wie eh und je.

Saskia nickte und legte den Arm um sie, als ob es die natürlichste Berührung der Welt wäre. »Deine Haarfarbe sieht auch klasse aus! Ich habe dich erst gar nicht erkannt.«

Sie schwiegen und standen beieinander. Jennifer wusste nicht, was sie sagen wollte. Sie hatte sich so lange danach gesehnt, Saskia wiederzusehen, dass sie die Begegnung in Gedanken so oft durchgespielt hatte – und ihr nun nichts mehr einfiel. »Möchtest du tanzen?«, fragte sie schließlich. Immerhin hatten sie sich auf diese Weise kennengelernt.

Saskia nickte und ließ sich auf die Tanzfläche führen. Einige Bekannte sahen neugierig zu ihnen und schienen sich zu fragen, wen Jennifer Neues mitgebracht hatte. Immerhin tanzte sie normalerweise allein. Sie ignorierte die Blicke. Die anderen waren egal. Irgendwann würden sie Saskia kennenlernen. Wenn es so weit war. Diese Nacht gehörte ihnen nicht, sondern der Frau an ihrer Seite mit dem neuen Kurzhaarschnitt und der fast durchsichtigen Bluse.

Am Rand der spiegelglatten Fläche begannen sie, miteinander zu tanzen, ohne sich zu berühren. Jennifer sah niemanden außer Saskia, auch wenn mit Sicherheit noch andere Menschen auf der Tanzfläche waren. Am Anfang wirkte sie etwas unbeholfen, weil sie die Lieder nicht kannte, und imitierte Jennifers Moves, doch sie fand schnell zu sich zurück. Ihre Bewegungen waren anmutig und niemals nachlässig. Sie schien zu ahnen, wie die Songs weitergehen würden, auch wenn sie sie noch nie zuvor gehört hatte.

Wenn sie sich von Jennifer entfernte, schien ein unsichtbares Band zwischen ihnen in die Länge gezogen zu werden, und wenn Jennifer nach hinten wich, zog Saskia sie mit ihrem Blick zurück. Die Tanzfläche begann zu glühen, in Brand gesetzt vom Rot Jennifers neuer Haarfarbe und den Funken unter Saskias Absätzen. Der Raum füllte sich mit Hitze und Verlangen. Saskia tanzte näher an sie heran. Der Abstand zwischen ihnen betrug weniger als einen halben Meter. Fast spürte Jennifer das Feuer unter ihnen real, als sie sich nach hinten bog und eine Flamme nach oben glitt, um ihren Rock zu versengen. Saskia konnte tanzen wie eine Göttin. Sie wusste, wie man den Abstand aufrechterhielt, um das Verlangen anzustacheln, und mit Nähe und Distanz spielte, bis Jennifer die Hand ausstreckte, um nach ihr zu greifen, und sie sich entzog …

Endlich legte sie den Arm um Jennifers Rücken und zog sie an sich, sodass zwischen ihren und Jennifers Brüsten nur eine halbe Handbreit Luft blieb, die jederzeit durch eine unvorsichtige Bewegung überbrückt werden könnte. Doch es gab keine unvorsichtige Berührung. Saskia hielt Jennifer fest und dirigierte den Tanz. Sie führte. Ihre Arme lagen auf Jennifers Schultern, während Jennifer ihre Taille hielt. Saskia wusste, wie es ging, und Jennifer ließ sich wie erlöst von ihr dirigieren. Das hatte ihr immer gefehlt, das hatte sie immer gebraucht. Kilian hatte es ihr trotz Wäscheklammern, Teelichtern und Wildlederpeitschen nie gegeben, und Saskia schenkte es ihr mit nichts weiter als ihren Händen auf den Schultern und ihrem Blick. Der blanke Wahnsinn.

Als Saskia Jennifer losließ und mit der Hand erschöpft über die Stirn fuhr, sah Jennifer an ihrer linken Hand einen Ring aufblitzen, den sie beim letzten Treffen nicht getragen hatte. Ein silberner Ring, an dem mit einer Kugel ein weiterer kleiner Ring befestigt war. Jennifer trug einen ähnlichen Ring an der rechten Hand.

»Wollen wir etwas trinken?«, fragte sie Saskia und übernahm die Führung, als Saskia nickte. Hier war ihr zweites Zuhause und sie kannte sich aus. Dieses Mal war Saskia ihr Gast. Sie holte zwei Flaschen Lemon-Bier vom Tresen und geleitete Saskia nach hinten. Neben der Treppe zu den Toiletten mit der Aufschrift *Boyz* und *Girlz* fand sie einen freien Tisch. Hier war es leise genug, dass man sich unterhalten konnte.

Saskia setzte sich nicht auf einen der Stühle, sondern rutschte neben Jennifer auf die schwarz gestrichene Holzbank an der Wand. Ihre verschwitzten Körper berührten sich.

»Wie kommt es, dass du diesen Ring trägst?« Jennifer deutete auf ihre Hand. Sie wusste, dass man den nicht im normalen Schmuckgeschäft kaufen konnte. Man musste im Internet gezielt danach suchen, die eigene Ringgröße ermitteln und konnte ihn mit einer Wartezeit von zwei bis drei Wochen bestellen. Unwillkürlich rechnete sie im Kopf nach. Zwei bis drei Wochen, plus einer halben Woche, um Jennifers Karte zu finden … Nein. Das war albern.

»Den habe ich mir geschenkt, um zu feiern, dass ich Single bin«, sagte Saskia.

Jennifer musterte sie. Es passte. Deswegen die neue Frisur und der schwarze Look. Langsam nickte sie. Das warme Gefühl in ihrem Bauch vertiefte sich.

»Ich hoffe, ich traue mir damit nicht zu viel zu.« Saskia lächelte. »Eigentlich verstehe ich davon nichts. Aber vielleicht hast du Lust, dich mit mir zu treffen und ein wenig zu probieren?« Saskia verstummte. Es war dunkel hier, aber Jennifer hätte schwören können, dass sie errötete.

Vorsichtig griff sie nach Saskias Hand. Die Luft roch nach Frühling. Oder nach Verlangen. Elektrische Energie floss zwischen ihren Fingern hin und her. »Vielleicht können wir uns tatsächlich mal treffen«, flüsterte sie Saskia ins Ohr. Jennifer küsste sie nicht. Saskia trug den Ring links und sie trug ihn rechts. Sie wusste nicht, ob es etwas für das bedeutete, was zwischen ihnen war, aber ihr war klar, dass sie Saskia den ersten Schritt überlassen würde. So sollte es sein.

Während sie redeten, waren sie näher zueinandergerutscht, wenn das überhaupt möglich war. Saskia streichelte über Jennifers Bauch, seitlich über ihre Hüften und ihren Hintern. Ihre Gesichter berührten sich fast.

»Du hast wirklich einen süßen Hintern«, flüsterte Saskia. Die Dunkelheit schien sie mutiger zu machen. »Den müsste man dir mal richtig versohlen. Du hast vorhin viel zu aufreizend getanzt, du unanständiges Mädchen.«

Jennifer nahm ihre Hand und schob sie fort, auch wenn es ihr schwerfiel. »Ich bin kein unanständiges Mädchen«, flüsterte sie in Saskias Ohr. Sie war es nicht und würde es nie wieder sein. Diese Zeit war vorbei.

»Oh, ähm … Bitte entsch–«, setzte Saskia an.

Jennifer nahm ihre Hand und führte sie zu ihrem Schoß. »Ich bin eine unanständige *Frau*. Das ist etwas völlig anderes.«

»Ist es das?« Saskia streichelte durch den Rockstoff Jennifers Oberschenkel.

Jennifer zog scharf die Luft ein und biss sich auf die Lippe. Sie würde sie nicht küssen. Der erste Kuss sollte von ihr kommen, so fühlte es sich richtig an. »Ich gebe zu, dass ich unanständig und aufreizend getanzt habe«, flüsterte sie Saskia zu. »Vielleicht habe ich dafür wirklich einen Hintern voll verdient.«

Saskia kniff sie in den Oberschenkel.

Der Schmerz brachte Jennifers Nippel dazu, sich zusammenzuziehen. Aua! Saskia war vielleicht noch eine Anfängerin, aber sie hatte es drauf. Jennifer wollte nicht länger warten. Sie glitt mit den Lippen über Saskias Wange und näherte sich ihrem Mund.

Saskia entzog sich. »Nicht so gierig, du ungezogene … Frau«, wisperte sie und biss Jennifer ins Ohrläppchen.

Jennifer gehorchte nicht, sondern streichelte voller Verlangen über Saskias vollkommenen Körper mit den Muskeln an den richtigen Stellen und den runden, vollkommenen Brüsten unter der transparenten Bluse. Der Stoff fühlte sich glatt unter ihren Fingerspitzen an. Am liebsten hätte sie ihn aufgerissen, damit nichts mehr zwischen ihnen war.

Saskia fasste in Jennifers Nacken, streichelte sie und zog sie enger zu sich. Und dann küsste sie sie endlich.

JANA FEUERBACH erzählt ihre Geschichten am liebsten am Lagerfeuer, wenn der Nebel zwischen den Wäldern aufsteigt und die Sterne flimmern. Sie schreibt seit vielen Jahren SM-Geschichten, weil sie darin neben den Schlafzimmerszenen ausreichend Platz für fesselnde und vielschichtige Charaktere findet. Ihre Leidenschaft gilt subtiler und außergewöhnlicher Erotik.

Jana Feuerbach
TANZEN HEISST HINGABE
SM-Roman

ANAIS Band 46
ISBN 978-3-86265-479-6

KATALOG
Wir senden Ihnen gern kostenlos unseren Katalog.
Schwarzkopf & Schwarzkopf Verlag GmbH
Kastanienallee 32, 10435 Berlin
Telefon: 030 – 44 33 63 00
Fax: 030 – 44 33 63 044

INTERNET | E-MAIL
www.schwarzkopf-schwarzkopf.de
info@schwarzkopf-schwarzkopf.de